해동유요

영인본

해동유요 – 영인본

초판 인쇄 2020년 05월 19일
초판 발행 2020년 05월 29일

지은이 손태도, 정소연 | **펴낸이** 박찬익 | **편집장** 한병순 | **책임편집** 유동근
펴낸곳 ㈜ **박이정** | **주소** 서울시 동대문구 천호대로 16가길 4
전화 02) 922~1192~3 | **팩스** 02) 928~4683 | **홈페이지** www.pjbook.com
이메일 pijbook@naver.com | **등록** 2014년 8월 22일 제 305-2014-000028호

ISBN 979-11-5848-533-7 93810

손태도
정소연

엮음

庚寅仲春望前三日始役

海東遺謠

해동유요 영인본

(주)박이정

차 례

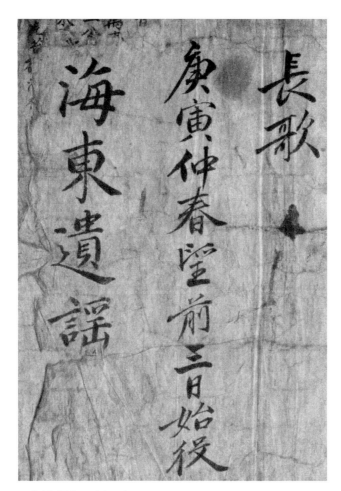

그림1 『해동유요』의 속표지

<해제>

가곡(歌曲)의 『청구영언』(1728)에
비견되는 가사(歌辭)의 『해동유요』(1909)

손태도(한국예술종합학교 강사)

1. 머리말

1986년 이혜화는 「『해동유요』 소재 가사고(歌辭考)」란 논문을 발표한다.[1] 노래책 『해동유요(海東遺謠)』(가로 14.8㎝, 세로 23㎝, 본문 164페이지)를 처음으로 소개한 글이었다. 그는 지인(知人)인 김태범이 강화도에서 이 책을 입수했다 했다. 이 책의 표지는 '해동유요(海東遺謠)'라 되어 있고, 속표지는 '장가(長歌)/ 경인(庚寅) 중춘(仲春) 망전삼일(望前三日) 시역(始役)/ 해동유요(海東遺謠)'로 되어 있다고 했다. 그리고 정격(正格) 가사(歌辭)가 35편, 잡가(雜歌)[2] 3편, 사설시조가 2편 그리고 한시문(漢詩文)이 15편 실려 있으며, 실린 작품들

---

1   이혜화, 「『해동유요』 소재 가사고(歌辭考)」, 『국어국문학』 제96집, 국어국문학회, 1986. 12.
2   12잡가를 말한다.

의 작가들을 고려할 때, '병인년'은 1711년으로 추정된다고 했다. 또 "소재작품 전체에 긍하여 청·홍 두 가지 물감을 써서 비점(批點)을 찍어 놓은 것이 특이하다"고 했다. 이어 당시 처음으로 공개되는 가사가 〈운림처사가〉, 〈초한가〉, 〈사시가〉, 〈유산곡〉, 〈장한가〉, 〈호서가〉, 〈호남가〉, 〈권주가〉, 〈부농가〉, 〈병자난리가〉, 〈영남가〉 등 11편 정도나 된다며 이들을 개략적으로 모두 소개했다.

그때나 지금이나 1편의 새로운 가사가 발굴되어도 논문 발표를 하는 상황이므로 이렇듯 11편 정도의 새로운 가사들이 한꺼번에 소개된 것은 당시로도 놀랄 만한 일이었다.

그런데 필자가 더욱 관심을 가진 것은 '작품 전체에 걸쳐 청·홍의 점들이 찍혀 있다'란 것이었다. 당시 필자는 이것이 가사의 가창방식과 관계되는 표시들이 아닐까 여겼다. 이혜화는 상기 논문과 함께 『해동유요』의 일부를 영인하여 논문 뒤에 첨부했는데, 그것은 흑백으로만 되어 있어 필자는 청·홍점이 찍혀 있는 원본을 보고자 했다.

필자가 이혜화 님의 도움으로 『해동유요』의 소장자인 김태범 님을 뵙게 된 것은 1998년 7월이었다. 김태범 님은 1976년 무렵 강화도의 강남고(현재 강남영상미디어고) 국어교사로 있을 때, 문학시간에 〈달천몽유록〉이[3] 발견되었다는 이야기를 하자, 한 학생이 자신의 집에도 〈달천몽유록〉이 있다고 하며 가져왔다 한다. 또 다른 책이 있느냐고 묻자 『해동유요』가 있다며 가져왔다 한다. 그렇게 해서 자신이 〈달천몽유록〉과 『해동유요』를 소장하게 되었다고 한다. 필자는 『해동유요』에 찍힌 청·홍점들이 가사의 가창과 관계되는 표시일수 있다고 하며 『해동유요』 원본을 보기 원했고, 그 분은 그에 대해 연구해 보

---

3   몽유록계 한문소설의 하나.

그림 2(왼) | 『해동유요』 원본책을 2년 간 빌려 주신 김태범 님(좌측. 우측은 필자)(1998. 7. 29.)
그림 3(오) | 강화도의 김재형 님(1953년생. 우측. 좌측은 필자)(1999. 10.)

라며 『해동유요』 원본을 필자에게 기꺼이 빌려 주셨다.

 필자는 이 유일본 책의 만약의 망실에 대비해 주변의 시가 연구자에게 복사를 시켜 부본들을 확보한 뒤, 조사·연구를 하다 2년 뒤 원본을 소장자에게 돌려드렸다. 그리고 그 이후에도 햇수로 4년 정도 더 전국의 유명 한학자들이나 충남 계룡산 일대, 전북 남원 등지의 동학계통 등 민족종교인들에게 원본을 칼라로 복사한 10여 장을 보여 주며 자문을 받았으나, 실제적인 도움을 준 분은 아무도 없었다. 햇수로 6년 정도의 조사 결과 『해동유요』에 찍힌 청·홍점들은 음악적 표시가 아니라, 단순히 중요한 부분에 밑줄을 치듯 점들을 찍어 놓은 것에 불과하다는 결론을 내렸다.

 한편 1998년 10월 필자는 강화도 강남고가 있는 산의 아래쪽에 있다는 그 학생의 집을 찾아갔다. 학생(1959년생)은 결혼을 하여 분가를 한 상태였고, 그의 맏형인 김재형 님(金載亨, 1953년생)이 원래의 집터에 새로 지은 집에 살고 있었다. 이에 그 후에도 세 차례(1999년 10월, 2014년 5월, 2019년 1월) 더 김재형 님의 집을 방문하여 『해동유요』에 대해 조사했다.

2. 『해동유요』의 편찬자; 김의태(金義泰, 1868~1942, 자(字) 창호(昌浩), 호(號) 토정(土亭), 역와(櫟窩))

『해동유요』의 편찬자는 누구인가? 표지, 속표지, 목차 다음의 본문이 시작되는 페이지에 '토정(土亭)'이라고 적혀 있어, '토정(土亭)'이 편찬자임을 알 수 있다. '토정(土亭)'이란 호를 쓰는 사람으로 흔히 알려진 사람에는 이지함(李之菡, 1517~1578)이 있다. 조선 전기(前期)의 사람이다. 그런데 『해동유요』에는 임유후(任有後, 1601~1673)를 작가로 명시한 〈목동가〉도 실려 있고, 병자호란(1636) 이후에 지어진 〈병자난리가〉도 실려 있다. 여기서의 토정은 이지함이 아닌 것이다. 그 외 토정으로 알려진 사람은 아직까지 없다.

그 다음에 주목할 만 것은 역시 본문 첫 면에 각기 두 번씩 찍힌 '수성(壽星)'이란 두인(頭印)과[4] '태화당(太和堂)'이란 낙관(落款)이다. 다행히 '태화당(太和堂)'은 그 사람을 알 수 있다. 강화도 김재형 님의 집에 다음처럼 근대 무렵에 활자본으로 출간된 『간례휘찬(簡禮彙纂)』(편지글을 위한 실용서)에 '무진(戊辰) 지월(至月) 일(日) 태화당(太和堂) 신비(新備)[5]'란 기록이 있어, 무진년 곧 1928년경에 살았던 선조인 것이다. 김재형 님의 선조로 1928년경에 살았던 사람은 증조부인 김의태(金義泰, 1868~1942)와 조부인 김영길(金榮吉, 1906~1972)이다. 이 중 조부인 김영길은 농사나 집안 일에만 매달린 사람이기에, 이 분은 책을 사서 태화당이란 당호를 기록할 만한 분이 아니었다고 손자인 김재형 님이 분명히 알고 있다. 결국 태화당은 증조부인 김의태가 되는 것이다. 이 분은 농사 등 집안일은 하지 않고 집 앞에 있는 별도의 초가로 된 바깥사

---

4   이혜화는 이 두인(頭印)의 글자들을 알 수 없다고 했지만, 필자는 '수성(壽星)'으로 본다.

5   새로 갖춤.

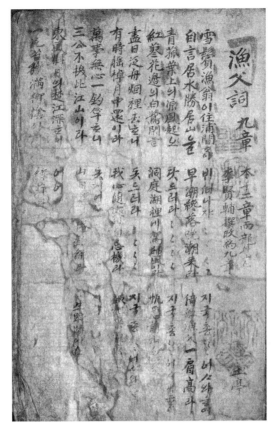

그림 4 | 「해동유요」 본문 첫 페이지

랑채에서 주로 생활하며 동네사람들 등과 지내기만 했다는 이야기를 증조모님(인동 장씨, 1884~1970)에게 들었다 한다.

그러면 이 태화당 김의태와 『해동유요』는 어떤 관계에 있는가? 이에 대해 이혜화는 다음과 같이 언급했다.

이 책의 저자-필사자는 누구일까? 내용 첫면 첫줄 아래쪽에 '토정(土亭)'이란 서명(署名)이 있어 이것이 저자를 알아내는 열쇠가 됨 직 하나, 이지함(李之菡)

11

밖엔 토정(土亭)이란 호를 쓰는 이를 알 수가 없다. 같은 면 앞쪽에는 또한 낙관(落款)이 대소(大小) 2개씩 짝을 지어 상하(上下)에 각각(그러니까 모두 4개) 있지만, 흐려서 알아보기가 어려운데, 큰 것은 '태화당(太和堂)'으로 해독된다. 태화당과 토정이 동일인물 같지는 않으니 토정이 필사자이고 태화당은 다만 소장자가 아니었을까 추측된다.[6]

이것은 일반적 추론이다. 대개 자기 소유의 책에 도장을 찍어두곤 하기 때문이다.

그런데 여기서 우선 분명히 해 둘 것은 이『해동유요』가 강화도 김재형 님의 집에 살았던 선조들 중에 누군가에 의해 만들어졌다란 것이다.『해동유요』에는 청·홍점들이 찍혀 있는 것이 특이한데, 김재형 님의 집에 있는 한시집(漢詩集)들에도 모두 청·홍점들이 찍혀 있다. 이 중『남운집(南雲集)』같은 것은 두 권이나 있어, 필자가 한 권 빌려와 조사·연구한 뒤 돌려주기도 했다. 또한『해동유요』에 실린 작품들을 초고 형태로 적어 둔 기록물들도 더러 있다. 이를테면,『해동유요』앞부분에 실린 〈상사별곡〉과 뒷부분에 실린 〈호가행(浩歌行)〉이 같은 면에 기록된 초고 자료 등이 있다. 이들처럼 작품들을 기록하여 모은 뒤 나중에『해동유요』를 편찬한 것이다.『해동유요』는 분명 김재형 님 집안에서 이뤄진 것이다.

그러면 김재형 님 집안의 선조들 중에서 과연 누가 이『해동유요』를 편찬했을까? '수성(壽星)'이란 두인(頭印)과 '태화당(太和堂)'이란 낙관(落款)을 두 번씩이나 찍은 증조부 김의태밖에 없다. 앞서 보았듯,『해동유요』의 편찬자로 분명히 명시된 사람은 '토정(土亭)'이다. 그런데 그 '토정(土亭)'이라 기록된 부

---

6   이혜화, 앞의 글, 85~86쪽.

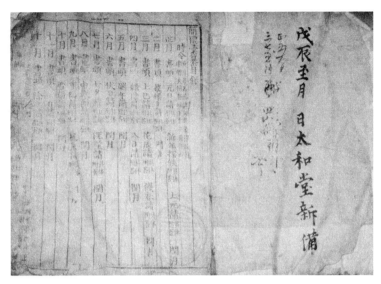

그림 5 근대의 활자본 책인 『간례휘찬(簡禮彙纂)』 안쪽 | '태화당(太和堂)'이 소장자임을 적어 놓았다. (무진(戊辰)은 1928년)

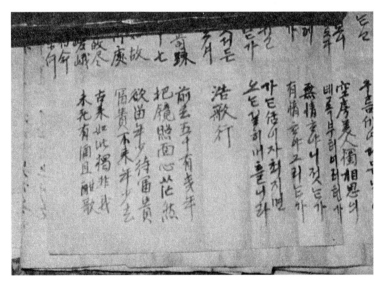

그림 6 『해동유요』의 초고 자료들 | "무정(無情)ᄒ야 니젓는가 유정(有情)ᄒ야 그리는가/……/ 가는 쑴이 자최지면 오는길히 머흘니라/……"로 끝나는 〈상사별곡〉 뒤에 한시(漢詩) 〈호가행(浩歌行)〉이 기록되어 있다. 완성본 『해동유요』의 〈상사별곡〉 다음에는 〈낙빈가〉가 나온다.

(왼) 그림 7 | 편찬자 '토정(土亭)'에 비스듬하게 찍어 놓은 '수성(壽星)'이란 도장.
(중) 그림 8 | 『김해김씨선원대동세보(金海金氏璿源大同世譜)』, 갑편(甲編) 14.
(오) 그림 9 | 강화도 김재형 님 집에 남아 있는 조상의 신주(神主)들을 모실 때 사용했던 것들

분에 바로 마름모 형태로 두인(頭印)인 '수성(壽星)'을 찍어 놓았다. 이 '토정(土亭)'이 이 집안 선조들 중의 한 분이라면 있을 수 없는 일이다. 어떻게 선조 분의 호를 기록해 둔 것 위에 후손이 자신의 도장을 찍을 수 있겠는가? 이것은 이 '토정(土亭)'이 자기 자신일 때만 가능한 일이다. 그래서 일반적으로 자기 소유의 책에 도장을 한 번씩 찍어 두는 것과 달리, 이 『해동유요』에는 두인과 낙관이 두 번씩이나 찍혀 있고, 두 번째 두인은 편찬자로 적힌 '토정(土亭)'에 마름모꼴로 물린 채로 찍힌 특이한 모습을 지니게 된 것이다. 토정이 바로 자기 자신임을 말하고자 하는 의도가 있다 할 수 있다. 결국 『해동유요』의 편찬자인 '토정(土亭)'은 '수성(壽星)'이란 두인(頭印)과 '태화당(太和堂)'이란 낙관(落款)을 찍은, 김재형 님의 증조부 김의태로 볼 수 있는 것이다.

　태화당 김의태는 김해김씨 김녕군파(金寧君派) 23세(世) 손으로 중시조인 7세 안경공(安敬公) 영정(永貞)이 조선시대 성종 때 대사간, 대사헌 등을 지낸 원래 명문가 집안 사람이었다. 8세(世) 세균(世鈞)은 중종 때 승문원 참교

(參敎), 9세 익수(益壽)는 병조참판, 오위도총부(五衛都摠府) 부총관(副摠管)을 지냈다. 내려와 13세 대설(大說), 14세 경(瓊)은 수직통정대부(壽職通政大夫)인데, 경(瓊)의 때 "공이 경기도 고양(高陽)에서 병정(丙丁)의 난(亂)으로 강화도로 들어 살게 되었다"고[7] 족보에는 기록되어 있다. 병자호란(1636) 때 13세 대설(大說), 14세 경(瓊) 등이 모두 외동아들들이었기에, 후손 보호를 위해 경(瓊)(1600~1679)이 강화도에 들어가게 된 것이다.

15세 병문(秉文)은 절충부호군(折衝副護軍), 16세 문혁(雯赫)은 선략부사과(宣略副司果), 17세 덕중(德仲)은 통훈대부 훈련첨정(訓練僉正), 18세 제권(濟權)은 증통훈대부(贈通訓大夫) 사복시정(司僕寺正) 등을 지냈는데, 이들의 묘는 모두 강화도에 있다. 19세는 남식(南植), 20세는 현원(顯源), 21세는 인배(仁培)인데, 인배(仁培)가 아들이 없어 동생 보배(寶培)의 아들 22세 종건(鍾健)이 인배(仁培)에게 양자로 갔다. 23세 의태(義泰)는 종건의 아들이다. 이들은 모두 벼슬을 한 기록이 없다.

그림 10 종건(鍾健)이 백부(伯父)인 인배(仁培. 초휘(初諱) 여경(麗暻))에게 양자로 입양된 것과 종건의 증조(曾祖) 남식(南植)의 자(字)가 택겸(澤謙)인 것을 알 수 있음. |『김해김씨선원대동세보(金海金氏璿源大同世譜)』, 갑편(甲編) 14.

---

7   公 自高陽丙丁之亂 入于江華 仍居焉

15

그림 11 | 종건(鍾健)의 아들은 의태(義泰)인데, 의태의 자(字)가 창호(昌浩)임

그런데 23세 김의태의 부친 22세 김종건(1839~1878)이[8] 1876년(37세), 1885년(46세), 1888년(49세), 1891년(52세) 적어도 네 차례에 걸쳐 과거시험을 볼 때의 호적단자(戶籍單子)들이 남아 있다. 이 호적단자에는 1876년의 경우 당사자가 김기남(金基南)에서 김규열(金奎烈)로 이름을 고친 사실이 기록되어 있다. 이 김기남(金基南)의 부(父)는 여경(麗暻), 생부(生父)는 계경(啓暻), 증조(曾祖)가 택겸(澤謙), 자(子)는 창호(昌鎬) 등으로 기록되어 있는데, 이는 족보에 김종건(金鍾健, 1939년생)이 큰아버지인 인배(仁培, 초명(初名) 여경(麗暻))에게 양자로 간 것과 증조가 남식(南植, 자(字) 택겸(澤謙)), 아들 의태(義泰, 자(字) 창호(昌浩))로 나와 있는 것과 대체로 일치한다. 이 호적단자에 있는 김기남은 족보에 있는 김종건인 것이다. 김기남은 1876년 이전에 김규열로 개명했다가, 1891년 이후 다시 김종건으로 개명한 것이다.

이러한 사실로 보아, 김의태는 그의 부친 김종건 때까지만 하더라도 부친이 과거급제를 일생의 일로 삼을 만큼 실제적인 양반의 후예로 살았던 듯하다.

그런데 김의태(1868~1942) 때의 실제 집안 사정은, 집이 ㅁ자형으로 대문을 열고 들어가면 그 안에 안사랑 곧 큰사랑채가 있고, 안방, 건넌방 등 여러 방들이 있어 큰집, 작은집과 같이 두 집이 사는 집이었으나, 집 자체들은 모두 초가집이었다 한다. 집 앞에 별도로 담과 같은 울타리도 없는 바깥사랑채

---

8   과거 때의 호적단자로 보면 김종건은 최소한 1891년까지는 살았어야 했는데, 족보에는 왜 1878년에 사망한 것으로 나와 있는지 알 수 없다. 이 경우 족보의 기록이 잘못된 것 같다.

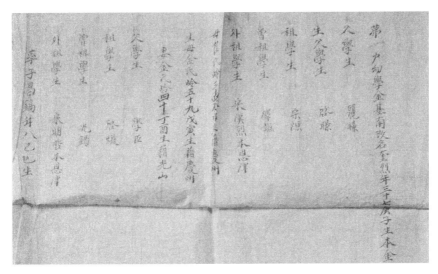

그림 12 1876년 김기남(金基南. 규열(金烈)로 개명(改名))이 37세, 아들 창호(昌鎬)가 8세 때, 과거(科擧) 호적단자 | 김기남(金基南, 1840년생)의 부(父)는 여경(麗暻), 생부(生父)는 계경(啓暻), 증조(曾祖)가 택겸(澤謙), 자(子)는 창호(昌鎬)로 기록되어, 이는 족보에 김종건(金鍾健, 1939년생)이 큰아버지인 인배(仁培), 초휘(初諱) 곧 초명(初名) 여경(麗暻))에게 양자로 간 것과 증조가 남식(南植, 자(字) 택겸(澤謙)), 아들 의태(義泰, 자(字) 창호(昌浩))로 나와 있는 것과 대체로 일치한다. 이로 보아 여기서의 김기남은 족보의 김종건이 분명하다.

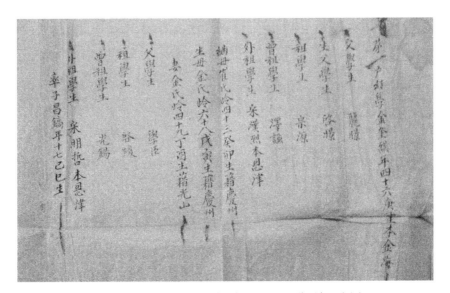

그림 13 | 1885년 김규열(金奎烈)이 46세, 아들 창호(昌鎬)가 17세 때, 과거(科擧) 호적단자

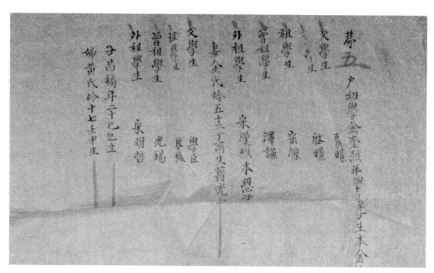

그림 14 | 1888년 김규열(金奎烈)이 46세, 아들 창호(昌鎬)가 20세 때, 과거(科擧) 호적단자

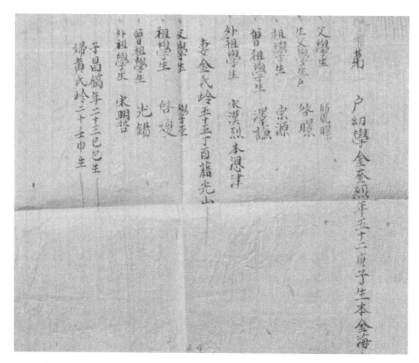

그림 15 | 1891년 김규열(金奎烈)이 52세, 아들 창호(昌鎬)가 23세 때, 과거(科擧) 호적단자

도 초가집이었다 한다. 이 바깥사랑채에 김의태는 평소 있으며 그 곳에서 밤 낮 동네사람들 등 여러 사람들과 보내는 생활을 했다 한다. 김의태의 부인으로 김재형 님(1953년생)의 증조 할머니(1884~1970. 인동 장씨)가 '증조 할아버지가 일은 않고 바깥사랑 생활만 했다'며 증조부를 원망하는 이야기를 여러 차례 들었다 한다.

이러한 사정으로 보아, 이런 초가집으로 되었고 담도 없이 집 앞에 있었던 바깥사랑채를 김의태는 '토정(土亭)'으로 여길 수도 있다고 여겨진다. 또 필사한 한시집들 등에 나와 있는 '역와(櫟窩)'로[9] 여길 수도 있다고 여겨진다.

또 자신의 부친인 김종건(1839~1878) 때까지만 하더라도 양반의 후예로 실제로 과거시험에도 네 차례 정도 응시해 보기도 했지만, 김의태는 부친의 과거 때 호적단자에는 1869년생(기사생), 족보에는 1868년생(무진생)으로 되어 있어 1년의 차이가 있는데, 족보의 출생연도로 보면, 부친의 네 번째 정도의 과거 때인 1891년에 24세(歲)로 비교적 어린 편이었고, 1894년에는 갑오경장으로 과거제 자체가 폐지되었으니, 상피제(相避制)로 부자(父子)가 같이 과거를 볼 수 없다가 과거제 자체가 없어지고 만 것이다. 그는 결국 과거를 볼 기회마저 한 번도 가지지 못한 듯하다. 그런데 1890년(경진년) 그의 나이 23세 때 이미 『해동유요』와 같은 상당히 의의가 있는 책을 편찬하기 시작했으니, 사실상 남다른 재주를 지녔던 사람으로 보인다. 그리고 그의 남다른 재주에도 불구하고 27세까지 과거 시험을 준비해 오다 끝내 한 번도 과거를 볼 기회도 갖지 못한 그의 남다른 인생역정은 무려 20년에 걸쳐 단가인 가곡(歌曲)의 『청구영언』(1728)에 비견되는 장가인 가사(歌辭)의 『해동유요』를 편찬하는 것

---

9   '력(櫟)'은 가죽나무 력 자(字)로 옹이가 많아 재목으로 쓸 수 없는 나무다. '역와(櫟窩)'는 '쓸모없는 움막' 정도가 되겠다.

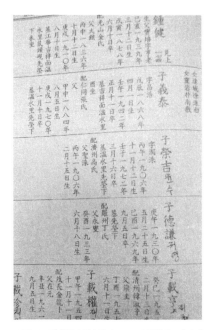

에까지 이르지 않았나 한다.

이러한 사실들로 보아, 『해동유요』의 편찬자는 김의태(金義泰, 1868~1942, 자(字) 창호(昌浩), 호(號) 토성(土亭)·역와(櫟窩)·태화당(太和堂))임이 분명해 보인다.

따라서 겉표지 '해동유요(海東遺謠)'를 이어 '장가(長歌)/ 경인(庚寅) 중춘(仲春) 망전삼일(望前三日) 시역(始役)/ 해동유요(海東遺謠)'란 속표지의 '경인(庚寅)'은 1890년이고, 이 노래책의 마지막 가사로 김의태가 직접 지어 덧붙인 〈영남가(嶺南歌)〉(기유(己酉) 춘작(春作))의 '기유(己酉)'는 1909년이다.

그림 16 김재형 님(金載亨. 1953년생)은 김종건(金鍾健)의 증손자임 | 『김해김씨안경공파세보(金海金氏安敬公派世譜) 전(全)』

김의태는 1890년부터 1909년까지 무려 20년에 걸쳐, 일생의 노작(勞作)의 하나로 이 『해동유요』를 편찬한 것이다.

3. 가사(歌辭)의 향유방식에 대한 시각

가사(歌辭)의 향유방식에 대해서는 우선 다음과 같은 조선 전기 이래의 가사(歌辭)의 가창에 대한 기록들을 들 수 있다.

또 〈무등장가〉[10] 등의 가곡(歌曲)을 지어 술이 오르면 가아(家兒)와 무녀(舞女) 등에게 그것을 <u>창(唱)</u>하게 했다.

윤흔(1564~1638), 『계음만필(溪陰漫筆)』[11]

동춘(同春. 송준길, 1606~1672)은 퇴계의 〈어부사〉를 책 중에 베껴 두고는 노래를 잘하는 홍주석으로 하여금 창(唱)하게 했다. '송강의 〈관동별곡〉 같은 것은 역시 절조이다. 너는 그 뜻을 아느냐?'고 묻고는 다시 〈관동별곡〉을 <u>창(唱)하</u>게 했다.

『교주가곡집(校註歌曲集)』[12]

옥아가 고(故) 인성군(寅城君) 정철의 〈사미인곡〉 부르는 것을 듣고

칠아는 이미 늙었고 석아는 죽었는데

오늘날 노래 잘하는 이는 옥아라네.

고당에서 미인사를 시험삼아 <u>창(唱)</u>하는데

---

10   송순의 가사 〈면앙정가〉를 말한다.

11   且作歌曲如無等長歌等 酒○輒使家兒舞女等唱之

12   同春李退溪漁父詞 謄寘册中 使善歌者洪柱石唱之 曰如鄭松江關東別曲亦是絶調 汝知其意否 仍使更唱關東別曲

들어보니 인간 세상의 노래가 아닌 듯하네.

이안눌(1571~1637),『동악집 속집(續集)』¹³

그리고 이러한 가사를 가곡·시조와 같은 '단가(短歌)'에 대해 다음처럼 '장가(長歌)'라고 하고 있다.

　근세에 우리말의 장가(長歌)가 많다. 유독 송순의 〈면앙정가〉와 진복창의 〈만고가〉가 사람의 마음을 끈다. 〈면앙정가〉는 산천과 전야의 그윽하고 광활한 형상과 높고 낮은 정대(亭臺)와 굽어 도는 좁은 길의 형상을 두루 폈다……〈만고가〉는 먼저 역대 제왕의 어짊과 그릇됨을 펴고, 다음으로 신하의 어짊과 그릇됨을 폈다. 대개 중국의 양절(陽節) 반씨(潘氏)의 논(論)을 저본으로 하여 우리말로 곡(曲)에 맞추어 가사(歌詞)를 붙였다.

심수경(1516~1599),『유한잡록(遺閑雜錄)』¹⁴

　우리나라의 가사(歌詞)는 방언(方言)이 섞여 있기 때문에 중국의 악부(樂府)와 나란히 비교할 수 없다. 근래의 송순이나 정철이 지은 것과 같은 것은 가장 좋은데도, 입에 회자(膾炙)되는 데 그치니 안타깝다. 장가(長歌)로는 〈감군은〉, 〈한림별곡〉, 〈어부사〉가 가장 오래되었고, 근래에는 〈퇴계가〉, 〈남명가〉, 송순의

13　聞玉娥歌故寅城鄭相云思美人曲 七娥已老石娥死 今代能歌號阿玉 高堂試唱美人辭 聽之不似人間曲

14　近世俚語長歌者多矣 唯宋純 俛仰亭歌 陳復昌 萬古歌 差强人意 仰亭歌則鋪叙山川田野幽迥曠濶之狀 亭臺蹊徑高低回曲之形…萬古歌 則先叙歷代帝王之賢否 次栖臣下之賢否 大槩祖述陽節潘氏之論 而以俚語塡詞度曲 亦可聽也 '김일환,『조선 가사 문학론』, 계명문화사, 1990, 82쪽'에서 재인용.

〈면앙정가〉, 백광홍의 〈관서별곡〉, 정철의 〈관동별곡〉, 〈사미인곡〉, 〈속사미인곡〉, 〈장진주사〉가 세상에 성행하고 있다. 기타 〈수월정가〉, 〈역대가〉, 〈관산별곡〉, 〈고별리곡〉, 〈남정가〉의 유형과 같은 것들은 매우 많다. 나도 또한 〈조천곡〉 전후 두 편을 지었는데, 또한 희작일 뿐이다.

이수광(1563~1628), 『지봉유설』[15]

이에 오늘날 가사의 향유방식에 대해서는 이와 같은 17세기 이전의 기록들과 관계해 적어도 17세기 이전의 가사는 가창되었다,[16] 음영되기도 하고 가창되기도 했다,[17] 음영되었다[18] 등 여러 논의들이 이뤄지고 있다.

따라서 오늘날 가사의 향유방식으로는 가창(歌唱), 음영(吟詠), 율독(律讀)이 있을 수 있다는 것이 일반적으로 받아들여지고 있다. 가사는 4음보 연속체의 긴 시가로 문자로 기록된 형태로도 전해지기에, 이를 보고 읽는 '율독'의 방식이 있다는 것은 누구나 받아들일 수 있다. 음영은 현재도 경상도지역의 여성들이 규방가사를 '음영' 방식으로 향유하는 것을 조사할 수 있기에, 또 쉽게 받아들일 수 있다. 문제는 '가창'이란 방식이다.

이 중 임재욱은 가사 장르의 가창성을 일찍부터 주장하며 그 음악적 내용

---

15 我國歌詞雜以方言 故不能與中國樂府比 如近世宋純鄭澈所作最善 而不過膾炙口頭而止 惜哉 長歌則感君恩 翰林別曲 漁父詞 最久而近世 退溪歌 南冥歌 宋純 仰亭歌 白光弘 關西別曲 鄭澈 關東別曲 思美人曲 續思美人曲 將進酒詞 盛行於世 他如水月亭歌 歷代歌 關山別曲 古別離曲 南征歌之類甚多 余亦有朝天前後二曲亦戲耳 이수광, 『지봉유설(芝峯類說)』, 권14, '가사(歌詞)'.

16 조규익, 『가곡 창사의 국문학적 본질』, 집문당, 1994.
    임재욱, 「가사의 형태와 향유 방식 변화의 관련 양상 연구」, 서울대 석사논문, 1998.

17 김학성, 「가사의 본질과 담론 특성」, 『한국문학논총』 제28집, 한국문학회, 2001.6.

18 김일환, 『조선 가사 문학론』, 계명문화사, 1990.

들을 찾으려는 논의들까지 지속적으로 하고 있다.[19] 반면 김학성과 성무경은 여전히 음영을 주장한다. "가사의 제시형식의 본질태는 가창과 완독의 어느 쪽으로도 전환이 가능한 '음영'이며, 그것이 텍스트마다의 상황에 따라, 음영, 완독 중 어느 하나 혹은 복수의 제시형식으로 실현된 것이 구체적 실현태이자 가사 장르의 운동양상"[20]이라 하고, 가사가 '볼거리(可觀)'와 '들을거리(可聽)'의 양가성을 가지면서 양쪽으로의 전환이 가능한 '음영성'을 그 향유방식의 본질로 갖고 있다고 주장했다.[21]

그렇다면 일단 17세기 이전의 가사들은 가창되었을까, 음영되었을까?

여기서 우선 위의 여러 논자들이 말하고 있는 가사는 사실상 사대부가사들에 한정된다는 것을 분명히 해 둘 필요가 있다.

오늘날 가사의 발생은 고려 말의 승려 나옹화상의 〈서왕가〉, 〈승원가〉 등에 있다는 것을 인정하고 있는 만큼, 이러한 불교가사는 노래로 불려지며 전승된 것으로 보는 것이 당연하다. 아직 훈민정음과 같은 우리말을 그대로 기록하는 문자가 없었던 시절이므로 기록된 문학에서나 가능한 율독은 생각할 수도 없고, 이러한 불교가사들이 대중적인 방식으로 향유되고 전승되었기에, 음영의 방식보다는 노래와 같은 형태 곧 가창의 방식으로 전해져 내려왔다고 보는 것이 보다 자연스럽다.

고려 말 이래 불려진 불교가사는 오늘날 승려들이 부르는 '화청(和請)'과 같은 형태로 발전되어 왔다. 오늘날에도 영산재(靈山齋) 등의 불교의 큰 재(齋)

---

19 임재욱, 『가사 문학과 음악』, 보고사, 2013.

20 김학성, 2001. 6. 앞의 글.

21 성무경, 「18·19세기 음악환경의 변화와 가사의 가창전승」, 『한국시가연구』 제11집, 2002.2., 47~48쪽.

여	보		시		오		시	주		님		네	
금	일	영		가			모		서	다		가	

그림 17 불교가사 화청(和請); '3·2·3 / 3·2·3'장단 | 성기련, 「율격과 음악적 특성에 의한 장편 가사(歌辭)의 갈래 규정 연구」, 『한국음악연구』 제28집, 한국국악학회, 2000, 268쪽.

세상		천	지		만	물	중	에	
사람		밖	에		또	있	는	가	

그림 18 불교가사 화청(和請); '2·3 / 2·3'장단으로 채보되었는데, 이를 '3·2 / 3·2'장단으로 보아도 좋음 | 성기련, 위의 글, 268쪽.

에서는 마지막에 승려 한 명이 일어서서 징이나 북을 치며 〈회심곡〉, 〈백발가〉, 〈왕생가〉, 〈권선곡〉 등 40개 작품에 이르는 우리말로 된 불교가사를 한 곡 정도 부르는데,[22] 이러한 화청의 장단은 '3·2·3/ 3·2·3'장단 혹은 이것이 보다 단순화된 '3·2/ 3·2'장단(엇모리장단)이다.

그런데 이러한 화청의 장단은 다음처럼 오늘날 음영되는 규방가사에서도 어느 정도 확인된다.

오늘날 조사된 천주교가사도 '3·2/ 3·2'장단(엇모리장단)으로 된 것을 볼 수 있다.[23]

이 중 규방가사는 '3·2·3/ 3·2·3'장단 혹은 '3·2/ 3·2'장단과 비슷하게

---

22 동국대학교 불교대학, '화청(和請)', 무형문화재조사보고서 제65호, 『무형문화재조사보고서 제9집』, 문화재관리국, 1969, 31~33쪽.

23 "〈문베드로자탄가〉: ……장단은 엇모리 장단으로 리듬은 ♪♪♪♩ ♪♪♪♩ 인데, 뒤로 갈수록 약간 늘어지는 경향이 있다.
"〈폐헌가〉:……장단은 역시 엇모리장단이다."
강영애, 「구전되는 천주가사의 음악적 특징」, 『예술론집』 제3집, 전남대 예술연구소, 1999. 11., 198~199쪽.

| 어 | 화 | | 세 | | 상 | | 사 람 | | 들 | | 아 | |
| 이 | 내 | | 말 | | 쌈 | | 들 어 | | 보 | | 소 | |

그림 19 규방가사; '3·2·3 / 3·2·3'장단 | 성기련, 위의 글, 274쪽.

어	화		세	상		사	람	들	아	
	이	내	말	씀		들	어	보	소	
이	조		이	후		오	백	여	년	
	세	종	대	왕		장	한	사	업	
훈	민		정	음		이	아	닌	가	
	시	월	구	일		한	글	날	은	
	영	원	토	록		기	념	축	일	
	원	망	이	요		이	조	정	치	
	관	존	여	비		떠	들	다	가	
	백	성	천	지		만	들	었	고	

그림 20 규방가사; 여기서는 '2·3/ 2·3'장단으로 채보되었는데, 이를 '3·2/ 3·2'장단으로 보아도 좋음 | 성기련, 위의 글, 273쪽.

음영하는 것이 많지만, 때로는 이를 벗어나는 경우도 있기에, 이것을 음악적으로 노래라고는 할 수 없다. 음악적으로 노래란 일정한 선율과 장단이 있어야 하는데, 최소한 일정한 장단이라도 가져야 하기 때문이다. 반면 스님의 '화청'이라고 하는 불교가사는 '3·2·3/ 3·2·3'장단 혹은 '3·2/ 3·2'장단(엇모리장단)을 분명히 지키기에, 이는 음악적으로 노래라 할 수 있다.

그러면 이러한 '3·2·3/ 3·2·3'장단은 어디서 나온 것일까?

바로 '3·4'조 음수율이 많은 우리말 자체에서 나왔다 할 수 있다. 위에 제시된 장단보(長短譜)에서 바로 볼 수 있듯, '3·4'조의 우리말을 다소 성조를 넣어 읽게 되면 '3·2·3/ 3·2·3'장단 혹은 '3·2/ 3·2'장단(엇모리장단)이 나오는 것이다. 그래서 조선 전기부터 우리말 노래의 악보는 '3·2·3(8박)/ 3·2·3(8박)'장단과 같은 16박 정간보(井間譜)를 기본으로 해서 기록된 것이다.

그러므로 '3·2·3/ 3·2·3'장단 혹은 '3·2/ 3·2'장단(엇모리장단)은 '3·4'조의 우리말에 따른 가장 기본적인 장단으로 오늘날에도

그림 21 『시용향악보』의 〈청산별곡〉 | '3·2·3/ 3·2·3'의 16정간보로 기록되었다.

가사를 음영했을 때 나올 수 있는 장단이라 할 수 있다.

한편 같은 불교계통 가사라도 광대들이 부른 '영산(靈山)'은 이와 다른 장단으로 불렸다. 광대들이 부른 오늘날 우리가 흔히 '판소리단가'라고 하는 〈백발가〉, 〈천생아재〉, 〈고왕금래〉 등 불교적 인생무상의 노래들을 과거에는 '영산(靈山)'이라 했다. 이것은 '영산(靈山)'이 '영산회상(靈山會相)'에서[24] 나온 것인 만큼 이것들은 원래 불교계통의 가사들이었음을 알 수 있다.[25] 이 광대소리 영

---

24   '영산회상(靈山會相)'은 석가모니가 영취산(靈鷲山)에서 설법할 때, 여러 불보살들과 대중들이 모여 있는 모습을 말하는 것으로 이후 불교의 가장 중요한 상징이 된다.

25   졸저, '제3장 광대의 소리 갈래들', 제3절 영산(靈山), 『광대의 가창 문화』, 집문당, 2003.

산의 장단은 '(긴영산조) – 긴영조[26] – 긴양조[27] – 진양조'가 되었기에,[28] 장단구조는 같지만 3분박 6박의 진양조보다 빠른 2분박 6박의 이른바 '영산조'장단으로 불렸을 것으로 여겨진다.

그래서 오늘날 판소리단가는 판소리의 가장 중심이 되는 장단인 12박 중모리로 부르는 것으로 흔히 알고 있지만, 근대 무렵까지도 〈대장부한(大丈夫恨)〉, 〈월령가(月令歌)〉 같은 판소리단가가 진양조장단으로 기록되기도 했고.[29] 오늘날에도 〈추월강산〉 같은 판소리단가는 진양조장단으로 남아 있다.[30]

이러한 2분박 6박의 영산조장단은 오늘날 경기도의 도살풀이장단, 남해안별신굿의 불림장단으로 긴 사설을 부르는 무가들의 주된 장단으로 쓰이고 있다.

진양조

남해안굿의 '불림'

같은 불교계통 가사라도 광대가 부르면 그 장단이 달라지는 것이다.

그러면 사대부가사 계통의 가사들은 어떤 장단으로 불렸을까?

사대부가사계통으로 노래로 불린 것은 역시 광대들이 부른 것들을 들 수 있다. 광대들은 상층의 행사들에도 참가했기에, 사대부들도 즐긴 가사들을 자

---

26 이용기 편, 정재호·김흥규·전경욱 주해, 『(주해) 악부』, 고려대 민족문화연구소, 1992, 387쪽.

27 일제강점기 유성기음반들의 기록.

28 졸저, 앞의 책, 2003, 209~211쪽.

29 이상준, 『조선 속가』, 박문서관, 1921, 63쪽, 60쪽.

30 유성기음반: Columbia 4008-A 춘향전 추월강산, 박녹주 창, 1929.

기들의 노래로도 불렀다.

    광대들은 다음처럼 사대부가사인 〈금보가(琴譜歌)〉를 〈사창화류〉란 판소리 단가로 부르고, 〈환산별곡〉도 역시 판소리단가로 불렀다.

〈금보가(琴譜歌)〉 퇴계 이선생(退溪李先生)

옥루사창(玉樓紗窓) 화류(花柳) 중(中)에

백마금편(白馬金鞭) 소년(少年)들아

평생문견(平生聞見) 칠현금(七絃琴)을

알고 저리 질기온가

지음(知音)을 못ᄒ거던

음률(音律)을 엇지 알며

박물(博物)을 못ᄒ거던

체법(體法)을 엇지 알리

지음(知音)과 체법(體法)을

날ᄃ려 뭇거의면

궁천지리(窮天至理)을

대강(大綱)이나 이르리라

태평대(太平代) 성제왕(聖帝王)이

요순(堯舜)박긔 ᄯᅩ 인는가

내미복유강구(乃微服遊康衢)의

격양가(擊壤歌)도 죠커이와

……[31]

---

31   『인수금보(仁壽琴譜)』; 국립국악원, 『한국음악학자료총서19』, 서울세신문화사, 1985, 64쪽.

〈사창화류〉 [엇중몰이]

사창화류 중의 백마 금편 소년 평생 문전, 칠현금을

알고 즐기느냐, 모르고 즐기느냐?

체언 체법을 날다려 묻거드면 궁청지리를 대강만 일러.

태평대 승지왕은 요순 밖의 또 있느냐?

아미봉 유안곡은 격양가도 좋다

......[32]

단가(短歌)

昨日云是今覺非 [어졔 올탄 말이 오늘이야 왼 줄 알고

葛巾布衣訪故鄕 葛巾 布衣로 故園을 ᄎᄌ가니

山川依舊松竹新 山川은 녯 비치요 松竹이 싀로왜라

數間茅茨草菌張 數間 茅茨下의 집 ᄌ리 흔닙 쌀고

......

江山主人惟是卽 아마도 江山主人은 나뿐인가 ᄒ노라

(補, 〈환산별곡(環山別曲)〉, 『청육(靑六)』)

倡夫先唱此歌以開喉音(창부가 이 노래를 선창함으로써 목을 푼다)[33]

1750년 신광수(申光洙)가 과거(科擧)에서의 진사(進士) 입격(入格) 때 유가(遊街)를 해 준 광대 원창(遠昌)에게 〈제원창시(題遠昌詩)〉란 한시(漢詩)를 한 수 지어 주었다. 여기에서 광대 원창이 앞서 소개한 '영산(靈山)'과 전라도 강

---

32 한국 브리태니커 회사, 『판소리 다섯 마당』, 1982, 233쪽.

33 정현석 편저, 성무경 역주, 『교방가요』, 보고사, 1872:2002, 228~230쪽.

진의 진사 이희징(李喜徵, 1587~1673)이 지은 사대부가사 〈춘면곡(春眠曲)〉을
[34] 불렀다고 하고 있다.

> 홍도선 한 번 치니 소맷자락 펄럭
>
> 우조(羽調)로 하는 영산(靈山) 당대에 드물구나.
>
> 작별에 임하여 춘면곡(春眠曲) 한 자락 다시 하고는
>
> 꽃 지는 시절에 강을 건너 돌아가네.[35]

이 중 오늘날에도 불려지는 판소리단가 〈사창화류〉는 2분박 6박의 엇중모
리장단으로 시작해서 12박 중모리장단으로 넘어간다. 이 12박 중모리장단은
2분박 6박의 엇중모리장단 두 개가 합쳐지면 생겨날 수 있는 장단으로 2분박
6박의 엇중모리장단 이후에 생긴 장단이라 할 수 있다.

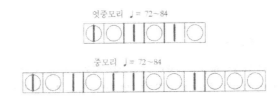

그림 23 | 엇중모리장단 2개가 합쳐지면 중모리장단이 될 수 있음

그러므로 〈사창화류〉는 6박 엇중모리장단으로 불린 것으로 볼 수 있다. 이
6박 엇중모리로 불리는 판소리단가는 오늘날 〈사창화류〉 외에도 〈청석령 지

---

34 이상주, 「춘면곡과 그 작자」, 『우봉 정종복박사 화갑기념논문집』, 1990.

35 桃紅扇打汗衫飛 羽調靈山當代稀 臨別春眠更一曲 落花時節渡江歸 『석북집』, 탐구당 영인,
    82쪽. '김흥규, 「19세기 전기(前期) 판소리의 연행 환경과 사회적 기반」, 『어문논집』 제30집, 고려
    대 국어국문학연구회, 1991'에서 재인용.

내거니〉가 더 남아 있다.[36]

사대부가사 계통의 판소리단가 작품들이 6박 엇중모리로 불린 것이다.

사대부가사 계통의 또 다른 노래는 12가사(歌詞)다. 1800년 전후에 나오기 시작한 12가사는 사대부가사계통의 〈춘면곡〉, 〈처사가〉, 〈상사별곡〉 등으로 이뤄진 것을 통해서도 알 수 있듯, 역시 사대부가사계통에서 나온 노래들이라 할 수 있다. 이러한 12가사의 장단은 6박 도드리장단이다.[37] 12가사를 이은 이후의 12잡가도 6박 도드리장단이다.[38]

그런데 광대가 부른 가사의 6박 엇중모리장단과 12가사의 6박 도드리장단은 같은 계통의 장단이다. 다음처럼 6박 도드리장단이 빨라지면 6박 엇중모리 장단이 되기 때문이다.

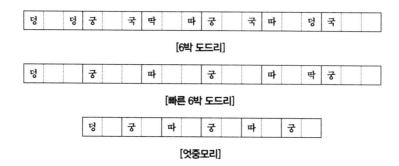

| 덩 | 덩 | 궁 | 국 | 딱 | 따 | 궁 | 국 | 따 | 덩 | 국 | |

[6박 도드리]

| 덩 | | 궁 | | 따 | | 궁 | | 따 | 딱 | 궁 | |

[빠른 6박 도드리]

| 덩 | 궁 | 따 | 궁 | 따 | 궁 |

[엇중모리]

---

36 졸저, 앞의 책, 2003, 204쪽.

37 12가사 중 〈백구 타령〉·〈황계사〉·〈춘면곡〉·〈죽지사〉·〈어부사〉·〈길군악〉·〈수양산가〉·〈매화 타령〉 8곡은 6박 도드리장단, 〈상사별곡〉·〈양양가〉·〈처사가〉 3곡은 5박 도드리장단을 사용하고 있지만, 5박 도드리장단은 6박 도드리장단이 빨라진 것이기에 역시 6박 도드리장단계통으로 볼 수 있다. 〈권주가〉는 상황에 맞게 불리므로 장단이 일정하지 않다. '가사(歌詞)', 『한국민족문화대백과사전』, 한국정신문화연구원, 1991.

38 12잡가 중 〈달거리〉와 〈집장가〉를 제외한 나머지 곡들은 모두 6박 도드리장단이다. 장사훈, 『최신국악총론』, 세광음악출판사, 1985, 513쪽.

이렇듯 사대부가사 계통에서 나온 노래의 장단은 6박 도드리장단이다. 불교가사나 규방가사처럼 음영과 관계될 수 있는 서민가사계통의 '3·2·3/ 3·2·3'장단 혹은 '3·2/ 3·2'장단(엇모리)과 다른 것이다.

이로 보아 사대부가사는 음영을 넘어 보다 노래처럼 불렸을 것이다. 그렇지만 일정한 장단이나 선율을 가진 노래는 아니었을 것이다. 일정한 선율과 장단을 갖추면 이른바 가사(歌辭) 영역을 떠나게 된다. 판소리단가나 12가사(歌詞)가 그런 경우다. 노래가 되어 가사(歌辭) 영역을 떠나게 되었기에, '판소리단가', '12가사(歌詞)' 같은 독립된 노래 명칭을 갖게 된 것이다. 일정한 선율이 없더라도 일정한 장단만 갖춰도 노래가 되어 독립된 노래 명칭을 갖게 된다. 대개 엇모리장단으로 불리는 〈회심곡〉, 〈백발가〉, 〈서왕가〉 등 '화청(和請)'이라 불리는 불교가사가 그런 경우다. 이들 판소리단가, 12가사, 화청 등은 노래들이 되어 특별한 노래 명칭들을 갖고 가사(歌辭) 영역을 떠났고, 그렇지 못한 것들은 '장가(長歌)'라는 일반적인 노래 명칭만을 갖고 이른바 가사(歌辭) 영역에 남아 있는 것이다.

이렇게 노래는 아니지만, 노래처럼 불리는 것을 '창조(唱調)로 불렸다'라고 할 수 있을 것 같다.

여기서 '창조로 불리는 것'과 '음영되는 것'은 정도의 차이인데, 굳이 '창조로 불리는 것'을 더 설정할 필요가 있는가, 이 두 가지 방식이 정확히 구분될 수 있는가란 문제를 제기할 수 있다. 또 이들이 과연 일정한 장단이나 선율을 지닌 노래도 아니었는가에 대해서도 말할 수 있어야 한다.

따라서 이른바 17세기 이전의 사대부가사들이 창조로 불렸다면 이들이 일정한 선율과 장단을 가진 노래는 아니었다는 것과 음영된 것도 아니란 것을 분명히 논증할 필요가 있다.

여기서 17세기 이전의 가사들이 완전히 노래로 불린 것도 아니고, 그렇다고 단순히 음영된 것도 아니며, 대체로 창조로 불렸다고 하는 이유는 다음과 같다.

첫째, 앞서 소개한 17세기 이전의 가창되었다고 하는 가사 작품들은 물론 현재까지도 불린 가사 중에 일정한 선율이나 장단과 같은 일정한 음악적 내용이 있어, 현재 금보(琴譜)들에 악보화되어 남아 있는 것이 하나도 없다는 것이다.

사대부계통에서 남긴 안상(安瑺)의 『금합자보(琴合字譜)』(1572), 양덕수(梁德洙)의 『양금신보(梁琴新譜)』(1610) 등을 비롯하여 1900년대에까지 이르는, 임재욱이 소개하는 23종의 금보책(琴譜册)들[39] 중 어디에도 이른바 사대부가사로서의 장가(長歌)가 실린 것은 없다. 이들 가사들은 일정한 음악적 내용을 가진 노래는 분명 아니었다는 것이다.

가사로 금보에 실린 것은 사대부계통의 이승무가 편찬한 『삼죽금보(三竹琴譜)』(1841)가 최초의 것이다. 여기에 〈상사별곡〉, 〈춘면곡〉, 〈행로곡〉,[40] 〈매화곡〉, 〈황계사〉의 악보들이 실려 있다.[41] 이들은 모두 12가사(歌詞)들이다. 이 중 사대부가사계통으로 볼 수 있는 〈상사별곡〉(전체 47행)은 15행까지만, 〈춘면곡〉(전체 62행)은 17행까지만 실려 있다. 이들은 사대부가사로서가 아니라 노래화된 12가사(歌詞)들로 실린 것뿐인 것이다.

둘째, 앞의 17세기 이전의 사대부가사의 향유방식에 대한 것은 자족적인 음영이 아니라 일정한 관객을 대상으로 한 공연과 같은 형태로 이뤄졌다는 것이다. 이러한 관객을 대상으로 한 일정한 공연 방식의 경우, 음영이라고 하

---

39   임재욱, 앞의 책, 2013, 393~395쪽.

40   오늘날 〈길군악〉이다.

41   김창곤, 『12가사의 악곡 형성과 장르적 특징』, 서울대 협동과정음악학과 박사논문, 2006, 17~18쪽.

기보다는 가창이라고 하는 것이 보다 적절하다.

셋째, 사대부가사들이 비록 노래는 아니었지만, 노래처럼 불렸기에 실제 그 연장선상에서 노래들이 나왔다는 것이다. 광대들이 부른 사대부가사계통의 이른바 판소리단가, 가객·기생들이 부른 12가사 등이 그러한 것들이다.

허강(1520~1592)의 〈서호사(西湖詞)〉에 양사언이 3강8엽의 진작(眞勺) 음악을 붙여 〈서호별곡(西湖別曲)〉을 만들기도 했다는 것도[42] 이와 같은 맥락에서 바라볼 수 있다.

넷째, 우리말 '3·4'조 음수율로 된 것의 읊조림과 같은 이른바 음영의 결과로는 규방가사와 같은 '3·2·3/ 3·2·3'장단 혹은 이것이 간단화된 '3·2/ 3·2' 장단과 비슷한 장단이 성립된다는 것이다. 그래서 이러한 규방가사와 같은 서민가사로 노래화된 화청(和請)과 같은 불교가사나 천주교가사도 '3·2·3/ 3·2·3'장단 혹은 '3·2/ 3·2'장단으로 불린 것이다. 그런데 사대부가사의 연장에서 이뤄진 노래들은 광대들의 〈사창화류〉 등과 같은 판소리단가는 6박 엇중모리, 12가사나 12잡가는 6박 도드리장단으로 불렸다. 사대부가사는 분명 음영되는 것과 같은 방식으로 불린 것이 아니었던 것이다. 이들 사대부가사는 음영된 것과는 다른 방식, 비록 노래는 아니지만 보다 노래처럼 창조로 불린 것으로 여겨지는 것이다.

그러므로 17세기까지의 사대부가사는 노래도 아니었고, 음영된 것도 아니었다. 노래처럼 곧 창조로 불린 것이다.

그래서 앞서의 기록들에서 가창되었다고 하는 노래들도 다음처럼 때로는

---

42 김동욱, 「임란 전후 가사 연구」, 『진단학보』 제25·6·7합병호, 진단학회, 1963, 429~494쪽.

조규익, 『가곡 창사의 국문학적 본질』, 집문당, 1994.

김현식, 「〈서호별곡〉과 〈서호사〉의 변이양상과 그 의미」, 『고전문학연구』 제25집, 한국고전문학회, 2004. 6., 183~215쪽.

음영되었다고도 하고 있는 것이다.

　　한 편 12장은 셋을 줄여 9장으로 하여 장가로 만들어 읊고[詠], 한 편 10장은
줄여 단가 5결(闋)로 만들어 엽(葉)을 붙여 노래하게[唱] 했다.

이현보, '어부가 발(跋)'[43]

　　다음 자리의 어린 기생이 송강의 〈관동별곡〉을 읊조렸다[詠].

신익성(1588~1644), 『악전당집(樂全堂集)』[44]

　　노래처럼 불리기는 했으나 노래는 아니었기에, 가창되었다고 하기도 하고
음영되었다 하기도 한 것이다.

　　노래처럼 곧 창조로 부른다는 것은 그 당시의 노래의 가창방식을 활용해
적당히 부르는 것을 말한다. 17세기 이전의 사대부가사의 담당층 곧 사대부와
기생들의 대표적 노래는 시조시 곧 단가를 부르는 가곡이었다. 이와 같은 가
곡의 가창방식에 기반한 창조로 이들 가사들을 불렀던 것으로 여겨진다. 시조
시는 3·4·3·4(초장) / 3·4·3·4(중장) / 3·5·4·3(종장)의 음수율로 종장을 3(소
음보)·5(과음보)·4·3로 맺는 것을 기본으로 한다. 17세기 이전의 사대부가사
들도 길이만 길 뿐 3·4·3·4조의 음수율로 가다 역시 다음처럼 3·5·4·3으로
종결하는 것을 기본으로 했다.

43　一篇十二章 去三爲九 作長歌而詠言焉 一篇十章 約作短歌五闋 爲葉而唱之

44　席次小妓 詠松江相國關東曲

아모타 백년행락이 이만흔들 엇지흐리	정극인(1401~1481), 〈상춘곡〉
명월이 천산만락의 아니 비친 듸 업다	정철(1536~1593), 〈관동별곡〉
그제야 님을 다시 맛나 백년 살녀 하노라	이희징(1587~1673), 〈춘면곡〉

가곡과 같은 노래를 부르는 방식을 일정하게 활용하여 창조로 부르다 마지막에도 가곡의 종결방식처럼 나름 일정하게 마쳤던 것이다.

그리고 본서 이른바 '장가(長歌)/ 해동유요(海東遺謠)'(1909)에 실린 34편의 가사들은 모두 150행 미만으로 〈운림처사가〉(139행), 〈목동가〉(142행), 〈관동별곡〉(146행), 〈지로가〉(149행) 등이 가장 긴 작품들이다. 가사는 노래로 듣는 가곡과 달리 사설을 즐기는 작품이었던 만큼 처음부터 끝까지 부르는 것이기에, 창조로 불린 이러한 17세기 이전의 가사들은 나름 일정한 길이 제한이 있을 수밖에 없었던 것이다.

이렇듯 17세기 이전의 사대부가사들은 '장가'로 간주되며 창조로 노래처럼 불려졌다 할 수 있다.

4. 창조(唱調)로 부르는 가사의 전통

앞서 '3. 가사의 향유방식에 대한 시각'에서 17세기 이전의 사대부가사는 이른바 단가인 가곡과 상대되는 노래로 장가로 불리며 창조로 노래처럼 불린 것이 기본적인 향유방식이었음을 논했다. 이러한 사대부가사의 가창방식은 17세기 이후에도 이어졌다.

다음은 이하곤(李夏坤, 1674~1724)이 1722년 전남 장흥 보림사에서 강진의 진사(進士) 이희징(李喜徵, 1587~1673)이 지은 사대부가사 〈춘면곡(春眠曲)〉을들은 기록이다.

이때 병영(兵營)의 진무영(鎭撫營)에 〈춘면곡〉을 잘 부르는 자가 있었는데, 마침 이곳에 왔다. 자리를 주어 앉게 하고 노래를 부르게 했는데, 이것은 강진 진사(進士) 이희징(李喜徵)이 지은 것이다. 그 소리가 매우 구슬퍼 듣는 자가 심지어 눈물을 흘리기도 했다. 남도 사람들은 또한 시조별곡(時調別曲)이라 한다.[45]

신유한(申維翰, 1681~1752)의 〈조강행(祖江行)〉(1748년 이후)에도 상업이 번창하고 있던 경기도 김포의 조강나루에서 색주가(色酒家)의 여인이 〈춘면곡〉을 부르고 있는 것이 나온다.

머리는 나부(羅敷)[46]처럼 막 비녀를 꽂았고
눈썹은 막수(莫愁)[47]처럼 공교하게 그렸으며
허리는 버들가지처럼 가는데
요염하게 춘면곡을 부르네.
강물은 날마다 취흥으로 변하여
취하여 돈을 던져 젊은 여자를 부르네.[48]

---

45 時兵營鎭撫 有善歌春眠曲者 適來此 賜座歌之 此乃康津進士李喜徵作也 其聲哀甚 聞者至於涕下 南人又稱爲時調別曲 이하곤, ‘남유록(南遊錄)’,『두타초(頭陀草)』, 권18. ‘이상주,「춘면곡과 그 작자 -〈남유록(南遊錄)〉의 기록을 통해서-」,『우봉정종봉박사화갑기념논문집』, 서화, 1990’에서 재인용.

46 진(秦)나라 때 뽕을 따던 여자로 관원의 유혹을 물리쳤다.

47 중국 남조 양(梁)나라 석성(石城)에 살았던 여자로 노래를 잘 부르고 언제나 근심이 없었다.

1764년에 편찬된 『고금가곡』은[49] 상·하권으로 이뤄져 있는데, 상권에는 도연명의 〈귀거래사〉, 왕발의 〈채련곡〉, 이백의 〈양양가〉, 〈억진아(憶秦娥)〉, 〈백운가(白雲歌)〉, 두보의 〈관(觀) 공손대랑제자(公孫大娘弟子) 무검기행(舞劍器

竹杖 芒鞋를 分대로 집고신어
綠水 靑山의 오며가며 終日 ᄒ니
이시면 粥이오 업스면 굴믈망(만)뎡
갑업슨
江山의 누어 홈긔늙쟈 ᄒ노라

그림 25 『고금가곡』의 〈강촌별곡〉의 마지막 부분 | '갑업슨'을 하나의 행으로 잡고 있다. 윤덕진·성무경 해제, 『고금가곡: 18세기 중·후반 사곡(詞曲)가집』, 보고사, 2008, 220쪽.

行)〉, 왕유의 〈도원행〉, 백낙천의 〈비파행〉, 소식의 〈적벽부〉 등 중국 사부(辭賦), 허균의 〈여랑요란송추천(女郎撩亂送秋千)〉, 이재(李縡)의 〈대(代) 이태백혼송(李太白魂誦) 죽지사(竹枝詞)〉, 김창흡의 〈와념소유언(臥念少游言)〉 등 과체시(科體詩),[50] 〈풍아별곡〉, 〈겸가(蒹葭) 3장〉 등 중국 『시경』과 관련 된 작품 등 15편의 한문학 작품들과 〈어부사〉, 〈감군은〉, 〈상저가〉, 〈관동별곡〉, 〈사미인곡〉, 〈속미인곡〉, 〈성산별곡〉, 〈장진주사〉, 〈강촌별곡〉, 〈규원가〉, 〈춘면곡〉 등 11편의 우리말 작품들이 실려 있다. 하권에 대해 '단가 24목(目)'이란 말을 쓰며 주제에 따라 24개의 내용분류로 시조시들을 싣고 있기에,[51] 상권의 이러한 작품들은 이른바 '장가'로 간주되는 작품들이었을 것이다. 그런데 이러한 상권에 실린 우리말 작품들 중 〈어부사〉, 〈감군은〉, 〈춘면곡〉을 제외한 작품들

---

48 羅敷初總髻 莫愁工畫蛾 纖纖柳枝腰 艷唱春眠曲 江流日日變春酒 醉擲金錢喚少婦 신유한, 『청천집(靑泉集)』, 권2 시(詩). '김은희, 「12가사의 문화적 기반과 양식적 특성」, 성균관대 박사논문, 2001'에서 재인용.

49 이 책의 표지가 떨어져나가 있어 이 책이름은 후대에 지어져 붙여진 이름이다.

50 과거(科擧) 시험 때 짓는 시.

51 시조시 305수가 실려 있다.

은 모두 "이시면 粥이오 업스면 굴물망(만)뎡/ 갑업슨/ 江山의 누어 흉긔늙쟈
ᄒ노라"(〈강촌별곡〉)처럼 마지막 행의 첫 음보 3음절을 행을 나눠 기록하고 있
다.[52] 이러한 마직막 행의 첫 음보 강조는 이러한 가사(歌辭)들이 노래처럼 창
조로 불리다 마지막 행의 첫 음보를 특히 강조하며 가창을 마무리했던 것을
말해 준다.

18세기에도 여전히 사대부가사의 가창 전통은 이어지고 있었던 것이다.

다음은 1888년(고종 25) 11월 13일부터 1889년 6월 4일까지 동지사(冬至使)
및 진하(進賀) 사행(使行)으로 청나라에 갔다 온 사신들을 배행(陪行)한 저자
미상의 사람이 남긴 『연원일록(燕轅日錄)』에서 기생들이 부르는 가사(歌辭)를
듣는 부분들이다.

　(1888. 11. 29. 황해도 황주) 마침내 두 기생(연주(綠珠), 운향(雲香))으로 하
여금 〈강호사(江湖詞)〉를 병창(竝唱)하게 하니, 성운(聲韻)이 맑고 기이하여 산
새가 시냇물 사이에서 놀라 울고 들판의 학이 눈내린 물가에서 날며 춤추는 듯
하였다. 내가 찬탄하면서 "기이하도다, 가락의 아름다움이여. 비록 옛날의 번소
(樊素)와 소만(小蠻)일지라도[53] 이보다 나을 것이 없도다."라 말하였다. 두 기생
이 감사하며 말하기를 "첩들이 부른 바는 곧 산야(山野)의 농구(農謳)인데, 어찌
감히 옛날의 절창들과 함께 논할 수 있겠습니까?"라 하였다.[54]

52　윤덕진·성무경 해제, 『고금가곡: 18세기 중·후반 사곡(詞曲)가집』, 보고사, 2008.

53　번소(樊素)와 소만(小蠻)은 백낙천의 애첩(愛妾)들이다.

54　遂使兩妓竝唱江湖之詞 聲淸韻奇 山鳥驚噪於澗水之間 野鶴飛舞於雪汀之畔 余歎曰 奇哉
　　聲韻之美也 雖古之樊素小蠻 無以過也 二妓謝曰 妾之所唱乃山野農謳 豈敢與議於古之絶唱
　　乎 '김남기, 『연원일록(燕轅日錄)』에 나타난 가무악(歌舞樂)과 연희(演戲)의 연행 양상」, 『국문
　　학연구』 제40호, 국문학회, 2002. 5., 204쪽'에서 재인용.

(1889. 5. 16. 평안도 의주) 마침내 (연옥(軟玉)이) 연향(妍香)과 함께 〈강호사(江湖詞)〉를 병창(竝唱)하였다. 〈강호사〉를 끝까지 부른 뒤[사완(詞完)] 〈처사가(處士歌)〉를 불렀는데, 노래가 맑고 기이하여 소리가 하늘을 찌를 듯하였다. 내가 연달아 소리치며 기이하다고 칭찬하여 "기이하도다, 우리 애들의 노래여. 마땅히 의주에서 독보적인 존재가 되리라."라고 하였다. 두 기생이 다시 〈춘면곡(春眠曲)〉을 노래하였는데, 소리가 더욱 맑고 온화하여 사람으로 하여금 자신도 모르게 기쁘게 회포를 푸는 듯하였다.[55]

(1889. 5. 16. 평안도 평양) 화희(華姬)가 이어서 〈백구사(白鷗辭)〉를 노래하고, 금선(金仙)이 또한 〈황계사(黃鷄詞)〉 한 곡조를 불렀다. 화희가 비녀를 뽑아 난간머리를 두드리며 〈처사가(處士歌)〉를 노래하였는데, 소리가 더욱 맑아 마치 높은 산에 물이 흐르고 바람이 성근 솔을 때려 능히 흘러가는 구름을 막는 듯하였다……두 기생이 인하여서 〈추풍감별곡(秋風感別曲)〉을 읊조렸는데, 그 소리가 맑으면서도 그윽하고 슬프면서도 원망하는 듯하여 강물이 오열하고 과부가 듣고서 우는 듯하였다.[56]

위의 기록에서 〈강호사〉는 기생들이 '산야(山野)의 농구(農謳)'란 표현을 쓰고 있고, 원문에서 '사완(詞完)' 곧 끝까지 불렀다는 것으로 보아, 우리말로 된

55　遂與妍香唱江湖之詞 詞完 又唱處士之歌 歌喉淸奇 聲徹韻宵 余連聲稱奇曰 奇哉 吾兒之唱也 當獨步於灣府矣 兩妓又唱春眠之曲 韻益淸化 令人不覺 怡然開懷矣 '김남기, 위의 글, 207쪽'에서 재인용.

56　華姬繼唱白鷗辭 金仙又唱黃鷄詞一闋 華姬拔了金釵 叩了欄頭 唱處士歌 聲韻益淸 如高山流水 風打踈松 能遏行雲矣……兩姬因浪吟了秋風感別曲 其聲淸而幽 哀而怨 江水爲之鳴咽 嫠婦聞之感泣 '김남기, 위의 글, 211쪽'에서 재인용.

이른바 가사(歌辭)를 끝까지 부른 것으로 여겨진다. 마지막 인용문에서 언급된 〈추풍감별곡〉은 지금도 서도소리의 하나로 불려지고 있는 장편가사(歌辭)다.

1800년 전후 사대부가사(歌辭)계통에서 성립된 12가사(歌詞) 노래들이 성립되었기에, 『연원일록』(1888~1889)이 성립된 1800년대 말에는 기생들이 종래 불러왔던 가곡 외에도 이러한 12가사들인 〈춘면곡〉, 〈처사가〉, 〈황계사〉 등도 많이 불렀다. 그래서 『연원일록』에는 기생들이 "12가사(歌詞), 12잡가(雜歌), 서도잡가(雜歌), 민요, 시조(時調) 및 가곡창(歌曲唱), 가사(歌辭), 사부(辭賦)"가 불리거나 읊조려졌다 한다.[57] 이 중 〈강호사〉, 〈추풍감별곡〉 같은, 이른바 가사(歌辭)는 원래의 가사(歌辭) 앞부분만 노래화해서 부르는 12가사와 달리 처음부터 끝까지 불렀을 것으로 여겨진다.

기생들과 일정한 관계에 있었던 조선 후기 서울지역의 중인 가객들이 종래의 창조로 부르던 사대부가사를 음악적으로 보다 발전시켜 12가사(歌詞)와 같은 노래를 만들어 불러 이 노래가 전국적으로 불렸지만, 이러한 서울지역과 일정한 거리에 있었던 서도지역의 기생들에게서는, 위에서 보듯, 1800년대 말까지도 여전히 가사(歌辭)를 부르는 전통이 상당히 남아 있었다.

그 결과 오늘날에도 불리는 서도소리에는 서도좌창(坐唱), 송서(誦書)로 분류되지만, 문학적으로 가사(歌辭)인 노래가 많다. 서도소리로 12좌창으로 간주된 12작품 중 〈공명가〉, 〈초한가〉, 〈전장가〉, 〈제전〉, 〈초로인생〉, 〈관동팔경〉, 〈장한몽가〉, 〈향산록〉 등 8작품이 사실상 가사(歌辭)이고, 송서로 간주된 〈추풍감별곡〉, 〈국문뒤풀이〉, 〈적벽부〉, 〈탄금가〉, 〈노처녀곡〉, 〈거사가〉, 〈단장가〉, 〈과부가〉 등 8작품 역시 모두 사실상 가사(歌辭)다.[58]

---

57   김남기, 위의 글, 203쪽.

58   김정연, 『서도소리 대전집』, 경원각, 1979.

이 외 1982년 경북 군위군에서 홍윤달(남, 당시 64세, 작고)은 〈망부가〉, 〈우미인가〉, 〈백발가〉, 〈효자가〉, 〈사육신가〉 등 5편의 가사(歌辭)를 노래처럼 불렀다.[59] 그는 별다른 창조(唱調) 없이 비교적 작은 목소리로 이 가사들을 불렀는데, 이러한 가사들 외에도 그가 그 당시에 같이 부른 〈달기(구) 소리〉, 〈술타령〉 등의 민요들을 들어 보면 조사 당시 그는 다른 노래들도 그렇게 작은 목소리로 부른 듯하다. 우선 홍윤달의 〈망부가〉를 들어 본 음악 전문가 성기련은[60] 일정한 장단을 찾을 수 없다 했다. 읊조릴 때 곧 음영할 때보다는 창조로 부를 때 장단 혹은 율격성은 더 불안정하게 된다. 음영할 때는 사설 위주로 읊조리기에, 앞서 보았듯, '3·2·3/3·2·3' 혹은 '3·2·3·2' 같은 비록 불규칙한 면들이 있지만 일정한 장단을 갖는데, 창조로 부를 때는 그러한 창이란 음악성을 실현하기 위해 율격에 기반한 그런 장단 같은 것을 넘어서게 되는 것이다. 그런 면에서 홍윤달이 부른 가사들은 음영보다 창조로 불렀다 할 것이다.

또한 여기에서 창조로 부르는 것과 음영으로 부르는 것은 가사를 부를 때 사용되는 음악적인 문제도 문제이지만, 무엇보다도 가사를 부르는 사람이 적극적으로 공연하느냐 아니면 가사의 사설을 외우는 것을 보여주는 정도냐에 따라 크게 구분된다. 그런 면에서 보면, 그는 당시 다소 적극적 공연이 요구되는 상황에 있었다. 그는 가사책을 보지 않고 다소 노래하듯 이런 가사들을 불렀던 것이다. 그래서 조사자들도 이런 홍윤달의 가사들을 '민요'로 분류해 놓고 있다. 홍윤달은 창조로 위의 가사들을 부른 것이다.

1984년 전남 화순군에서 서당훈장을 한 적이 있는 백남수(남, 당시 81세, 작

---

59   한국정신문화연구원 편, 『한국 구비 문학 대계 7-12 경북 군위군(2)』, 1984, 294~332쪽.

60   당시 서울대 국악과 박사수료. 현재 한국학중앙연구원 교수.
     2002년 10월 17일 서울대 음대 자료실에서 여기에 소개된 가사 자료들을 성기련 동학께 들려주었다.

고)는[61] 〈호남가〉〈초한가〉〈궁장가〉〈한정가〉 등 4편의 가사(歌辭)를 불렀다. 역시 성기련에 따르면, 이들의 장단은 모두 일정하지 않다 한다. 〈호남가〉의 경우 앞의 두 장단 정도는 판소리단가 〈호남가〉 선율과 비슷하게 부르고 장단도 중모리장단 비슷하게 갔다. 〈한정가〉는 흔히 판소리에서 〈소상팔경〉으로 6박 진양조장단으로 불리는 노래인데, 대체로 5박정도로 불리고 있다. 〈초한가〉와 〈궁장가〉는 일정한 장단을 잡아낼 수 없다. 〈초한가〉는 판소리단가 〈초한가〉와는 다른 것이고, 〈궁장가〉는 신재효본의 허두가로 소개되어 있기도 하고 이황 등이 지었다는 설도 있는 〈도덕가〉다.[62]

이들 가사들은 실제 노래처럼 불리어 듣는 사람들의 무릎장단이나 추임새들도 있고 채록자들도 '민요'로 분류해 놓고 있다. 그러나 전체적으로 보면, 일정한 선율과 장단이 있는 것이 아니다. 창조로 노래처럼 부르고 있을 뿐이다. 여기서 〈호남가〉, 〈한정가〉 등이 판소리단가와 일정한 관계가 있기에, 백남수가 판소리단가를 배워서 이러한 가사들을 자기조로 불렀지 않았을까 하고 생각해 볼 수도 있다. 그러나 이 노래들 중 〈호남가〉는 실상 오늘날까지도 판소리단가로 많이 불리는 것이기에, 이러한 판소리단가 〈호남가〉의 영향을 받아 앞에 두 장단 정도가 판소리단가처럼 대체로 중모리장단 비슷하게 갔지만, 사실상 중모리장단을 고수한 것도 아니고, 전체적으로는 판소리단가 〈호남가〉와는 다른 선율로 노래했다. 나머지 노래들은 오늘날 판소리단가로 전

61　『한국 구비 문학 대계 6-1 전남 화순군(2)』, 1994, 361～372쪽.
　　여기서는 '백남호'로 기록되어 있는데, 필자의 현지조사에 따르면 '백남수'가 맞는 이름이다.

62　현재 이처럼 『한국 구비 문학 대계』에 실린 자료들은 당시 녹음 자료를 다음과 같은 인터넷 주소에서 직접 들을 수 있다. 다음에 거론될 경북 군위의 홍윤달의 경우도 마찬가지다. 아래의 주소로 들어가 '백남호' '홍윤달'을 치면 된다.
　　http://lib.aks.ac.kr/solarsweb4/main.asp

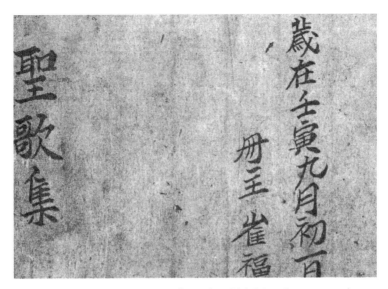

그림 26 | 민족종교계통의 한 단체가 가진 『성가집(聖歌集)』(필사본, 가로 15.5cm×13cm)

승되는 노래들이 아니기도 하며 실제로도 이런 노래들에서 판소리단가의 흔적은 거의 찾아 볼 수 없다. 그런 면에서 백남수는 자기조 곧 가사를 창조로 부른 것으로 보는 것이 적절하다.

2001년 가을 필자는 충남 논산에 있는 한학(漢學)마을을 찾았다. 여기에 춘추로 제사를 위해 모이는 사람들이 가사를 많이 가창한다는 것을 알았기 때문이다. 이 사람들은 오늘날에도 갓을 쓰고, 한복을 입고, 총각들은 댕기머리를 하며 전통적인 생활방식과 신앙의례를 유지하고 있었다. 새벽에 추제를 지낸 이들은 낮에 마이크를 들고 〈회춘가〉, 〈오륜가〉, 〈권선가〉 등등의 노래들을 노래책을 보거나 혹은 보지 않고 노래하듯 아주 신명나게 불렀다. 여자들도 2명이 같이 앉아 노래책을 보며 〈형제가〉 등을 불렀다. 이들 노래들은 길이에 있어서는 많은 차이가 있었지만, 문학적으로는 모두 가사 계통의 노래들이었다. 그런데 이 당시 불려진 노래들은 일정한 선율이나 장단이 없었다. 다만 창

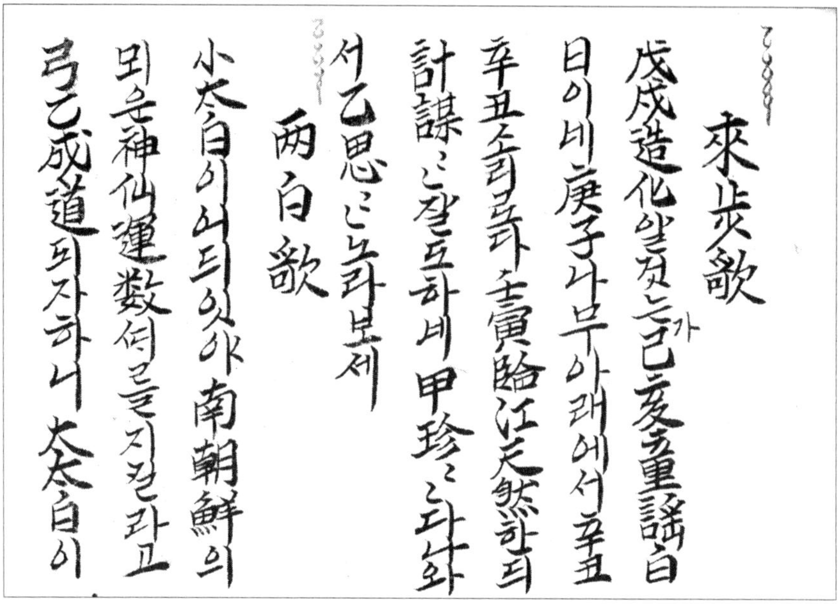

그림 27 | 『성가집』 첫부분의 〈내보가(來步歌)〉(4행 정도), 〈양백가(兩白歌)〉(14행 정도)

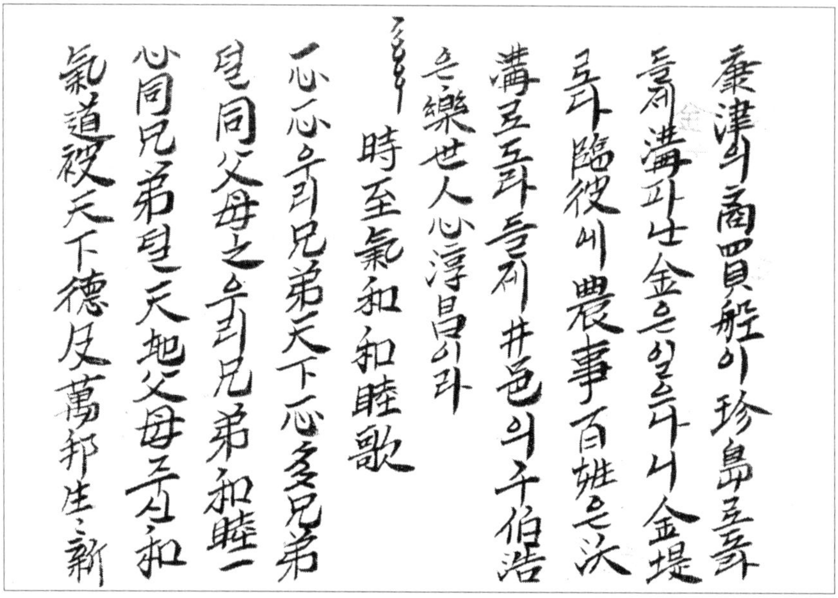

그림 28 | 『성가집』에 실린 〈시지기화(時至氣化) 화목가(和睦歌)〉(27행)

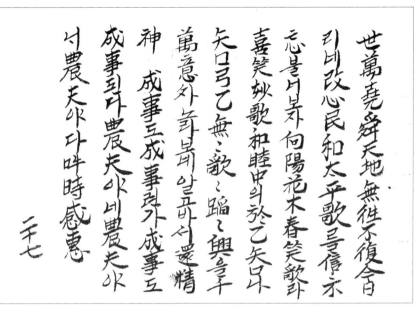

그림 29 | 『성가집』에 실린 〈시지기화(時至氣化) 화목가(和睦歌)〉의 마지막 부분

조로 노래처럼 부른 것이다. 이 당시 불려진 노래들은 사실상 종교계통의 가사들인데 이러한 종교계통의 가사들이 음영을 넘어 이렇게 노래처럼 여전히 창조로 불려지고 있었던 것이다.

한편 1905년 전북 순창지역의 증산교(甑山敎) 계통에서 지어 부른 다음과 같은 궁상각치우(宮商角徵羽)와 같은 악곡을 붙여 24절(節)로 만들어진 〈회문산가(回門山歌)〉 같은 가사도 있다. 앞서 허강(1520~1592)의 〈서호사(西湖詞)〉에 양사언이 3강8엽의 진작(眞勺) 음악을 붙여 〈서호별곡西湖別曲〉을 만들어 본 경우와 같다.

이렇게 일정한 곡을 붙여 노래로 만드는 일도 있는 것은 이러한 가사들이 기본적으로 창조로 거의 노래처럼 불렸기에 그 연장에서 이런 일들이 이뤄지곤 했던 것이다.

회문산가(回文山歌)

천지개벽(天地開闢) 이기묘운(二氣妙運) 거처로ᄂᆞᆫ 알연마난

산치천류(山峙川流) 오행정의(五行精義) 이면(裡面)을 게뉘알리

차신(此身)이 허랑(虛浪)하야 팔역(八域)을 편답(遍踏)타가

승개(勝槩)의 망로(忘勞)ᄒᆞ야 회문산(回門山) 도라드니

사자암(獅子巖) 석씨고탑(釋氏古塔) 운림(雲林)의 잠겨서라

익일(翌日)의 조반(朝飯)ᄒᆞ고 최고봉(最高峰) 올나가셔

암변(巖邊)의 막ᄃᆡ노코 풍두(風頭)의 잠드러다가

웅비자화(雄飛雌和) ᄒᆞᄂᆞᆫ성(聲)의 홀연(忽然)이 잠을 ᄭᅵ니

　　　쾌(快)/ 우(羽)/ 산승춘수(山僧春睡)

산승(山僧)도 날과갓치 춘수(春睡)가 미족(未足)턴가

염주(念珠)을 윤환(輪環)하고 석상(石上)의 거러안잣다

　　　동인(同人)/ 궁(宮)/ 봉황심소(鳳凰尋巢)

부상(扶桑)의 월출(月出)하고 약목(若木)의 일락(日落)할졔

깃찬ᄂᆞᆫ 져봉황(鳳凰)은 단산(丹山)이 아득하다

　　　곤(困)/ 각(角)/ 백학등공(白鶴登空)

청천(靑天)의 구름뫼와 기봉(奇峯)을 지여스니

아름다온 등공백학(登空白鶴) 솔잇ᄂᆞᆫ가 의심한다

　　　임(臨)/ 각(角)/ 징담잠룡(澄潭潛龍)

징담(澄潭)의 잠긴용(龍)이 구름을 어더쏘다

　　　대장(大壯)/ 치(徵)/ 암각와호(岩角臥虎)

암각(岩角)의 누은범이 퇴기을 탐할손야

선사(先師)가 일리업셔 필어화(筆於畵) 젼어세(傳於世)라

(이하 생략)[63]

이렇듯 가사를 창조로 부르는 전통은 지금까지도 어느 정도 이어지고 있다.

조선 전기부터 사대부가사는 이른바 장가로 단가인 가곡과 상대되는 시가로 기본적으로 노래처럼 창조로 불렸다. 조선 후기에 들어 사대부가사에도 김인겸의 〈일동장유가〉(1763~1764), 김진형의 〈북천가〉(철종 때) 등 종래 150행 이내의 가사들에 비해 거질의 장편가사들이 나와 이른바 음영가사나 율독가사가 성립되었다. 서민가사들도 많이 나왔다. 그러나 그들과는 별도로 조선 전기 이래의 이러한 장가로 창조로 부르는 사대부가사는 여전히 이어졌다. 그리고 사대부가사 외의 다른 계통의 가사들에도 영향을 미쳤다. 그래서 이러한 가사를 창조로 부르는 전통이 오늘날에도 나름대로 이어지고 있는 것이다.

여기서 오늘날에도 불리는 서도소리 〈추풍감별곡〉을 통해 창조로 불리는 가사의 음악적 방식의 일단을 한번 살펴보고자 한다.

황용주(1937년생. 국가무형문화재 제19호 '선소리산타령' 보유자)가 부른 〈추풍감별곡〉은 다음과 같이 시작되고 있다.[64]

어제		밤	부	던		바	라	암	
그	음	성이		이	완	여	언	허	다	아
고	치	임	다	안	금	에	에		
상		사	몽		을	훌처	어	깨	어

한편 12가사의 〈춘면곡〉과 12잡가의 〈유산가〉는 위와 같이 시작되고 있다.

---

63   순창군 구림면, 『구림면지(龜林面誌)』, 2005, 962~963쪽.

64   CD: '황용주 국악대전집 전체8집 중 제7집', 한성음반, 1992.

그림 31 12가사 중 〈춘면곡〉 | 장사훈, 『(하규일 · 임기준) 전창(傳唱) 12가사』, 서울대출판부, 1980, 33쪽.

그림 32 12잡가 중 〈유산가〉 | 최경혜 편저, 『(개정판)(박자, 소리풀이) 경기십이잡가가사집(좌창)』, 도서출판 풍류, 2013, 9쪽.

이를 사설과 육보(肉譜)의 말만으로 나타내 보면 다음과 같다.

〈추풍감별곡〉

어제밤 부던 바람

그 음성이 완연허다

고침단금에

상사몽을 훌처 깨어

    ; 어제밤 부던 바라암

      그 음성이이 완여언 허다아

      고치임 다안금에에

상사몽을 훌처어 깨어

<춘면곡>

춘면을 늦잇 깨어

죽창을 반개허니

정화는 작작헌데

가는 나비 머무는 듯

　　; 추후우우우후우후우운며어흐어흐어흐어어어어어어어허-허은으흐으
으으흐으흐으을 느-으흐으흐으으을지히이이이잇까흐이이이이이히이이이
여허어-

　　주우우우우우후-우욱차흐으아하흐아아아아아아아하-으아아아아흐으
흐으웅으흐으으을 바흐으아아 안가- ㅣ 히이히이이허어어어흐-흐으니

　　저허어헝화으아아흐아아아아아아아하-아아느흐으으-으흐으흐으은
자-아흐아흐아아악자하으아아아아아허으으으흐으으흐으으은더허어-ㅣ

　　가아아아하-으나느흐으으으흐으으은 나흐으아아-부ㅣ이이히이히이이
르흐으으을 머흐어어-어무-후우후우우느으흐으흐-흐은 듯

<유산가>

화란춘성하고

만화방창이라

때 좋다 벗님네야

산천경개를 구경을 가세

　　; 화라아안추우운서어엉하아고-오오오

　　마아안화아아바아앙차아앙이이이이라아아아

때에 조오오옹다아아아 버어엇니이임네이야

사아안처어어언겨어엉개에르으으으으을 구우이겨어엉으으을가하세에

위의 사실로만 보아도 여전히 가사(歌辭)인 〈추풍감별곡〉은 '어제밤 부던 바라암/ 그 음성이이 완여언 허다아~'처럼 가창될 때 1음절의 말이 1~2음절로만 불려져 사설위주로 불려지는 것을 알 수 있다. 반면 같은 가사(歌辭)계통의 노래라도 12가사인 〈춘면곡〉은 1음절이 1~24음절로 불려 무슨 말인지도 모를 선율위주로 되어 있다. 그래서 원래 62행 정도의 가사(歌辭) 〈춘면곡〉이 12가사 〈춘면곡〉에는 18행 정도만 불리는 새로운 가창물이 된 것이다. 한편 같은 가사(歌辭)계통의 노래라도 일반서민들이 즐긴 〈유산가〉는 1음절이 1~6음절로 불려 음악적 선율 외에도 문학적 사설을 어느 정도 즐길 만하게 불렸다.

황용주가 부른 가사(歌辭)는 사설에 따라 장단이 바뀌기도 하지만 대체로 4박으로 53행 정도를 8분 10초에 부르고 있다. 〈추풍감별곡〉은 157행 정도이니 이 속도로 사설을 다 부를 경우, 15분 30초 정도 걸릴 것 같다.

〈관동별곡〉이 146행, 〈사미인곡〉이 83행, 〈춘면곡〉이 62행 정도들이니, 전통사회의 사대부가사들은 10분 내외로 작품 전체를 창조로 노래처럼 부르기는 하지만 사설을 즐기는 것과 같은 형태로 향유되었을 것으로 여겨진다. 그리고 그 전통은 조선 후기에 음영할 수밖에 없는 장편가사들이 나오고, 담당층이 달라지는 서민가사들이 나오는 상황에서도 조선시대는 물론 근·현대에 이르기까지도 어느 정도 이어졌다.

5. 『해동유요』의 경우

　『해동유요』는 앞서 밝힌대로 강화도에 살았던 한미한 양반가문 출신 김의
태(金義泰)(1868~1942)에 의헤 1891년에 시작되어 1909년에 완성된 이른바
사대부들의 '장가집'이다.

　『해동유요』에 실린 작품은 다음과 같은 54편이다.

작품 번호	작품명	작가명 (생몰연대)	비고
1	〈어부사(漁父詞)〉	이현보 (李賢輔, 1467~1555)[65]	12가사(歌詞)
2	〈춘면곡(春眠曲)〉	나이단(羅以端)[66]	12가사
3	〈승가(僧謌)〉	남도사(南都事)[67] 남휘 (南徽, 1671~1732)	
4	〈승답가(僧荅謌)〉	여승	
5	〈자답가(自荅謌)〉	남도사(南都事)	
6	〈운림처사가(雲林處士謌)〉	청음(淸陰) 김상헌(金尙憲) (1570~1652)	
7	〈목동가(牧童謌)〉	임참판(任參判) 임유후 (任有後, 1601~1673)	
8	〈강촌가(江村謌)〉		
9	〈초한가(楚漢謌)〉		
10	〈사시가(四時謌)〉		
11	〈관동별곡(關東別曲)〉	송강(松江) 정철(鄭澈) (1536~1593)	
12	〈사미인곡(思美人曲)〉	송강	
13	〈속미인곡(續美人曲)〉	송강	
14	〈성산별곡(星山別曲)〉	송강	
15	〈장진주사(將進酒辭)〉	송강	사설시조
16	〈상사곡(相思曲)〉		
17	〈상사별곡(相思別曲)〉		12가사

작품 번호	작품명	작가명 (생몰연대)	비고
18	〈낙빈가(樂貧謌)〉	율곡(栗谷) 이이(李珥) (1536~1584)	
19	〈양양가(襄陽謌)〉	이백(李白) (701~762)	12가사
20	〈상사가(相思歌)〉		
21	〈수심가(愁心歌)〉		
22	〈계우사(誠友辭)〉		
23	〈한별가(恨別歌)〉		
24	〈유산곡(遊山曲)〉		
25	〈화류가(花柳歌)〉		
26	〈장한가(長恨歌)〉		
27	〈호서가(湖西歌)〉		
28	〈호남가(湖南歌)〉		
29	〈귀거래사(歸去來辭)〉	도연명 (陶淵明, 365~427)	한문학(漢文學)
30	〈칠월장(七月章)〉		『시경(詩經)』, 한문학
31	〈출사표(出師表)〉	제갈량(諸葛亮) (181~234)	한문학
32	〈후출사표(後出師表)〉	제갈량	한문학
33	〈추풍사(秋風辭)〉	한무제(漢武帝) 유철(劉徹) (B.C. 156~B.C. 87)	한문학
34	〈악지론(樂志論)〉	중장통 (仲長統, 179~220)	한문학
35	〈어부사(漁父辭)〉	굴원(屈原) (B.C.343~B.C.278)	한문학
36	〈잡설(雜說)〉	한유(韓愈)(768~824)	한문학
37	〈읍송귀시재복아(泣送歸時在 腹兒)〉	월사(月沙) 이정구(李廷龜) (1564~1635)	한문학
38	〈전적벽(前赤壁)〉	소식(蘇軾) (1037~1101)	한문학
39	〈후적벽(後赤壁)〉	소식	한문학
40	〈직금도시(織錦圖詩)〉	소약란(蘇若蘭)(357~?)	한문학

작품 번호	작품명	작가명 (생몰연대)	비고
41	〈권주가(勸酒歌)〉	노계(蘆溪) 박인로(朴仁老) (1561~1642)	
42	〈귀전가(歸田歌)〉	퇴계(退溪) 이황(李滉) (1501~1570)	
43	〈처사가(處士歌)〉		
44	〈권학가(勸學歌)〉		
45	〈관서별곡(關西別曲)〉	기봉(岐峯) 백광홍(白光弘) (1522~1556)	
46	〈용저가(舂杵歌)〉	퇴계	
47	〈원부사(怨婦詞)〉	기(妓) 무옥(巫玉)	
48	〈부농가(富農歌)〉	작암(作菴)	
49	〈병자난리가(丙子亂離歌)〉	명씨	
50	〈지로가(指路歌)〉	남명(南溟) 조식(曺植) (1501~1572)	
51	〈영남가(嶺南歌)〉(1909)	『해동유요』편찬자 김의태(金義泰) (1868~1942)	
'휘영(彙永)'			
52	〈천하명산〉[68]		(사설시조)
53	〈송인(送人)〉	정지상(鄭知常) (?~1135)	(시조)
54	〈대추 볼 맛있어지고〉		(시조)

　이 중 '33.〈추풍사(秋風辭)〉', '39.〈후적벽(後赤壁)〉', '46.〈용저가(舂杵歌)〉' 3편은 편찬자인 김의태가 작성한 목차에는 보이지 않지만, 다른 작품들과 같은 형태로 실려 있으므로 그것들도 실린 작품들로 소개했다.

　이들 54작품은 우리말 가사(歌辭) 34작품, 한문학 17작품, '휘영(彙永)'이라고 하여 기타 우리말 노래들을 모아 덧붙인 것 3작품 등으로 이뤄져 있다.

우리말 가사들이 많이 실려 이른바 대표적 가사집들로 볼 만한 책으로는 『고금가곡』(1764년. 10편), 『잡가(雜歌)』(1821년. 18작품), 『기사총록(奇詞總錄)』(1823년. 18편), 『장편가집(長篇歌集)』(19세기 후반. 16작품), 『망노각수기(忘老却愁記)』(1911년. 13편) 등이 있는데,[69] 이번에 이 『해동유요』(1909년. 37작품)가 영인(影印)·발간(發刊)됨으로써, 이 『해동유요』는 사실상 우리나라의 가장 대표적인 가사집이 되었다. 단가인 가곡을 모아 만든 『청구영언』(1728)에 비견되는 장가를 모아 만든 『해동유요』가 된 것이다.

한편 이른바 '장가집'이라고 하지 않고 '장가(長歌)'란 것을 앞세우고 책의 제목을 '해동유요(海東遺謠)' 곧 '유요(遺謠)'라고 해서 이제 '남아 있는 노래'라고 한 것은 이미 '장가'를 부르던 시대가 사실상 끝났음을 말하고 있다.

이러한 조선 전기 이래의 사대부가사를 통한 장가 문화가 끝난 때는 다음과 같은 『세시풍요』(1843)의 언급으로 보아 1800년대 중반으로 여겨진다.

술자리 난만한 곳 밤은 얼마나 깊었는가?

노래는 편가(編歌)가 끝나고 잡가(雜歌)로 변하네.

고조(古調) 춘면곡은 이제 부르지 않으니

---

65 여기서의 작자 표기는 『해동유요』에 기록된 것을 바탕으로 정소연이 갖추어 놓은 것을 따른다. 정소연, 「『해동유요』에 나타난 19세기 말 20세기 초 시가(詩歌) 수용 태도 고찰 -노래에서 시문학으로의 시가 향유를 중심으로-」,『고전문학과 교육』 제32집, 한국고전문학교육학회, 2016. 6.

66 〈춘면곡〉의 작자는 이희징(李喜徵, 1587~1673)으로 현재 밝혀졌다.

67 금부도사(禁府都事)를 지냈다.

68 '휘영'에 실린 작품들은 제목이 명시되어 있지 않다. 여기서는 편의상 제목들을 부여했다.

69 윤덕진, 「19세기 가사집을 통해 본 가사 향유의 실상」,『한국시가연구』 제13집, 한국시가학회, 2003, 281쪽.

황계사(黃鷄詞) 오열하고 백구사(白鷗詞) 토해내네.[70]

이에 대해 김창곤은 이른바 선율 면에서 '제1~8마루'로 구성된 12가사 〈춘면곡〉에서 언젠가 제7마루가 〈달거리〉 노래에서 나온 선율로 바뀌어 불리게 되는데, 이 중 〈달거리〉 노래의 선율이 들어오기 이전의 것을 고조(古調) 〈춘면곡〉으로, 들어온 이후의 것을 현재의 〈춘면곡〉으로 보는 논의를 한 바 있다.[71] 그런데 여기에서의 고조 〈춘면곡〉은 1800년대 초반까지도 불린 가사 전편을 부르는 원래의 가사(歌辭) 〈춘면곡〉으로 보는 것이 보다 적절하다. 〈춘면곡〉의 제1~8마루 중 제7마루의 변화와 같은 부분적인 변화보다는 작품 전편을 부르는 것에서 앞부분만 보다 음악적으로 갖추어 부르는 것과 같은 보다 큰 변화를 보고 '고조(古調) 〈춘면곡〉은 이제 부르지 않는다'고 하는 것이 보다 적절한 것 같기 때문이다. 위의 시에도 나와 있듯 이 무렵 〈황계사(黃鷄詞)〉, 〈백구사(白鷗詞)〉 등의 12가사(歌詞) 작품들이 불리면서 종래와 같은 창조로 가사 전편을 부르는 사대부가사의 가창 전통이 급격히 사라지기 시작한 것이다.

사대부와 그 주변의 기생들에 의해 주로 향유된 장가로서의 사대부가사는 조선 후기 중인(中人)[72] 가객들이 생겨남으로써 결정적인 변화에 직면한다. 이들 가객들은 종래 사대부와 기생의 노래였던 가곡을 전문적으로 부르고, 사대부가사인 장가를 12가사(歌詞)와 같은 노래로 만들어 부르게 되면서, 기생들

---

70 杯盤爛處夜如何 曲罷編歌變雜歌 古調春眠今不唱 黃鷄鳴咽白鷗喧 류만공, 『세시풍요』 (1843)

71 김창곤, 앞의 글, 51쪽.

72 양반과 일반서민 사이에 있었던 중간계층의 사람들.

이 종래의 사대부가사대신 이러한 12가사를 부르게 된 것이다. 사대부가사를 부르던 이른바 장가 문화는 사라지기 시작한 것이다.

그래서 앞서 『연원일록』(1888~1889)에서 보았듯 의주나 평양의 기생들이 〈강호사〉나 〈추풍감별곡〉 같은 가사(歌辭)보다 〈춘면곡〉, 〈처사가〉, 〈황계사〉, 〈백구사〉 등 12가사들을 오히려 주된 노래들로 부르게 된 것이다.[73]

1800년 전후에 사대부가사의 가창 맥락을 이어 12가사란 노래갈래가 성립되고,[74] 이를 기생들도 부르게 됨으로써 기생들은 종래의 사대부가사를 장가와 같은 형태로 부르는 것을 점차 하지 않게 된 것이다.

이것은 12가사와 이를 이은 12잡가가 발생한 서울지역과 그 주변지역이 더욱 심했다. 일례로 같은 『헌원일록』에도 함경도 의주나 평안도 평양 같은 데는 12가사 외에 〈강호사〉나 〈추풍감별곡〉 같은 가사(歌辭)를 부르기도 했지만, 황해도 봉산과 같은 경우는 12가사나 12잡가만 부르고 있다.

(1889. 5. 27. 황해도 봉산) 두 기생이 왔다. 그들로 하여금 가까이 앞으로 와

---

73 (1889. 5. 16. 평안도 의주) "마침내 (연옥(軟玉)이) 연향(妍香)과 함께 〈강호사(江湖詞)〉를 병창(竝唱)하였다. 〈강호사〉를 끝까지 부른 뒤 〈처사가(處士歌)〉를 불렀는데, 노래가 맑고 기이하여 소리가 하늘을 찌를 듯하였다. 내가 연달아 소리치며 기이하다고 칭찬하여 "기이하도다, 우리 애들의 노래여. 마땅히 의주에서 독보적인 존재가 되리라."라고 하였다. 두 기생이 다시 〈춘면곡(春眠曲)〉을 노래하였는데, 소리가 더욱 맑고 온화하여 사람으로 하여금 자신도 모르게 기쁘게 회포를 푸는 듯하였다."

(1889. 5. 16. 평안도 평양) "화희(華姬)가 이어서 〈백구사(白鷗辭)〉를 노래하고, 금선(金仙)이 또한 〈황계사(黃鷄詞)〉 한 곡조를 불렀다. 화희가 비녀를 뽑아 난간머리를 두드리며 〈처사가(處士歌)〉를 노래하였는데, 소리가 더욱 맑아 마치 높은 산에 물이 흐르고 바람이 성근 솔을 때려 능히 흘러가는 구름을 막는 듯하였다⋯⋯두 기생이 인하여서 〈추풍감별곡(秋風感別曲)〉을 읊조렸는데, 그 소리가 맑으면서도 그윽하고 슬프면서도 원망하는 듯하여 강물이 오열하고 과부가 듣고서 우는 듯하였다."

74 이는 『삼죽금보』(1841)에 와서야 비로소 12가사 작품들의 악보들을 볼 수 있기 때문이다.

서 앉게 하자, 〈매화사(梅花辭)〉를 노래하고 이어서 〈소춘향가(小春香歌)〉를 불렀다……두 기생이 마침내 서로 더불어 잡가(雜歌)를 병창하다가 밤이 깊어서야 돌아갔다.[75]

이 중 〈매화사〉는 일반적으로 〈매화타령〉이라고 하는 12가사이고, 〈소춘향가〉는 12잡가 중 하나다.

이렇듯 1800년 전후 무렵 가창갈래에 있어 사대부가사를 이은 12가사가 성립됨으로써 사대부가사를 부르는 이른바 장가 문화는 급격히 쇠퇴한다. 그래서 『해동유요』 작업이 시작된 1891년경에는 이러한 종래 가창되던 사대부가사들이 이제 겨우 남아 사라져 가는 것이란 의미의 '유요(遺謠)'란 이름을 갖게 된 것이다.

그리고 여기에 실린 가사들의 작자들로 명시된 사람들은 대체로 1700년대 중반을 넘지 않아서, 『해동유요』를 처음 소개했던 이혜화도 『해동유요』의 속표지에 적힌 '경인(庚寅)……시역(始役)'의 '경인'을 1711년으로 보기도 했던 것이다.[76]

그러면 『해동유요』의 편자 김의태(1868~1942)는 『해동유요』에 실린 가사들을 어떻게 향유했을까?

1961년에 발간된 김성배 외 편의 『가사문학전집』에는 〈도덕가〉를 실으며 다음과 같은 소개의 말을 하고 있다.

이 가사는 오래 전부터 일부 인사에게는 알려져 있었던 것 같다. 그것은 이 가

---

75 有兩妓來謁 使之近前坐而唱梅花辭 繼以小春香歌……兩妓遂相與並唱雜歌
76 이혜화, 앞의 글, 87쪽.

사의 작자라든지 내용같은 것을 확실치는 못하나마 이야기 하고 있는 것을 본다
든지 또는 <u>이 가사의 전편(全篇)을 유창하게 외우고 있는 분까지 있는 것을 발
견하게 되므로서다</u>……춘저(春田) 이혁(李赫)님 같은 분은 퇴계작(退溪作)이라
고 할 뿐아니라 선생이 외우며 주자(註者)에게 들려주는 내용이 이 가사의 그것
과 동일한 것으로 볼 때 좀더 진지한 고찰이 요청되는 것이 아닌가 한다.[77]

위의 소개에 따르면 이 〈도덕가〉는 당시에도 기록 외에 음영의 형태로도
전승된 것을 알 수 있다. 이러한 유교적 교훈가인 〈도덕가〉가 음영의 형태로
전승될 수 있었던 것에는 전통적인 한문서당 같은 곳이 주요한 역할을 했을
것이다. 앞서 소개했듯, 실제로도 전남 화순에서 서당 훈장을 한 적이 있는 백
남호(당시 81세)가 1984년에 4편의 가사(歌辭)를 창조로 불렀는데, 그 중 하나
가 〈궁장가〉로 이 『가사문학전집』에서 소개하고 있는 〈도덕가〉다.[78]

2000년 전남 영광 단오제에서 필자는 〈어랑타령〉을 잘 부르는 주용남(남,
1927년생, 전북 고창군 대산면 덕천리)을 별도로 면담 조사하였다. 이 과정에서 주
용남은 가사 〈오륜가〉를 8분 정도 노래처럼 불렀다. 그는 이 〈오륜가〉를 서당
에서 한문을 배울 때 서당 훈장이 외우게 해서 배웠다 한다.

이후 전북 고창의 주용남의 집으로 다시 찾아가 필사본으로 갖고 있던 〈오
륜가〉를 확인하였다. 그리고 자신이 부르는 〈오륜가〉는[79] 보다 창조로 부르는

---

77 김성배·박노춘·이상보·정익섭 편, 『가사문학전집』, 정연사, 1961, 11쪽.

78 앞서 소개했듯, 이 〈궁장가〉는 신재효의 판소리 허두가의 하나로도 불렀다.

79 이 〈오륜가〉는 처음부터 끝까지 4·4·4·4음절로 부르며 "근일풍조 가관이지/ 청년남녀 한 대석겨/
서로각기 자유라고/ 저의끼리 눈이마져/ 혼인일절 대해서는/ 부모간섭 아니듯네/……/ 공원속과
요리집에/ 청년남녀 속살다가/ ○○행동 장피키로/ 풍기문잡 주목되니"와 같은 말들이 있는 것으로
보아 근대 무렵 지어진 작품이다. 180행의 장편이다.

것이라 하여 원래 서당에서 배운 대로 다시 부르는 것도 조사하였다. 원래 서당에서 배운 방식은 주용남이 평소 부르는 것에 비해 다소 음영조로 부르는 정도였다. 주용남은 그 지역에서는 전문 소리꾼에 가까운 사람이어서 노래의 장단에도 밝은 사람이다. 그런데, 그가 창조로 노래처럼 부르는 〈오륜가〉에는 일정한 장단이 없다고 했다. 그런 면에서 주용남은 서당에서 음영하는 가사를 배운 뒤, 자신의 민요 가창 능력으로 보다 창조로 이 〈오륜가〉를 여러 사람들 앞에서 노래처럼 부른 것이다.

이러한 사실들로 보아, 한문서당 같은 곳에서 우리말 가사를 음영하는 전통은 근·현대까지도 어느 정도 이어진 것을 확인할 수 있다.

『해동유요』의 편찬자 김의태는(1868~1942)는 부친인 김종건(1839년생)이 적어도 1876년, 1885년, 1888년, 1891년(김의태는 24세, 김종건은 53세)에 과거 시험을 보았던 집안의 사람이었으므로 기본적으로 한문서당과 같은 곳을 다녔다 볼 수 있다. 김의태는 당시 한문서당을 통해 전승되는 교훈적 가사 음영을 배웠을 여지가 있다. 그런데『해동유요』에 실린 작품들은 대체로 1700년대 이전의 작품들로 주로 가창되었다고 알려진 작품들을 싣고 있으며, '유요(遺謠)'라고 하여 당시에는 제대로 불리지 않는 노래들인 점을 말하고 있어, 김의태의 경우는 한문서당의 음영가사가 아닌 다른 계통의 창조로 부르는 가사의 맥락을 찾을 필요가 있다.

김의태는 젊은 나이인 23세인 1890년에『해동유요』편찬을 시작할 정도로 이미 젊은 나이에 이른바 장가로 일컬어지던 창조로 부르던 사대부가사의 가치와 의의를 파악한 인물이다. 이와 같은 단계에까지 이르기 위해서는 어렸을 때부터 이른바 장가를 접하고, 이에 대한 자신의 소질도 발견하고, 이후 이에 대해 아는 사람들과의 교류도 있었을 것으로 여겨진다. 그리고 당시로는 이미 사라져가던 노래들이지만 자신 때까지만이라도 그것을 지키고 있는 것을 보이기 위해 제일 마지막에는 자기 자신이 지은 이른바 장가 〈영남가〉(1909)를 덧붙였다. 이 〈영남가〉는 김해 김씨로 영남과 일정한 연고가 있는 그가 『해동 유요』에 실린 〈호서가〉, 〈호남가〉에 비견해서 당시 영남 69개 관(官)을 50행 의 노래로 부른 우리말 가사(歌辭)로 상당한 정도의 수작(秀作)이다.

그는 살아생전까지만 하더라도 저녁이 되면 동네사람들이 그의 가사 가창 을 듣기 위해 그의 사랑방에 몰리곤 했다 한다.[80] 그도 분명 일정한 창조(唱調) 의 방식으로 이들 가사들을 향유한 것이다.

창조로 부른다는 것은 각 시대 그 사람의 노래 방식을 일정하게 활용해서 부르는 것이기에, 각 시대나 사람에 따라 다를 수 있다.

김의태의 경우는 23세 훨씬 이전에 그가 접해 그 맥락을 이은 일정한 전통 성을 지닌 사대부가사를 장가로 부르는 방식, 한문학을 하던 사람이면 기본적 으로 가지는 한시(漢詩)를 노래처럼 부르는 '시창(詩唱)'의 방식, 당시 일반평 민에서 사대부들에게까지 폭넓은 향유층을 지닌 노래로서의 시조(時調) 방식 같 은 것들을 일정한 그의 노래 소양으로 가졌으리라 여겨진다. 그런데 이 중 시 조의 방식에 대해서는 다소 주저되는 면이 있다. 그의 이의 향유와 관련된 기 록물을 아직 찾지 못했고, 이에 대한 증언도 없기 때문이다. 또 그가 지은 〈영 남가〉의 마지막 구절이 '성상(聖上)이 자인안동방(慈仁安東方)ᄒ오시니/ 만민 (萬民)은 함창함안(咸昌咸安)ᄒ오리다'와 같이 되어 있어 시조의 종장 3·5·4· 3 음수율과 다소 차이가 있기 때문이다.

김의태의 『해동유요』 향유방식에 대해서는 지금으로서는 23세 훨씬 이전 에 그가 접했던 전통적인 사대부가사의 장가 방식과 그의 한시를 노래처럼

---

80 김재형(1953년생)은 증조모(인동 장씨, 1884~1970)에게서 이런 이야기를 듣곤 했다 한다. (1998. 10. 1차 방문 조사 시 증언)

부르는 시창(詩唱) 정도의 노래 방식을 활용해 『해동유요』에 실린 장가들을 창조(唱調)로 부르곤 하였으리란 추정 정도에 머물 수밖에 없다.

6. 『해동유요』의 청·홍점에 대해

『해동유요』에는 청색, 홍색의 점들이 찍혀 있다. 이렇게 가사작품들에 굳이 색깔이 있는 점들을 찍은 것에 대해서는 일단 이들이 음악적 부호들이 아닐까 하는 생각을 가질 수 있다. 필자도 이를 해결하기 위해 햇수로 6년 간 한 학자들이나 오늘날에도 가사를 가창하는 민족종교계통의 사람들을 만나 보았다.

그 결론은 이러한 점들은 음악적 부호들이 아니란 것이다. 단순히 중요한 부분들을 표시해 둔 것에 지나지 않았던 것이다.

긴 노래인 가사에는 중요한 부분을 일부러 표시할 필요가 있게 된다. 민우룡(1732~1801)의 〈금루사(金縷辭)〉(1778)에도 비록 흑색이지만 점들이 군데군데 찍혀 있다. 이 점들에 대해서 이 작품을 소개한 홍재휴도 '간간이 방점(傍點)을 찍어 놓았으니 이것은 아마도 가송상(歌誦上)의 음조(音調)를 표시한 것으로 보이며'라고[81] 했지만, 이들도 역시 단순히 중요 부분을 표시한 것에 지나지 않는다.

이렇게 가사 작품에뿐만 아니라 가사에 부속된 참고 비평문, 한시(漢詩), 사람들의 이름에까지도 찍힌 『해동유요』의 청·홍점에 대해 필자가 이것은 가사의 가창과 관계없는 단순한 중요 부분의 표시라고 최종적인 결론을 내리게

---

81   홍재휴, 「금루사고(金縷辭攷)」, 『국문학연구』 제5집, 효성여대 국어국문학연구실, 1975, 388쪽.

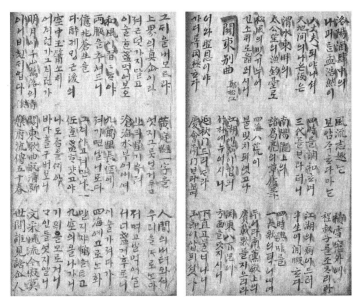

(오) 그림 33 | 『해동유요』 중 〈관동별곡〉이 시작되는 페이지
(왼) 그림 34 | 『해동유요』 중 〈관동별곡〉이 끝나는 페이지

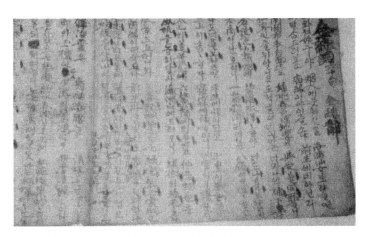

그림 35 | 민우룡의 〈금루사(金縷辭)〉(1778)에 찍힌 흑색 점들

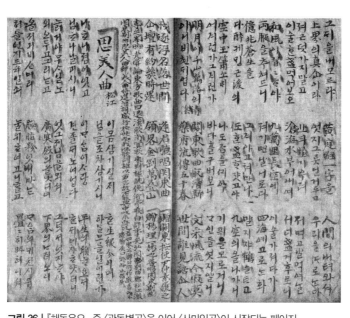

그림 36 | 『해동유요』 중 〈관동별곡〉을 이어 〈사미인곡〉이 시작되는 페이지

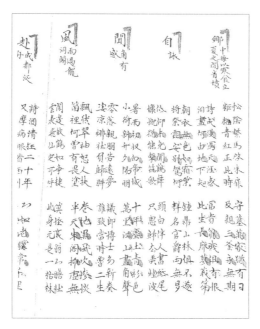

그림 37 | 김의태가 남긴 것으로 여겨지는 한시(漢詩) 필사 책들에도 보이는 청·홍점

된 것은 김의태가 남긴 한시(漢詩) 필사집들의 한시들에도 이런 청·홍점이 찍혀 있는 것을 확인했기 때문이다. 이 청·홍점들은 가사의 가창과는 관계가 없었던 것이다.

물론 이 경우에도 이렇게 청·홍점이 찍힌 부분을 창조(唱調)로 부를 때 보다 강조해서 부를 수도 있겠지만, 그것은 결국 문학적으로 중요한 부분의 표시에서 나온 것이기에, 음악적인 부호로는 볼 수 없는 것이다.

이에 대해서는 역시 『해동유요』에서처럼 가사 작품에 청·홍점들을 찍은 원본 『고금가곡』을 보고 필사하여 이른바 전간공작본(田間恭作本)『고금가곡』을 만든 전간공작(田間恭作)이 1928년 필사 당시 남긴 이 시가집의 해제에도 다음처럼 언급되어 있다.

책 전체에 남색과 붉은 색[남주(藍朱)]으로 비점(批點)을 가해놓았다. 이것은 성조(聲調)와는 상관없이 오로지 그 사구(辭句)가 초자(抄者)의 뜻에 맞으면 찍어놓은 것으로 생각된다.(1928. 4. 28.)[82]

『해동유요』의 청·홍점은 이제는 분명 단순한 중요 부분의 표시들로 바라볼 필요가 있는 것이다.

『해동유요』의 청·홍점은, 앞서도 언급했듯, 시대가 앞선 『고금가곡』(1764)에도 찍혀 있다. 그리고 작품 제목 옆에 큰 'ㄱ'자 형을 청·홍으로 붙여 놓은 것도 『고금가곡』과 『해동유요』가 같다. 이럴 경우 김의태가 『고금가곡』을 보고 『해동유요』를 편찬하지 않았을까 하는 생각을 가져볼 수 있다. 실제로도 『고금가곡〉에 실린 〈어부사〉, 〈상저가〉, 〈관동별곡〉, 〈사미인곡〉, 〈속미인곡

---

82 윤덕진·성무경 해제,『고금가곡: 18세기 중·후반 사곡(詞曲)가집』, 보고사, 2008, 414쪽.

〉, 〈성산별곡〉, 〈장진주사〉, 〈강촌별곡〉, 〈규원가〉, 〈춘면곡〉 등 10작품이 제목 상으로는 『해동유요』에도 모두 들어 있기 때문이다.

　그런데 다음처럼 『고금가곡』에 수록된 작품과 『해동유요』에 수록된 작품이 부분적이지만 분명히 다른 면이 있다.

　　　『고금가곡』　　　　　　　　　〈상저가(相杵歌)〉 퇴계(退溪)

이바 뎌댱(杵長)네야 이방하 찌허스라

방하노래 내브름[새]

태고(太古)적 혼돈(混沌)ᄒ야 곡식(穀食)이 업돗더니

신농시(神農氏) 시험(試驗)ᄒ야 장기짜부 밍근후에

후직시(后稷氏) 짜흘보아 논밧출 분별(分別)ᄒ니

논밧치 삼겻거니 곡식(穀食)인들 업슬소냐

곡식(穀食)이 비록난들 찌허아니 먹을소냐

심산(深山)의 도든남글 자괴로 버혀내여

확안치고 고마초아 거러내니 방하로다

고리키를 나와노코 우기거니 쩟기거니

명주(明珠)를 우희ᄂᆞᆫ듯 백옥(白玉)을 ᄆᆞᄋᆞᄂᆞᆫ듯

닙닙(粒粒)히 신고(辛苦)ᄒᆞᆫ것 힁혀한ᄃᆡ 들닐셔라

우믈의 믈을기러 일거니 쩟거니

솟밋희 블을ᄃᆡ여 지어내니 밥이로다.[83]

──────
83　윤덕진·성무경 편, 앞의 책, 156~158쪽.

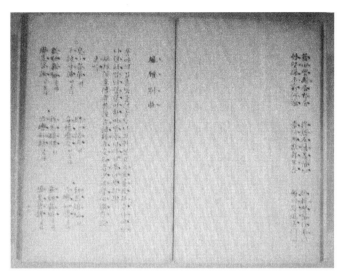

그림 38 원본 『고금가곡』을 필사한 전간공작(田間恭作)이 남긴 이른바 전간공작본(田間恭作本) 『고금가곡』 | 청·홍점이 찍혔고, 제목에서의 'ㄱ'자 형 청·홍 꺽쇠 형태는 간단히 홍점을 찍는 것으로 간략화했다.

『해동유요』　　　　　　　〈용저가(春杵歌)〉 퇴계(退溪)

어화 계장(契長)님니 이방하 씨허스라

방하노리 내브름서 것겨가며 씨어니소

태고(太古)적 혼돈(混沌)ᄒ야 곡식이 업돗더라

신농시(神農氏) 심험ᄒ야 장기자보 밍그시고

후직시(后稷氏) 짜흘보샤 가색(稼穡)을 ᄀᄅ치니

논밧치 삼겻거든 곡식이 업슬손가

곡식이 삼겨거니 씨허아니 머글손가

심산(深山)의 도든남글 도처로 버혀내여

확안치고 고맛초아 거러내니 방하로다

고리키 나아노코 우겨가며 씨어내니

진주(眞珠)를 우희ᄂ듯 백옥(白玉)을 ᄆᄋᄂ듯

69

닙닙(粒粒)히 신고(辛苦)흔것 힝혀흔딕 들닐셰라

우믈에 믈을깃고 솟밋틱 블을일워

일거니 싯거니 지어닉니 밥이로다.

『고금가곡』　　　　　〈규원가(閨怨歌)〉 난설헌(蘭雪軒)

엊그제 져멋더니 ㅎ마어이 다늙거니

소년행락(少年行樂) 싱각ㅎ니 닐너도 쇽졀업다

늙거야 셜운말슴 ㅎ쟈ㅎ니 목이멘다

부생모육(父生母育) 신고(辛苦)ㅎ여 이내몸 길너닐제

공후배필(公侯配匹) 못보라도 군자호구(君子好逑) 원(願)ㅎ더니

삼생(三生)의 [원(怨)]업(業)이오 월하(月下)의 연분(緣分)으로

장안유협(長安遊俠) 경박자(輕薄子)를 쑴ㄱ치 만나이셔

상시(常時)의 용심(用心)ㅎ기 살얼음 드듸는듯[84]

『해동유요』　　　　　〈원부사(怨婦詞)〉 기(妓) 무옥(巫玉)

엊그제 졀머더니 ㅎ마어이 다늙것다

소년행락(少年行樂)을 닐너쇽졀 업거니와

늙게야 셜운뜻을 싱각ㅎ니 목이멘다

부생모육(父生母育)ㅎ야 이내몸 길너닐제

공후배필(公侯配匹) 브라지 못ㅎ야도

평생(平生)에 원(願)ㅎ오되 군자호구(君子好逑)되려터니

삼생(三生)에 원가(怨家)잇고 월하(月下)에 연분(緣分)으로

─────────

84　위의 책, 220~221쪽.

장안화류간(長安花柳間)에 경박자(輕薄子) 거러두고

내무음 용심(用心)ᄒ기 살어롬 드듸온둣

또 『고금가곡』의 〈강촌별곡〉에 해당하는 『해동유요』의 〈강촌가〉는[85] 다음
처럼 완전히 다른 작품이다.

『고금가곡』　　　　　〈강촌별곡(江村別曲)〉 차천로(車天輅)

차신(此身)이 무용(無用)ᄒ야 성상(聖上)이 ᄇ리시니

부귀(富貴)를 이별(離別)ᄒ고 빈천(貧賤)을 낙(樂)을삼아

일간모옥(一間茅屋)을 산수간(山水間)에 지어두고

삼순구식(三旬九食)을 먹으나 못먹으나

십년일관(十年一冠)을 쓰거나 못쓰거나[86]

『해동유요』　　　　　　　　〈강촌가(江村歌)〉

천생아재(天生我才) 쓸듸업서 세상공명(世上功名) 사(謝)례ᄒ고

상산풍경(商山風景) ᄇ라보며 사호유적(四皓遺跡) ᄯ로리라

인간부귀(人間富貴) 절노두고 물외연하(物外煙霞) 홍(興)을계워

청라연월(靑蘿煙月) 대사립을 백운심처(白雲深處) 다다시니

적적송림(寂寂松林) 매즈든들 요요운학(廖廖雲壑) 게뉘오리

이러한 사실로 보아, 김의태는 분명 『고금가곡』을 본 것이 아니다.

85　『해동유요』에는 〈강촌별곡〉이란 작품이 없다.

86　위의 책, 213~214쪽.

그러므로 이러한 『고금가곡』과 『해동유요』에 공통되게 있는 청·홍점 표시 방식 등과 같은 것은 이들 두 책 외의 다른 책들에도 일정 시기에 있었던 일반적인 방식으로 보아야 할 것 같다.

7. 『해동유요』의 한문학 작품들에 대해

한자(漢字)로 쓰인 한문학은 우리말 문학이 아니지만, 한시(漢詩)도 노래처럼 부르는 이른바 '시창(詩唱)'의[87] 방식이 있었다. 또 과거(科擧) 시험(試驗)에 사서(四書:『논어』,『맹자』,『중용』,『대학』), 삼경(三經:『시경』,『서경』,『주역』) 등을 배강(背講)이라 해서 외우는 과목이 있어, 한문 산문의 경우도 평소 나름 성조(聲調)를 넣어 읊조리는 곧 이른바 '성독(聲讀)'의 방식이 일반적으로 있어 왔다.

이에 중국의 유명한 작품들이나 우리나라의 뛰어난 작품들이 음영되고, 여러 사람들 앞에서 노래처럼 곧 창조(唱調)로 가창되기도 했다.

한문학 담당층인 사대부들에게는 이러한 창조로 부르는 한문학과 역시 창조로 부르는 가사(歌辭)를 같이 향유할 수 있었을 것이다. 그래서, 앞서 보았듯, 『고금가곡』(1754)에는 도연명의 〈귀거래사〉, 왕발의 〈채련곡〉, 소식의 〈적벽부〉, 허균의 〈여랑요란송추천(女郎撩亂送秋千)〉, 김창흡의 〈와념소유언(臥念少游言)〉 등의 한문학 작품들과 우리말 가사 작품들이 같이 실린 것이다.

실제로도 가곡, 가사(歌辭), 12가사류 등을 부른 기생들은 다음처럼 한문학 작품들을 이러한 류의 노래들과 같은 차원에서 부르고 있다.

---

[87] 위의 책, 213~214쪽.

(1889. 5. 28. 황해도 서흥) 〈연화(蓮花)가〉 인하여서 몇 곡조 평조(平調)를 노래하였다. 〈약산동대(藥山東臺)〉를[88] 부르고 계속하여 〈장진주(將進酒)〉를 노래하였는데……연화가 다시 목소리를 고르고 〈칠월편(七月篇)〉을[89] 낭송(浪誦)하였는데……다시 〈적벽부〉를 읊조렸는데……다시 〈추성부(秋聲賦)〉를[90] 송(誦)하였는데[91]

이러한 노래처럼 불리는 한문학 작품들은 다음처럼 근대 무렵 경성방송국 같은 라디오 방송에서도 불려졌다.

1935. 5. 14. **송서(誦書)와 영시(詠詩)**: 1. 등왕각서(滕王閣序) 2. 관산융마(關山戎馬); 신국균(申國均)

1935. 8. 14. **송서(誦書)와 시조(時調)**: 1. 출사표(出師表) 2. 귀거래사 3. 시조; 장옥화(張玉花)

1935. 12. 16. **송서(誦書)**: 1. 후적벽부(後赤壁賦) 2. 죽루기(竹樓記); 김원진(金元鎭)

1936. 9. 1. **송서(誦書)와 영시(咏詩)**: 1. 전적벽부(前赤壁賦) 2. 추성부(秋聲賦) 3. 한양가(漢陽歌)

1937. 7. 19. **송시(誦詩) 급(及) 송서(誦書)**: 1. 비파행(琵琶行) 2. 적벽부(전

---

88 서도좌창 〈영변가(寧邊歌)〉를 말한다.

89 『시경』 '빈풍(豳風)'의 한 작품이다.

90 송나라 때 구양수(歐陽修)가 지은 것이다.

91 因唱數曲平調……唱藥山東臺 繼又唱將進酒……蓮花復轉喉而浪誦七月之篇……又吟赤壁賦……又誦秋聲賦 김남기, 앞의 글, 215~216쪽.

편(前篇); 조낭자(趙娘子)

등.[92]

이런 작품들은 현대까지도 국악인들에 의해 '송서(誦書)'란 이름으로 전승되고 있다.

제9장 송서(誦書)

1. 추풍감별곡 2. 삼설기(三說記)[93] 3. 전적벽부(前赤壁賦)

4. 후적벽부(後赤壁賦) 5. 어부사(漁父辭) 6. 춘야연도리원서(春夜宴桃李園序)[94]

한학을 하는 사람들에서는 오늘날에도 이런 한문학 작품들을 역시 노래처럼 부르는 것이 이어지고 있다. 한학에 밝았던 건국대 정운채 교수(1957～2013)가 소식의 〈적벽부〉를 잘 부르곤 했던 것을 우리는 익히 알고 있다.

이렇듯 중국이나 우리나라에서 유명한 한문학 작품들이 노래처럼 불릴 때 이러한 한문학을 향유하고 있는 사대부들은 이들도 장가로 간주해 우리말 장가들과 같은 류의 노래들로 바라볼 수 있다.

『해동유요』에는 이른바 전체 장가 51편 중 가사가 34편, 한문학이 17편으로 한문학 작품이 비교적 많은 편이다.

김의태가 『해동유요』를 편찬할 때는 이미 사대부가사를 가창하던 장가 문

---

92 이기대, 「20세기 전반기 송서 대중화의 의미 – 라디오 방송 목록에 나타난 소설 작품을 중심으로-」, 2015 전국 국악학 학술대회, '송서(誦書)·율창(律唱)의 확산방안' 학술대회자료집, 2015.12.10., 중요무형문화재 전수회관 풍류, 한국전통음악학회·송서율창보존회, 19～20쪽.

93 우리말로 된 소설 작품이다.

94 이창배, 『한국가창대계』, 홍인문화사, 1976, 356쪽.

화는 사실상 사라진 지 오래되었고, 김의태는 과거(科擧) 시험을 위해서라도 한문학을 여전히 그의 주요 문학으로 갖고 있어야만 했던 이른바 양반집안의 사람이었기 때문이다.

8. 맺음말

조선시대 말인 19세기에 들어 조선 후기 이래의 급격한 신분 변동으로 전체 인구의 과반수가 이른바 양반이 되는 상황에서,[95] 양반은 실제 양반으로서의 생활을 해야 양반으로 어느 정도 대접 받을 수 있었다. 강화도와 같이 한정된 지역의 한 지방에서는 더욱 그러했을 것이다.

『해동유요』(1909)를 편찬한 김의태의 집안은 조선 후기에 들어 점차 한미한 양반 집안이 되어 갔을지라도, 부친 때만 하더라도 부친이 적어도 네 차례나 과거에 응시할 정도로 양반 집안이었던 것이 분명하다. 그런데 부친이 1888년(부친 49세, 김의태 20세), 1891년(부친 52세, 김의태 23세) 무렵까지도 과거에 응시하였기에, 부친과 같이 과거장에 앉아 시험을 보는 것을 금지하는 이른바 상피제(相避制)에 의해 이때까지 과거를 보지 못하고, 1894년 과거제의 폐지로 이제는 과거를 볼 기회마저도 갖지 못하게 된 김의태의 경우는 분명 남다른 인생행로의 주인공이 되었다. 또 1894년 갑오경장으로 신분제가 철폐되어 공식적으로 반상의 구분이 없어졌기에, 사실상 일정한 선택의 기로에 놓이게 되었을 것이다. 종래 몸담아 왔던 양반 문화를 지키며 살 것인가, 새로운 시대의 문화를 따라 살 것인가? 결과적으로 그는 양반 문화를 지키며 살았

---

95 한영우, 『(다시 찾는) 우리 역사』, 경세원, 2004, 411쪽.

다. 졸년까지 이른바 농·공·상 등의 실생활은 돌아보지 않고, 비록 초가로 된 집이지만, 집 밖에 별도로 있었던 바깥사랑채에 주로 기거하며 종래 그래왔던 것처럼 한시를 즐기는 등 양반으로서 살았다. 그리고 그러한 그가 특별히 한 일 하나가 양반 문화의 하나로 어느 정도 내려오던 장가 문화의 향유와 정리였다.

조선시대 사대부들에게 있어서는 단가인 가곡(歌曲)에 대해 장가인 가사(歌辭)를 지어 부르던 문화가 조선 전기 이래 있어 왔다. 상층의 사대부 나아가 양반이 아니고서야 그러한 장편의 수준 높은 우리말 노래를 지을 수 없었다. 이러한 가사는 노랫말 전체를 문학적으로 즐기는 것이기에, 처음부터 끝까지 불렸다. 이러한 양반들의 장가 문화 향유는 공공연히 이뤄졌기에 음영되거나 율독되는 것과 같은 개인적이거나 제한된 방식이 아니라 보다 노래처럼 공공연한 방식으로 향유되는 것이 기본적인 방식이었다. 그렇지만 문학적인 사설을 즐기는 것이 기본적인 것이었기에, 완전히 노래화되어 노래의 하나로까지는 가지는 않았다. 단지 노래처럼 창조(唱調)로 불린 것이다. 그리고 비록 창조로 불리더라도 '장가(長歌)'라고 할 만한 일정한 노래였기에, 각 행의 음수율이 3·4·3·4로 가다 마지막에 단가인 가곡의 시조시 종장처럼 3(소음보)·5(과음보)·4·3으로 종결되었고, 그 길이도 150행을 넘지는 않았다. 단가인 가곡의 노래 방식 같은 것을 적절히 활용해 이러한 가사들을 이른바 창조로 부른 것이다.

조선 후기에 들면, 김인겸의 〈일동장유가〉(1763~1764), 김진형의 〈북천가〉(철종 때) 같은 장편가사들이 나와 양반들의 가사라 하더라도 음영되거나 율독될 수밖에 없는 가사들이 나왔다. 서민가사들도 많이 나왔다. 그러나 조선 전기 이래의 양반들의 장가 문화는 종래의 양반 문화가 남아 있는 한 조선 후기에도 여전히 이어졌다. 그리고 양반 가사 외의 다른 계통의 가사들에도 영향을 미쳤다.

그런데 이렇게 내려오던 양반들의 장가 문화는 조선 후기에 들어 종래 양반과 기생의 노래였던 가곡과 같은 단가를 더 전문적으로 부르는 중인 가객들이 등장하자 새로운 국면을 맞이하게 되었다. 중인 가객들은 단가인 가곡들을 부르는 것 외에도 종래 사대부가사였던 62행 정도의 〈춘면곡〉을 18행 정도로 부르는 등 종래 양반들의 장가들을 12가사(歌詞)라는 새로운 노래로 만들어 부르게 된 것이다. 그리고 이러한 중인 가객들과 일정한 관계를 지니고 있던 기생들도 종래의 양반 가사대신 이러한 12가사를 부르게 되자, 종래 가사(歌辭)를 장가로 끝까지 노래처럼 부르던 전통은 급격히 사라지기 시작한 것이다. 그러나 이러한 과정에도 종래와 같은 양반 문화가 남아 있는 한 이러한 양반들의 가사를 끝까지 창조로 부르는 이른바 장가 문화는 이어졌을 것이다. 그리고 고려 말 이래의 단가인 가곡을 나름대로 집대성한 조선 후기 김천택의 『청구영언』(1728), 김수장의 『해동가요』(1762), 박효관·안민영의 『가곡원류』(1876) 등 조선 후기에 중인 가객들의 이른바 단가집들이 나왔듯이, 조선 전기 이래의 이러한 장가들을 나름대로 집대성한 이른바 장가집도 나올 만한 일이었다.

이러한 최초의 장가집이 김의태의 『해동유요』(1909)다. 『해동유요』의 속표지에는 '장가(長歌)/ 경인(庚寅) 중춘(仲春) 망전삼일(望前三日) 시역(始役)/ 해동유요(海東遺謠)'이라 해서 이러한 조선 전기 이래의 장가들을 나름대로 집대성했음을 분명히 말하고 있다. 현재까지 이렇게 상층 양반들의 장가들을 나름대로 집대성한 본격적인 장가집은 없었다. 가사들을 모아 실어 이른바 장가집이라 할 만한 것들이 더러 있기는 하지만 그러한 책들에 실린 가사 작품 수는 대개 10~18편에 머물러 있어 37편이나 실린 이 『해동유요』와 비교가 되지 못한다. 그런 면에서 김의태의 『해동유요』(1909)는 고려 말 이래의 단가들을 최초로 나름대로 집대성한 김천택의『청구영언』(1728)에 비견될 만하다 할 것이다.

『해동유요』는 조선 중기 심수경(1516~1599)의『유한잡록(遺閑雜錄)』, 이수광(1563~1628)의『지봉유설』등에 언급된 '장가'라고 한 조선 전기 이래의 작품들도 가능한 대로 싣고 있다. 또한『해동유요』는 조선 후기의『고금가곡』(1764)의 장가 기록 방식으로 그대로 따르고 있다.

『고금가곡』에는 이른바 장가 부분에 한문학 작품들과 양반가사들을 같이 싣고, 작품의 제목에는 청·홍으로 'ㄱ'자 형을 덧붙이고, 작품의 주요 부분들에는 청·홍으로 점들을 찍었다. 이러한『고금가곡』의 작품 구성 방식과 표기 방식을『해동유요』는 그대로 따르고 있다. 그렇다고 해서 김의태가『고금가곡』을 보고 그렇게 따라한 것은 아니다. 그것은 같은 제목으로『고금가곡』에 실린 가사들이『해동유요』에 다르게 기록되어 있고,『고금가곡』에 실린 작품들이『해동유요』에 모두 실려 있는 것도 아니기 때문이다.『해동유요』는 조선 후기『고금가곡』등에서와 같은 양반들의 일반적인 장가 기록 방식을 단지 따랐던 것뿐이다. 이러한 사실은 김의태의『해동유요』편찬이 개인적 방식이 아니라 조선 후기까지 내려왔던 양반들의 일반적인 장가 기록 방식을 따랐던 것임을 말해 준다.

그런데 1890년『해동유요』편찬을 시작한 김의태는 속표지에 '장가(長歌)/ 해동유요(海東遺謠)'라 하였듯, 종래의 장가를 '유요(遺謠)' 곧 이제는 거의 사라져 현재 겨우 남아있는 노래 정도라 했다. 1800년 전후 중인 가객들이 12가사들을 부르기 시작하고 이들과 일정한 관계에 있었던 기생들도 이러한 12가사나 더 나아가 이 12가사에서 다시 나온 12잡가 같은 새로운 노래들을 더 즐겨 부르게 되자, 종래 양반들의 장가 문화는 급격히 쇠퇴했다. 그 결과 1890년『해동유요』를 편찬하기 시작할 때는 이러한 양반들의 장가는 '유요'라고 할 만한 정도에까지 이르렀다고 볼 수 있다. 그래서 『해동유요』에 실린 작품들의 작가들에 대해, "『해동유요』에 등장하는 인물들(*작가들)이 16~17세기에 집중돼 있고, 17세기 말엽 이후의 인물이 전무한 것으로 보아 1711년(숙종 37) 경인(庚寅)에서 더 내려가지 않을 것으로 추정된다"라고 한 이혜화의 초기 연구도[96] 있었던 것이다. 18세기 이후에는 이렇다 할 만한 장가 작가가 없었던 것이다.

그러나 조선 전기 이래의 장가 문화는 조선시대 양반 문화의 하나였으므로 조선시대의 그러한 양반 문화가 어떤 식으로든 남아 있는 한 그러한 양반 문화의 하나로서의 장가 문화도 어떤 식으로든 이어졌다고 볼 수 있다. 김의태는 양반 집안에서 태어나 공식적으로 양반 문화가 사라진 시절에도 종래의 양반 문화를 지키며 살았다. 그리고 그러한 양반 문화를 지키며 사는 과정에 종래의 양반 문화의 하나로 내려오던 장가 문화와 관계되는 장가 작품들을 나름대로 집대성한 『해동유요』를 편찬한다. 그리고 『해동유요』의 마지막 작품은 1909년에 그가 지은 장가 〈영남가〉다. 그러므로 적어도 1909년 〈영남가〉까지는 조선 전기 이래의 양반들의 장가 문화가 내려왔다고 보아야 한다.

김의태는 조선 전기 이래의 양반들의 장가 작품들을 나름대로 집대성하여 남기고, 그 자신 양반 출신으로 그러한 양반들의 장가 문화를 잇고자 했다. 그런 면에서 그의 『해동유요』는 오늘날 최초의 본격적 장가집, 가사 작품들이 가장 많이 실린 대표적 가사집 등의 의의 외에도, 조선 전기 이래의 장가로 노래처럼 불린 사대부가사의 전통을 어느 정도 제대로 담고 있는 가사집이라 할 수 있다.

또 대개의 가사집들은 편찬자가 불분명한 것이 많은데, 『해동유요』의 김의

---

96   이혜화, 앞의 글, 1986, 86~87쪽.

태의 경우에는 분명 양반 집안에서 태어나서 근대 이후까지도 끝까지 양반으로서 살다 간 사실 등 그 편찬자에 대해 어느 정도 제대로 알 수 있다. 이 점도 『해동유요』를 제대로 이해하는 데 큰 도움이 된다.

오늘날 우리는 『해동유요』를 통해 장가로 향유된 조선 전기 이래의 사대부가사의 전통을 보다 분명하면서도 나름대로 전체적으로 바라볼 수 있게 된 것이다.

김의태의 『해동유요』 편찬은 '경인(庚寅) 중춘(仲春: 2월) 망전삼일(望前三日: 12일) 시역(始役)'이라 한 경인년 곧 1890년에 시작되어 '기유(己酉) 춘작(春作)// 야무면(夜無眠: 밤에 잠이 없어) 작차가(作此歌: 이 노래를 짓다)'라 한 〈영남가〉가 지어진 기유년 곧 1909년에 사실상 완료된다. 20년에 걸쳐 이 책이 편찬된 것이다. 적어도 1891년(부친 52세, 김의태 23세)까지 부친이 과거에 응시했고, 이에 따라 상피제로 인해 자신은 과거를 보지 못하고, 1894년 과거제가 철폐되는 것 등으로 인해 양반 집안에서 태어나 그동안 과거 준비만 해 오다 김의태는 끝내 단 한 번의 과거를 볼 기회도 갖지 못했을 것으로 여겨진다. 그리고 1894년 갑오경장으로 전통적인 신분제가 폐지된 상황에서 종래와 같은 양반으로 살 것인가, 새롭게 살 것인가? 이러한 선택의 기로에 김의태는 결국 종래의 양반 문화를 지키며 사는 방식을 택했고, 이 과정에서 20년에 걸친 『해동유요』 편찬이 이뤄졌다. 김의태와 같은 남다른 인생행로를 살았던 사람이 없었다면, 어쩌면 이와 같은 『해동유요』는 편찬되지 않았을지 모른다. 또 이에 앞서 1890년 그의 나이 22세와 같은 젊은 나이에 이 『해동유요』 편찬과 같은 괄목할 만한 일을 시작한 만큼 그는 남다른 안목을 지녔던 사람으로 여겨진다. 또 장가 문화에 대한 남다른 소양도 지녔으리라 여겨진다. 이러한 김의태에 대한 연구는 앞으로 보다 제대로 이뤄질 필요가 있다.

필자가 이『해동유요』의 원본을 접하고 그 관련된 사실들을 조사한 뒤, 그 가치를 가늠해 보며 빨리 학계에 제대로 알려야겠다고 마음먹은 것이 1998년 처음 원본을 접했을 때를 기준으로 할 경우 벌써 20여 년이란 세월이 지났다. 필자는 구비문학 전공자로 시가문학 전공자가 아니었기에, 그동안 시가문학 전공자들을 만나면, 이 책의 의의를 말해 주며 이 책의 공간(公刊) 등을 부탁했고, 대학의 공공기관 관계자들에게 이 책의 구매 등을 타진해 보기도 했다.

그런 과정에서 2013년 정소연 교수를 만났고, 이후 이 책의 공간(公刊), 공공기관에서의 소장(所藏) 문의 등의 일을 정교수에게 일임했다. 이후 시간이 또 좀 경과되긴 했지만, 정교수에게 맡긴 보람이 있어 이렇게 영인본으로 공간되게 되었다. 그동안 내 마음 속에 있던『해동유요』공간에 대한 짐 하나가 비로소 내려진 셈이다.

이에 그동안 이『해동유요』와 관련해 필자가 조사하거나 생각한 것들을 여기에서 가능한 한 모두 갖추어 제시해 최소한 앞으로의 연구자료들이라도 되게 하고자 했다. 앞으로 시가문학 전공자들의 보다 본격적인 논의들이 이뤄지기를 기대한다.

그동안 수고하신 정소연 교수와 정교수를 도와주신 이종석 교수께 감사드린다. 1998년 생전 처음 본 필자를 선뜻 믿으시고『해동유요』원본을 빌려 주신 김태범 선생님과 그 동안 후의(厚意)들을 베풀어 주신 김재형 님을 비롯한 강화도의 김의태 님의 후손 가족 분들께도 이 자리를 빌려 다시 한 번 감사드린다. 항상 필자를 도와 주시고 문화계의 한 동료로 언제나 믿음직하신 박찬익 박이정 사장님과 이 책의 편집을 담당해 주신 유동근 님께도 감사드린다.

2020년 5월 19일

참고문헌

자료

김성배·박노춘·이상보·정익섭 편,『가사문학전집』, 정연사, 1961.

김정연,『서도소리 대전집』, 1979.

『김해김씨선원대동세보(金海金氏璿源大同世譜)』, 갑편(甲編) 14.

『김해김씨안경공파세보(金海金氏安敬公派世譜) 전(全)』

김종건(金鍾健), '과거 응시 때의 호적단자 4장'(1876·1885·1888·1891)

김의태(金義泰) 소장,『남운집(南雲集)』(한시 필사본)

김의태(金義泰) 소장,『간례휘찬(簡禮彙纂)』

동국대학교 불교대학, '화청(和請)', 무형문화재조사보고서 제65호,『무형문화재조사
     보고서 제9집』, 문화재관리국, 1969.

류만공,『세시풍요』(1843)

민우룡 〈금루사(金縷辭)〉(1778)

순창군 구림면,『구림면지(龜林面誌)』, 2005.

윤덕진·성무경 해제,『고금가곡: 18세기 중·후반 사곡(詞曲)가집』, 보고사, 2008.

이상주, 「춘면곡과 그 작자」,『우봉 정종복박사 화갑기념논문집』, 1990.

이상준,『조선 속가』, 박문서관, 1921.

이수광,『지봉유설(芝峯類說)』, 권14, '가사(歌詞)'

이용기 편, 정재호·김흥규·전경욱 주해,『(주해) 악부』, 고려대 민족문화연구소, 1992.

이창배,『한국가창대계』, 홍인문화사, 1976.

『인수금보(仁壽琴譜)』; 국립국악원,『한국음악학자료총서19』, 서울세신문화사, 1985.

장사훈,『(하규일·임기준) 전창(傳唱) 12가사』, 서울대출판부, 1980.

정현석 편저, 성무경 역주,『교방가요』, 보고사, 1872:2002.

주용남 필사, 〈오륜가〉

최경혜 편저, 『(개정판) (박자, 소리풀이) 경기십이잡가가사집(좌창)』, 도서출판 풍류, 2013.

최복례 책주(冊主), 오상택 등서(謄書), 『성가집(聖歌集)』, 1963.

한국 브리태니커 회사, 『판소리 다섯 마당』, 1982.

한국정신문화연구원 편, 『한국 구비 문학 대계 6-1 전남 화순군(2)』, 1994.

한국정신문화연구원 편, 『한국 구비 문학 대계 7-12 경북 군위군(2)』, 1984.

논저

강영애, 「구전되는 천주가사의 음악적 특징」, 『예술론집』 제3집, 전남대 예술연구소, 1999. 11.

강전섭, 「『가사류취(歌詞類聚)』중의 가사(歌辭) 11편에 대하여 -「가사류취」의 문헌적인 검토-」, 『한국시가연구』 창간호, 한국시가학회, 1997. 5.

권순회, 「『고금가곡』의 원본 발굴과 전사(傳寫) 경로」, 『우리어문연구』 제34집, 우리어문학회, 2009. 5.

김남기, 「관동의 비경(祕境) 낙산사와 한시(漢詩)」, 『한국한시연구』 제5집, 한국한문학회, 1997.

김남기, 「『연원일록(燕轅日錄)』에 나타난 가무악(歌舞樂)과 연희(演戲)의 연행 양상」, 『국문학연구』 제40호, 국문학회, 2002. 5.

김동욱, 「허강의 〈서호별곡〉과 양사언의 〈미인별곡〉 -임란전의 자필 고본(稿本)의 출현-」, 『국어국문학』 제25집, 국어국문학회, 1962.

김동욱, 「임란 전후 가사 연구」, 『진단학보』 제25·6·7합병호, 진단학회, 1963.

김은희, 「12가사의 문화적 기반과 양식적 특성」, 성균관대 박사논문, 2001.

김일환, 『조선 가사 문학론』, 계명문화사, 1990.

김창곤, 「12가사의 악곡 형성과 장르적 특징」, 서울대 협동과정음악학과 박사논문,

2006.

김학성, 「가사의 본질과 담론 특성」, 『한국문학논총』 제28집, 한국문학회, 2001. 6.

김현식, 「〈서호별곡〉과 〈서호사〉의 변이양상과 그 의미」, 『고전문학연구』 제25집, 한
국고전문학회, 2004. 6.

김흥규, 「19세기 전기(前期) 판소리의 연행 환경과 사회적 기반」, 『어문논집』 제30집,
고려대 국어국문학연구회, 1991.

성기련, 「율격과 음악적 특성에 의한 장편 가사(歌辭)의 갈래 규정 연구」, 『한국음악연
구』 제28집, 한국국악학회, 2000.

성무경, 「18·19세기 음악환경의 변화와 가사의 가창전승」, 『한국시가연구』 제11집,
2002. 2.

졸고, 「가사의 향유 방식」, 한국고전문학회 224차 정례발표회 발표문, 2002, 한국방송
통신대학교.

졸저, 『광대의 가창 문화』, 집문당, 2003.

졸고, 「전통사회 가창 가사들의 관련 양상」, 『한국음악사학보』 제33집, 한국음악사학
회, 2004.

졸고, 「고전문학의 향유방식과 교육; 과거, 현재, 미래」, 『고전문학과 교육』 제37집, 한
국고전문학교육학회, 2018. 2.

윤덕진, 「19세기 가사집을 통해 본 가사 향유의 실상」, 『한국시가연구』 제13집, 한국
시가학회, 2003.

이기대, 「20세기 전반기 송서 대중화의 의미 －라디오 방송 목록에 나타난 소설 작품
을 중심으로-」, 2015 전국 국악학 학술대회, '송서(誦書)·율창(律唱)의 확산방
안' 학술대회자료집, 2015.12.10., 중요무형문화재 전수회관 풍류, 한국전통음
악학회·송서율창보존회.

이상원, 「『고금가곡』의 체제와 성격」, 『한민족어문학』 제85집, 한민족어문학회, 2011. 12.

이상주, 「춘면곡과 그 작자 -〈남유록(南遊錄)〉의 기록을 통해서-」, 『우봉정종봉박사화 갑기념논문집』, 서화, 1990.

이혜화, 「『해동유요』 소재 가사고(歌辭考)」, 『국어국문학』 제96집, 국어국문학회, 1986. 12.

임미선, 「19세기말 서도기생의 가창곡과 가창방식」, 『선화김정자교수화갑기념음악학 논문집』, 민속원, 2002. 5.

임재욱, 「가사의 형태와 향유 방식 변화의 관련 양상 연구」, 서울대 석사논문, 1998.

임재욱, 『가사 문학과 음악』, 보고사, 2013.

장사훈, 『최신 국악총론』, 세광음악출판사, 1985.

정소연, 「『해동유요』에 나타난 19세기 말 20세기 초 시가(詩歌) 수용 태도 고찰 -노래 에서 시문학으로의 시가 향유를 중심으로-」, 『고전문학과 교육』 제32집, 한국 고전문학교육학회, 2016. 6.

조규익, 『가곡 창사의 국문학적 본질』, 집문당, 1994.

한영우, 『(다시 찾는) 우리 역사』, 경세원, 2004.

허흥식, 「새로운 가사집과 호서가」, 『백제문화』 제11권, 공주대 백제문화연구소, 1978.

홍재휴, 「금루사고(金縷辭攷)」, 『국문학연구』 제5집, 효성여대 국어국문학연구실, 1975.

기타

CD; '황용주 국악대전집 전체8집 중 제7집', 한성음반, 1992.

유성기음반; Columbia 4008-A 춘향전 추월강산, 박녹주 창, 1929.

한국학중앙연구원 『한국구비문학대계』; http://lib.aks.ac.kr/solarsweb4/main.asp

《해동유요》에 나타난 19세기 말 20세기 초 시가 수용 태도*

-노래에서 시문학으로의 시가 향유를 중심으로-

정소연

* 이 글은 『고전문학과 교육』 32집(한국고전문학교육학회, 2016)에 '《해동유요(海東遺謠)》에 나타 난 19세기 말 20세기 초 시가(詩歌) 수용 태도 고찰'이라는 제목으로 실린 논문을 다듬은 것이다.

1. 서론

《해동유요(海東遺謠)》는 아직 전모가 다는 공개되지 않은 조선후기의 가사집으로 알려져 있다. 이혜화의 연구[1]에서 원문 일부와 작품이 소개되었는데, 총 65수 중에서 53수만 공개가 되었다. 이혜화의 또 다른 연구[2]에서는 거의 소개되지 않은 신발굴 작품이 11수 정도 되는 것으로 보고 이를 소개하였으나, 아직까지도 전혀 소개되지 않은 신출작(新出作) 몇 편은 모두 가사집의 뒷부분에, 곧 53수 이후부터 나오고 있어서 지금까지 공개되지는 않았다.《해동유요(海東遺謠)》를 학계에 처음 소개한 일련의 연구라는 의의와 함께 가사 갈래 위주로 접근한 점이 특징이다.

이러한 일련의 연구 이후 간헐적으로 관련 작품의 이본을 연구할 때에《해동유요(海東遺謠)》가 등장하는 것 외에는 이렇다 할 본격적 연구가 없었다가 손태도의 연구[3]에서 원본에 찍힌 글자 옆의 청홍점에 주목한 논의를 하였다. 처음에는 음악과 관련한 점으로 보았으나, 연구 결과 음악과는 무관하고 '문학'과 관련한 점일 것으로 추정하였다. 이 연구는 가사집의 노랫말만이 아니라 점 표식에 관심을 둔 문헌 연구라는 점에서 의의가 있을 뿐만 아니라 편찬 시기를 19세기 말에서 20세기 초의 것으로 고증했다는 점에서도 중요하다. 이혜화의 연구에서《해동유요(海東遺謠)》를 1711년의 것으로 본 것을, 편저자인 김의태(1868~1942)의 후손인 문헌 보유자를 직접 만나 고증할 뿐만 아니

---

1   이혜화,「해동유요 소재 가사고」,『국어국문학』98, 국어국문학회, 1986, 85-104면, 349-423면.

2   이혜화,「해동유요 가사 개별 작품고(Ⅰ)-병자난리가, 운림처사가-」,『한성어문학』9, 한성대학교 한성어문학회, 1990, 85-113면 ; 이혜화,「해동유요 가사 개별 작품고(Ⅱ)-농부가, 사시가, 유산가-」,『한성어문학』9, 한성대학교 한성어문학회, 115-137면.

3   손태도,「가사의 향유 방식」, 한국고전문학회 224차 정례발표회 발표문, 2002.

라 김의태의 작품으로 추정되는 〈嶺南歌(1909)〉를 통해 이 문헌의 편찬 시기를 추정했다는 점이 주목된다. 시기가 19세기 후반으로 간다는 점은 윤덕진의 연구[4]에서도 고증하였다.

이러한 연구 성과에 기반해 본고에서는 19세기 시가집 향유의 한 양상을 보여주는 자료로 이 문헌에 접근하고자 한다. 특히 글자 우측마다 찍힌 청색과 홍색의 점의 존재에 주목한 선행연구에 따라 이러한 흔적이 이 시기 시가를 수용한 기록자의 향유 방식이자 수용 태도를 읽을 수 있는 단서로 이해하고자 한다. 또한 아직 전모가 다 공개되지 않은 문헌의 나머지 작품들을 함께 검토함으로써 이 시기 시가를 향유한 한 수용자의 수용 태도와 향유 방식을 살펴보는 것이 목적이다. 이를 통해 비단 특정 문헌에 대한 특수성이 아니라 19세기 말 경, 20세기 초에 가사를 비롯한 시가가 어떻게 인식되고 향유되고 있는지의 한 면모를 볼 수 있다는 점에서 의의가 있다고 할 것이다.

《해동유요(海東遺謠)》는 편저자 김의태의 생몰시기를 고려해 책의 첫 장에 적힌 경인(庚寅)년 1890년에서 《해동유요》 후반부에 실린 〈영남가〉가 기록된 기유(己酉)년 1909년 사이의 기록물로 추정된다. 이런 점에서 19세기 말에서 20세기 초의 가집의 양상과 이 시기의 가사 갈래를 비롯한 시가 향유 방식을 이해하는 데에 또 하나의 중요한 자료라고 판단된다. 편저자가 직접 쓴 서발문 같은 글은 없고, 직접 지은 것도 〈嶺南歌(1909)〉 한 작품이지만, 작품들의 구성과 면면들을 보면 편저자의 수용 태도, 곧 시가를 이해하는 방식을 읽어 낼 수 있다.

이에 2장에서는 《해동유요》에 실린 작품의 현황을 통해 편저자의 수용 태도를 살펴보고자 한다. 그리고 3장에서는 작품에 찍힌 청홍점에 주목하여 이

---

4   윤덕진, 「가사집 《잡가》의 시가사상 위치」, 『열상고전연구』 21, 열상고전연구회, 2005, 175–203면.

를 통해 편저자가 작품을 기록하면서 주목하고자 하는 바가 무엇인지 추정하고자 한다. 4장에서는 결론을 맺는다.

2. 《해동유요》의 작품 수록 양상을 통해 본 수용자의 시가 수용 태도

여기서는 《해동유요》의 작품을 먼저 간략히 개관한 뒤에, 수용자의 수용 태도를 두 가지 측면에서 더 살펴보고자 한다.

2.1 《해동유요》의 수록 작품 및 전체 개관

《해동유요》의 편저자는 이 책을 소장하고 있던 전 부용중학교 김태범 교장 선생님의 증언과 2014년 5월 강화도 답사를 통해 김재형, 김재진 님의 할아버지인 김해 김씨 안경공파 23세손인 김의태(金義泰)라는 분임을 확인할 수 있었다. 김재형, 김재진 님의 기억에 의하면 어릴 적 할아버지 김의태 님이 시가에 대한 적극적 관심으로 이를 기록하고, 동네사람들을 모아서 부르기도 했다고 한다. 답사를 통해 알게 된 여러 정황과 《해동유요》속표지(후술하는 [그림1] 참고)의 '경인년'이라는 기록을 통해 이를 확인할 수 있었다. 또한 집안에 작은 사당을 만들어 모신 점이나 그 곳에 많은 고문헌을 보관했다는 것을 통해 《해동유요》에 한자 표기 위주의 기록이 가능한 분인 점도 알 수 있었다. 따라서 본고에서는 이러한 이력을 가진 편저자를 고려해 노랫말을 모은 시가집인 《해동유요》의 여러 면모를 살펴 어떤 관점에서 문헌을 기록하고 있는지를 구체적으로 살펴보고자 한다.

《해동유요》에 수록된 작품에 대해 그동안은 가사 갈래에 한해서만 주목이 되었다. 이혜화의 연구에서도 가사 갈래에만 주목하였기 때문에 김상헌, 권필

등 국내 시인과 중국 시인의 한시 10여 수를 일일이 작품수로 헤아리지 않고 묶어서 전체 수록 작품을 55수로 소개하였다. 그러나 실제로 수록된 작품을 《해동유요》에 실린 순서대로 작품마다 고유번호를 부여하면 다음 [표1]과 같다.[5]

[표1]《해동유요》의 작품 수록 순서 및 목록(음영 부분은 한문 작품)

작품 번호	작품명	작가명 (생몰연대)	작품 번호	작품명	작가명 (생몰연대)
1	어부사 (漁父詞)	李賢輔 (1467~1555)	2	춘면곡 (春眠曲)	羅以端 (?)
3	승가 (僧歌)	南都事 (남철) (1671~1732)	4	승답가 (僧畓歌)	(여승)
5	자답가(自畓歌)	(南都事) (1671~1732)	6	운림처사가 (雲林處士歌)	淸陰 김상헌 (1570~1652)
7	목동가(牧童歌)	任參判 (1601~1673)	8	강촌가(江村歌)	·
9	초한가(楚漢歌)	·	10	사시가(四時歌)	·
11	관동별곡(關東別曲)	鄭松江 (정철) (1536~1593)	12	관동 관찰사 윤중소에게 주다 (贈關東按使尹仲素履之)	淸陰 김상헌 (1570~1652)
13	양리일에게 주다. 양리일은 관동별곡을 아주 잘 불렀다. (贈楊理一楊也善唱關東別曲)	石州 권필 (1569~1612)	14	사미인곡(思美人曲)	松江 정철 (1536~1593)
15	속미인곡(續美人曲)	松江 정철 (1536~1593)	16	청송강가사 (聽松江歌詞)	東岳 이안눌 (1571~1637)
17	성산별곡(星山別曲)	松江 정철 (1536~1593)	18	장진주사(將進酒辭)	松江 정철 (1536~1593)
19	과송강묘(過松江墓)	石州 권필 (1569~1612)	20	상사곡(相思曲)	·

5　원문에서는 56번 〈어부사서〉 다음에 12, 13번 한시가 다시 나오고, 57번 다음에도 19번 한시가 다시 나온다.

작품 번호	작품명	작가명 (생몰연대)	작품 번호	작품명	작가명 (생몰연대)
21	상사별곡(相思別曲)	·	22	낙빈가(樂貧歌)	栗谷 이이 (1536~1584)
23	양양가(襄陽歌)	이백	24	상사가(相思歌)	·
25	수심가(愁心歌)	·	26	계우사(誡友辭)	·
27	한별가(恨別歌)	·	28	유산곡(遊山曲)	·
29	화류가(花柳歌)	·	30	장한가(長恨歌)	·
31	호서가(湖西歌)	·	32	호남가(湖南歌)	·
33	귀거래사(歸去來辭)	陶淵明 (365~427)	34	칠월장(七月章)	·
35	출사표(出師表)	諸葛亮 (181~234)	36	후출사(後出師)	諸葛亮 (181~234)
37	추풍사(秋風辭)	漢武帝 劉徹 (B.C.156~ B.C.87)	38	낙지론(樂志論)	仲長統 (179~220)
39	어부사(漁父辭)	屈原 (B.C.343~ B.C.278)	40	잡설(雜說)	韓愈 (768~824)
41	자경잠(自警箴)	(석주) 權韠 (1569~1612)	42	읍송귀시재복아 (泣送歸時在腹兒)	月沙 李廷龜 (1564~1635)
43	전적벽(前赤壁)	후적벽(後赤壁)	44	후적벽(後赤壁)	蘇軾 (1037~1101)
45	직금도시(織錦圖詩)	蘇蕙蘭 (357~?)	46	권주가(勸酒歌)	(蘆溪 박인로) (156 1~1642)
47	귀전가(歸田歌)	退溪 이황 (1501~1570)	48	처사가(處士歌)	·
49	권학가(勸學歌)	·	50	관서별곡(關西別曲)	岐峯 白光弘 (1522~1556)
51	용저가(舂杵歌)	退溪 이황 (1501~1570)	52	원부사(怨婦詞)	妓 巫玉 (?~?)
53	부농가(富農歌)	作菴 (?~?)	54	병자난리가 (丙子亂離歌)	무명씨
55	지로가(指路歌)	曹南溟 (조식) (1501~1572)	56	어부사서(漁父詞序)	退溪 이황 (1501~1570)
57	箕城聞白評事別曲 (기성문백평사별곡)	최경창 (1539~1583)	58	浩歌行(호가행)	백거이 (772~846)

작품 번호	작품명	작가명 (생몰연대)	작품 번호	작품명	작가명 (생몰연대)
59	寄邊衣(기변의)	·	60	太行路(태행로)	백거이 (772~846)
61	井底引銀瓶 (정저인은병)	백거이 (772~846)	62	영남가(嶺南歌)	金義泰 (1868~1942)
63	휘영(彙永)	'不知何手而取 善作書之'	64	(送人(송인))	정지상 (?~1135)
65	조면생수율각희 (棗面生羞栗角稀)	황희의 시조 7언 절구화			

　　[표1]의 제목은《해동유요》에 적힌 그대로이고, 작가명은 대체로 원본에 있는 그대로이나, 일부 몇 작품은 없어서 작가가 분명한데도 적혀있지 않아서 필자가 찾아서 넣었다.[6] 다음 [그림1]에서 보듯이 표지에 '長歌'라고 되어 있는 만큼 상대적으로 단가(短歌)인 시조는 없고, 가사 갈래가 압도적으로 많다. 그러나 한시도 못지않게 있어서 장가(長歌)가 비단 국어시가만을 지칭하는 용어는 아님을 알 수 있다.

　　목차를 보면 위에서 언급한 작품명의 순서대로 다음 [그림2]와 같이 원문에 적혀 있다. [그림1]과 같이 표지를 넘기면 나오는 첫 장, 곧 속표지에는 '장가(長歌)', 곧 노래라는 인식이 있으나 사실 내용이나 기록방식을 보면 노래나 가창의 표지보다는 문학적 시각이 더 읽혀진다. 제목부터가 '遺謠', 곧 노래가 소리로 향유되면 사라지므로 '노래를 남긴다'는 의도가 강해서 가창의 공간이나 분위기, 가창 방식 등의 음악적 요소가 아니라 노랫'말', 곧 시구(詩句)를

6　64번 〈송인〉의 경우, 작가명이 적혀져 있지 않아 이상하지만 이인로의《파한집》에도 이름을 모른다는 언급이 나온다. 당시 서경천도 문제로 반역죄인이라 언급을 꺼려해서이지 정말 모르는 것은 아닐텐데, 이 기록 역시 저본으로 삼은 문헌의 특징을 따른 것으로 보인다.

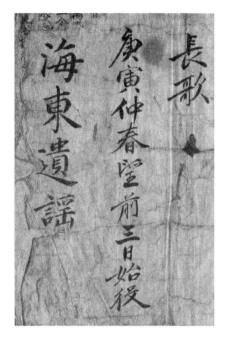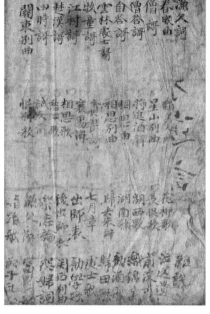

그림1 | 《해동유요》의 속표지   **그림2** | 《해동유요》의 목차

남기고자 한 것으로 읽을 수 있다. 목차를 보아도 노래의 가창방식에 따른 배열이라기보다는 여느 한시집과 같이 작품의 제목만 나열되고 있다는 점, 그리고 위 [표1]과 같이 가창자보다는 작품, 곧 시구의 창작자를 의식하여 작가명을 제목 아래에 기록하고 있다는 점이 그러하다.

뿐만 아니라 속표지부터 본문까지 한자를 노출시켜서 적극 사용하고 있다는 점도 눈에 띈다. 가집 중에는 한자어라도 국주한종(國主漢從)이나 한주국종(漢主國從)의 차이가 있어도 대개 국한문 병용이 많은 편이다. 그런데 《해동유요》는 순우리말이 아닌 경우에는 모두 국한문 병기(倂記)를 하지 않고 '한자만' 표기하고 있어서 시어 자체나 의미를 더 중요하게 생각하고 있다고 보여진다. 이는 상당한 지식인층이어야 이를 읽고 이해할 수 있다는 점에서 가창을 위해 노랫말을 필사한 데서 더 나아가 시어의 의미에 주목하며 생각하는 독서물로서의 측면도 고려한 것으로 이해될 수 있다.

또한 가사 갈래가 많지만 가창가사로 남은 12가사 중에는 1번 〈어부사〉, 2번 〈춘면곡〉, 21번 〈상사별곡〉, 23번 〈양양가〉만 실려 있어서 가창가사 위주의 수록도 아닌 것을 볼 수 있다. 게다가 실려 있는 네 작품도 12가사의 노랫말과 다르게 수록되어 있는데, 〈양양가〉의 경우 12가사로 남은 것보다 《해동유요》에는 더 긴 다른 내용이 더 붙어있고, 〈상사별곡〉도 12가사와는 앞의 4음보 10행만 같고 나머지는 달라지는데, 역시 《해동유요》의 것이 훨씬 더 길게 수록되어 있어서 가창으로서의 가사를 기록했다고 보기는 어렵다. 이외에도 〈처사가〉나 〈권주가〉는 제목만 같을 뿐 12가사와는 전혀 다른 작품이다.

이외에 주목되는 것으로는 사대부가사가 많다는 점이다. 윤덕진[7]에 의하면 사대부가사는 19세기에 들어 가사집에 기록으로 정착하는데, 여러 종류의 가사 중에서도 '가사의 기록문학적 속성을 가장 잘 실현하고'있는 것이 사대부가사라고 하였다. 이는 곧 '기록 정착'도 하나의 가사 향유 방식으로 본 것으로서 가창이든 음영이든 소리로서의 음성성, 구술성만이 아니라 기록성이라는 성격을 가지게 되는 측면에 주목한 대목이라는 점에서 시사하는 바가 크다. 이와 관련하여서는 절을 달리해서 본격적으로 논의를 진행하고자 한다.

---

7   윤덕진, 「19세기 가사집을 통해 본 가사 향유의 실상」, 『한국시가연구』 13, 한국시가학회, 2003, 261-284면

2.2 국어시가와 한시에 대한 대등한 인식과 기록 태도

[표1]에 수록된 작품의 갈래를 보면, 65수 중에서 가사 갈래가 38수로 가장
많지만[8], 한시도 20여 수나 된다. 위에서 음영으로 표시한 작품은 모두 한시(漢
詩)이거나 한문(漢文)인데, 56번 〈어부사서〉가 국내 한문으로 이황이 쓴 서문
이고, 가장 마지막 65번이 황희의 시조를 한시화한 작품이다. 이 둘을 제외한
나머지 대부분이 중국과 국내 시인의 한시이다. 특히 국내 시인의 한시는 7언
절구가 압도적이나, 중국 시인의 경우에는 33번에서 43번까지 모여 있는 일
련의 작품을 보면 사(辭), 표(表), 론(論), 설(說), 부(賦)나 57번에서 60번과 같
이 고시체 등 한문과 한시가 다양하게 섞여 있다.

이런 점에서 《해동유요》는 한문과 국문, 두 가지 언어매체를 활용해 국어
시가와 한시가 고루 반영되었다는 점이 주목된다. 흔히 가집(歌集)이라고 할
때에는 노래하기 위해서 우리말로 불러야 했기 때문에 시조집이거나 가사집
등 거의 전적으로 국어시가 위주로 구성되기 마련이다. 그러나 《해동유요》는
65수 중에서 한문 매체로 기록된 작품이 36%에 달해서 한시와 국어시가 모
두 두루 담고 있는 점이 특징이다.

그런데 이 점은 과연 이 문헌이 당시에 노래로 불린 작품만을 골라서 담았
는가에 대한 의문이 들게 한다. 56번 같은 이황의 〈어부사서〉나 정지상, 권필,
이안눌, 김상헌 등의 한시는 노래로 불린 작품 그 자체가 아니라 노래와 관련
된 한문 기록과 한시들이다. 또 38번 〈낙지론〉은 문체상 한문이라도 한시에
가깝게 읽히기는 하나[9], 35번 〈출사표〉와 같은 작품은 한시라고 하기는 어렵

---

8   18번 〈장진주사〉는 가사로 보는 견해와 사설시조로 보는 견해가 있지만 여기서는 가사 갈래로 세웠
     다. 물론 '辭'라는 제목을 고려해 한시의 사(辭)에 해당하는 것을 국어시가로 지었다고 할 수도 있겠
     으나 가사(歌'辭')라고 할 수도 있다는 점, 그리고 65수 중에서 다른 사설시조가 한편도 없다는 점
     에서, 또 가사 작품이 일련의 연속적으로 실린 중에 있다는 점에서이다.

다. 노래에 대한 적극적 관심을 표명한 문헌으로서 《해동유요》를 봄직한 것은 사실이나 '가집(歌集)'으로서의 성격을 전적으로 가지고 있다고 하기에는 상당한 비중을 차지하는 한시와 한문의 존재를 간과하기는 어렵다.

일반적으로 가창된 가사가 압도적으로 많은 문헌으로서 《해동유요》는 가집으로 볼 가능성이 높다. 그래서 선행연구에서도 가사 갈래에만 주목하였고, 가창가사집으로 보기도 한 것이다.[10] 그러나 작품의 구성이야 당연히 편저자가 좋아하는 작품들이겠지만, 그 성격도 모두 가창된 작품들이라고 하기는 어려울 것이다. 가집(歌集)으로서 볼 경우에, 그렇다면 이러한 한시들도 이 시기에 노래로 향유하기도 했다는 것인지에 대한 의문이 들기 때문이다. 혹여 '~행(行)'이나 '~사(辭)'와 같은 문체는 노래일 가능성이 높겠지만 한유의 〈잡설〉도 그러할지 의문이다.

이런 점에서 국내 한시를 다시 살펴보면, 정철의 노래나 백광홍의 노래에 대한 수용자의 감상과 밀접한 작품들이다. 또 유일한 고려 한시인 정지상의 〈송인〉도 결구에 '비가(悲歌)'가 나와 노래와 긴밀하게 얽힌 작품이다.[11] 노래에 대한 기록들, 특히 각 노래에 대해 향유자는 어떻게 생각하며 어떻게 감상

---

9   중장통의 〈낙지론〉 첫 부분을 소개하고 번역하면 다음과 같다.

使居有良田廣宅背山臨流	거하는 곳에는 좋은 밭과 넓은 집이 있고 산과 시내가 흐르네
溝池環匝竹木周布	집 주위에는 연못과 대나무가 빙 둘러있고
場圃築前果園樹後	앞에는 마당과 밭이 뒤에는 과수원이 있네.
舟車足以代步涉之難	수레와 배가 물을 건너는 어려움을 대신해주고
使令足以息四體之役	심부름하는 이가 육체의 노역에서 쉬게 해주네.
養親有兼珍之膳妻孥無苦身之勞	갖은 진미로 부모님을 모시고 처자는 몸이 고되지 않네.

10   손태도, 「전통사회 가창 가사들의 관련 양상」, 『한국음악사학보』 33, 한국음악사학회, 2004, 275-298면

하고 있는지를 모아두었다는 것은 이 문헌의 성격이 가집이긴 하지만 단순히 '노랫말의 문자화'가 아니라 '노래의 기록화', 곧 노래'에 대한 기록'이라고 볼 수 있을 것이다. 즉, 비단 노래 부르기 위해 노랫말을 모으고 연습하기 위한 용도의 책으로만 보기에는 이보다 더 직극적인 수용태도를 보이는 것으로 노래에 대한 수용자의 인식을 엿볼 수 있는 책이고, 노래가 부르는 용도로서만이 아니라 노래에 대한 해석이나 감상평을 인식하는 것으로까지 보인다는 점이다.

이는 노래로 부르는 국어시가만이 아니라 꼭 부르지는 않는 한시를 상당수 함께 수록하고 있다는 점에서 수용자는 국어시가도 한시와 대등하게 인식하고 있는 것으로 볼 수 있다. 나아가 작품들을 배열할 때에도 일련의 관련된 작품들이 하나의 군을 이루며 국어시가-한시-국어시가-한시의 교차를 이루는 점도 그러하다. 또한 국어시가인 황희의 시조를 7언절구화한 65번 작품의 존재도 이 책의 편저자가 꼭 노래로 부르기 위해 노랫말을 남겨두고 싶어서 모았다고만 하기는 어려워 보이는 것이다.

16세기 이황만 해도 노래를 부르기 위해서는 우리말로 하지 않을 수 없다고 〈도산십이곡〉의 발문에서 밝혔다. 당시만 해도 국어시가의 위상은 부르기 위해서이지, 노랫말이 한시처럼 대등하지는 않았다. 시집은 시집이고, 가집은 가집으로, 한시를 모은 것은 시집으로, 시조나 가사를 모은 것은 가집으로 보는 시각이 조선후기까지 이어진다. 이는 연구자들에게서도 마찬가지로서 시조집이나 가사집을 대체로 '시집'이라고 부르기보다 '가집'이라고 부르고 있

---

11 이종묵, 「한시 속에 삽입된 옛 노래」, 박노준 편, 『고전시가 엮어 읽기(상)』, 태학사, 2003, 399-
    416면에서는 정지상의 〈송인〉의 전구와 결구가 고려가요 '비가(悲歌)'의 내용을 담고 있는 것으로
    보면 또 하나의 고려가요를 발굴한 것이라고도 보고 있다. 이런 의미로 본다면 이 한시는 노래와 관
    련된 작품에 머물지 않고 노래를 담은, 고려가요의 한시화라고도 적극적으로 해석할 수 있을 것이다.

는 것에서도 나타난다.

그런데 《해동유요》의 편저자는 한시도 적지 않게 배치를 하고, 노래에 대한 감상과 시각을 담은 한시들도 모아 싣고 있다. 이러한 흔적들이 단지 노랫말의 모음집의 성격이 아니라 노래도 시와 대등하게 인식하며 기록물로 여기는 태도, 노랫말을 부르거나 들을 뿐만 아니라 읽고 생각하는 대상으로도 여기고 있다고 보여지는 것이다. 이러한 시각은 3장에서 청홍점을 살펴보면서 다시 살펴보게 될 것이다.

2.3 시가사적 흐름에 대한 작품 선별과 기록 태도

한편, 이 책이 수록하고 있는 작품의 시대를 살펴보도록 하자. 가장 이른 시기로 기원전 4세기 굴원의 〈漁父辭〉가 가장 오래된 작품이고, 이 책의 편저자인 김의태(1868~1942)의 〈嶺南歌〉가 가장 지금과 가까운 시기의 작품이다. 시대를 모르는 작자 미상의 작품이 20여 작품 이상이 있으나, 이 중에는 대체로 조선시대의 것들로 추정할 수 있는 작품들이 상당하다. 그런데 중국 작품인 경우는 기원전 4세기에서 12세기까지로, 12세기 이전까지는 중국 작품 위주로 싣고 있고, 12세기 이후부터는 정지상의 〈송인〉을 시작으로 한국 작품을 수록하고 있어서 흥미롭다. 기원전 4세기에서 편저자의 당대까지 중국에서 한국 작품으로 교체되는 시대적 흐름을 보이면서 훈민정음이 창제된 조선시대 이후에는 국어시가에 대한 적극적 배치를 하고 있는 것이다.

사실 국어시가의 존재는 고대가요까지 거슬러갈 수 있고, 조선 이전에 신라 향가나 고려 속요도 거론할 수 있을 것이다. 그런데 이 책의 편저자는 국문(國文)이 존재하는 시대부터 국어 시가를 싣고 있다. 물론 자기 당대에 접하고 향유되는 작품이 대개 조선시대의 것이라서 그랬다고 볼 수도 있겠지만, 그러면 시조는 왜 넣지 않았을지 의문이 든다. 김수장의 《해동가요》가 시조 위주이니 《해동유요》는 시조 이외의 것을 넣고자 하였다고 하겠는데, 《해동가요》의 '가(歌)'가 노래 부르는 국어시가 위주로 했다면 거기서 다루지 못한 '남는 시가[遺謠]', 혹은 '노래를 남기고자[遺謠]'하는 《해동유요》로서는 가사, 잡가, 사설시조와 같은 국어시가만이 아니라 한시의 존재까지 고려하여 아우르고자 하였다고 할 수 있을 것이다.[12]

공교롭게도 우리의 문자가 존재하는 시기부터 국어시가를 기록하고, 국문(國文)이 없는 시대의 시가는 한시를 기록하고 있다는 점 역시 2.2.에서 본 시각의 연장선에서 이해해볼 수 있다. 위와 같이 만약 《해동유요》가 《해동가요》를 의식한 문헌이라면 국어시가, 곧 우리의 노래에 대한 관심의 결과물로서라기보다 국어시가도 한시와 같이 시로 인식되는 시대에 시조 이외의 시를 기록하겠다는 것으로 볼 수 있을 것이다. 다시 말해 '부르는 노래'의 가창적 측면, 음악적 측면에 대한 초점이 아니라 노래를 문자로 기록하고 음미하는 '시'에 대한 초점으로서 훈민정음이라는 국문(國文)의 존재가 국어시가를 시로 이해하는 중요한 자질로 인식되고 있는 것으로 보이는 것이다.[13]

19세기 말 갑오개혁 이후 국문전용시대가 되고 20세기에는 어느덧 '시', 혹은 현대시라고 하면 국문으로 된 시를 지칭하는 것이 되었다. 시와 노래는 여전히 밀접한 관계에 있어서 시가 가곡화 되거나 대중가요가 되기도 하였으나

---

12 이는 마치 《삼국사기》와 《삼국유사》를 생각나게 하는데, 편저자의 발문이 없는 상황에서 이는 어디까지나 추정에 불과할 것이다. 그러나 본고의 목적이 문헌을 다각도로 살피면서 수용태도를 찾아가는 것이고, 특히 자료나 기록이 부족한 고전에의 접근이 이러한 추정작업이 배제되기만은 어렵다는 것을 절감하게 된다.

13 정소연, 『조선시대 한시와 국문시가의 상관성』, 한국문화사, 2019에 의하면 19세기에 시조를 시로서 인식하고 있는 것을 볼 수 있다.

시의 중심에는 이제 한시가 아니라 국문으로 된 시가 있고 이에 더하여 외국 시나 한시가 함께 존재하는 것으로 인식되는 것이다. 일례로 김억이나 최남선, 양주동 등 1910년대에서 40년대까지 집중적으로 이루어진 한시 국역(國譯)을 통한 우리 시로서의 작업도 국문으로 된 시(詩)가 중심인 시대에 사라지는 한시의 자양분을 국문으로 된 현대시로 접목하고자 하는 노력으로 이해될 수 있을 것이다. 국문 전용과, 시의 중심에 국어로 된 시가 자리하게 된 것이 밀접한 것이다.

이와 관련해 19세기 말 20세기 초의 시가집에 대해 잠깐 살펴볼 필요가 있다. 시조집에도 가사 갈래가 실리므로 시조집인가 가사집인가를 떠나서 시가를 담은 문헌이라는 점에서 접근해보자. 대개 노래로 불리던 작품의 노랫말을 기록한 문헌을 우리는 '시집(詩集)'이라고 쉽게 표현하지는 못하고, 일반적으로는 가집(歌集), 혹은 시가집(詩歌集)이라고 부르는 경향이 있다. 이러한 명칭에서도 음악적 측면과 함께 문학적 측면을 고려하되, 문학적이기만 하다고 보기는 아직 이른 시각을 발견할 수 있는데, 이러한 경향은 이 시기 선행연구를 통해서도 발견된다.

우선 윤설희의 연구[14]에서는 20세기 초《정선조선가곡》의 음악적 표지가 약화되고 문학작 장르 양식을 보이고, 한자어의 경우 국문이 없는 한문 노출의 표기 등 독서물로서 듣는 문화에서 보고 듣는 문화로 전환되는 양상을 지적하였다. 송안나의 연구[15]에서도 20세기 초 가집인《가곡선》도 한자를 모르면 읽을 수 없는 표기 방식을 보이고 있는 등 근대 문학 독자를 염두에 둔 가

14   윤설희, 「20세기 초 가집《정선조선가곡》연구」, 성균관대학교 석사학위논문, 2008.

15   송안나, 「20세기 초 활자본 가집《가곡선》의 편찬 특징과 육당의 시조 인식」, 『반교어문연구』27, 반교어문학회, 2009, 183-211면.

집이라는 점을 밝히고 있다. 고은지의 연구[16]에서도 이 시기 신문이나 잡가집이라는 매체의 변화는 시형의 변화와 밀접하다고 지적하고 있는데, 시와 노래가 분리되는 것은 아니라고 보면서 적어도 노래가 기록이나 음반 등의 변화로 인해 '시형'의 구조적 변화가 수반된다는 점을 지적한 점에서 주목된다.

이는 가창이라는 노래로 향유되는 방식에서 신문이나 잡가집 등으로 기록될 경우, 그것이 음독(音讀)이라 할지라도 형식적 변화를 수반한다는 것은 향유 방식의 변화가 궁극적으로는 작품의 존재 양상의 변화를 가져온다는 것을 의미하기 때문이다. 이러한 사례로 시조가 가곡창일 때와 달리 시조창일 때 종장 제4음보를 탈락시킴으로써 시형의 변화를 가져오는 사례를 들 수 있다. 《해동유요》에서는 전술한 2.1.에서 12가사의 몇 작품들이 더 길어지거나 시구가 달라진 것들을 볼 수 있었다.

한편, 조선후기의 시조집의 등장은 시조가 더 유행하는 것을 의미하지만, 사실 시조창이 아니라 대부분 가곡창을 기록한 것이다. 그런데 시조창은 같은 곡조에 노랫말만 다르게 넣어 한편으로는 단조롭지만 한편으로는 노랫말, 곧 시구 그 자체에 주목할 수 있다. 이에 반해 가곡창은 다양한 곡조가 있어서 시구도 시구이지만 악곡, 곧 음악에 더 주목하는 향유 방식이다. 상대적으로 시조창에서는 문학이, 가곡창에서는 음악이 더 중시되는 것이다.

이렇게 《해동유요》에 기록된 것들은 모두 한시든 국어시가이든 노래로서, 음영이거나 가창이거나 구술적으로 향유된 작품들이다. 그러나 음영과 가창이 모두 소리로 향유하는 것이지만, 한시가 상당수 실려 있는 경우에는 음영이 더 많고, 음영은 사실 음악보다는 문학, 곧 곡조보다는 시구에 더 주목하는

16　고은지, 「20세기 초 새로운 소통 매체의 출현과 그 의미-신문, 잡가집, 그리고 유성기 음반을 중심으로」, 『어문연구』 55, 민족어문학회, 2008, 31-61면.

향유방식이다. 이런 점에서《해동유요》의 편저자는 각 시대에 기록물로서 남을만한 시편들, 음악으로서가 아니라 문학으로서 기록할 작품들을 모으고자 하는 의식이 있지 않을까 하고 추정을 해본다.

한편,《해동유요》의 마지막 작품은 시조가 아니라 시조를 한역시화한 것이라는 점에서 흥미로울 뿐만 아니라 생각해볼 거리가 있다. 시조를 절구화한 65번 작품은 이전 어디에서도 소개된 적이 없는 신출작(新出作)으로 여기서 소개하면 다음과 같다.

[표2]《해동유요》 65번, 황희의 시조를 절구화한 작품

원문	번역
棗頰生羞栗覺笑 黃鷄啄黍蟹初肥 家家白酒誇新釀 鄕味年年八月知	대추 볼 붉어지니 밤이 웃네 누런 닭이 기장을 쪼고 게도 갓 살이 찌네 집집마다 좋은 술 새로 빚어 자랑하니 고향 맛은 매년 팔월에 아는구나

《해동유요》에는 제목도 없고, 작가명도 없이 위 표에서 좌측의 원문만 보이는데, 필자가 보기에 황희의 시조 "대추볼 붉은 골에 밤은 어이 듣들으며/ 벼 벤 그루에 게는 어이 내리는다/ 술 익자 체장수 돌아가니 아니 마시고 어이리"를 연상하게 하여 이렇게 보았다. 특히 기구(起句)에서 대추와 밤이 익은 모습이 의인화된 표현이 흥미롭고, 마치 대추가 얼굴을 붉혀 밤이 그 모습을 우스워한다고 보고 있다. 승구(承句)에서 '게'와 '계'가 발음이 유사한 것을 고려해 동음이의어를 국문과 한문으로 활용한 기지도 엿볼 수 있다. 또 시조에

없던 내용이 결구에 추가되었다.

그런데 누가 이 시조를 한시화 했는지에 대해서 생각해볼 필요가 있다. 그 근거를 찾기 위해서 우선《해동유요》의 작품 배치 구성 방식을 살펴보도록 하자. [표1]에서도 보듯이《해동유요》에 수록된 작품들을 보면 일련의 연속된 수록 작품들이 하나의 군을 이루는 나름의 규칙이 보인다. 1번에서 11번까지는 가사를 싣되, 그 안에서도 3, 4, 5번은 승가 화답가사 연작들을 나란히 둔 것이다. 6, 7, 8, 10번은 처사, 군자의 자연에서의 초탈한 삶을 노래한 작품들이다. 11번에서 19번까지는 정철의 작품이거나 정철의 작품에 대한 한시를 연속적으로 배치해두고 있다. 흥미로운 사실은, 정철과 관련 시 시리즈를 두기 위해서 배치한 12, 13, 19번은 책의 뒷부분에 7언시만 모은 58~61번 바로 앞에 다시 배치함으로써 전반 4수는 한국의 7언시, 후반 4수는 중국의 7언시로, 한시 8수를 나란히 배치할 때에 다시 두고 있다. 또 33번~43번도 중국과 우리의 한시를 연속적으로 배치하고 있다.

이제 마지막 작품의 작자를 추정하기 위해 62번 이후 네 작품에 대해 살펴보도록 하자. 61번까지는 나름 우리가 잘 아는 국내외의 작품들인데 비해 62번 〈영남가〉는 '己酉春 作'이라는 기록만 있고 저자가 기록되어 있지 않다. 그간의 기록방식을 볼 때에, 이는 자신의 작품이 아니고서는 창작 연대를 기입할 수 없다고 보인다.[17] 특히 작품 말미에 '夜無眠作此歌'라는 말도 있어서 이러한 추정이 가능하게 한다.

그런데 이러한 자신의 작품 다음에 실린 작품들의 특성 또한 이전 작품들에 비해 다른 점이 보인다. 63번 〈휘영〉은 소설 〈구운몽〉을 단가화(短歌化)한

---

17 이런 점에서 기유년은 육십간지의 46번째 해로 1909년 봄으로 추정하여《해동유요》를 19세기 말에서 20세기 초의 문헌으로 보는 근거가 된 것이다.

유일한 작품이라는 점에서 주목된다. 64번 정지상의 〈송인〉은 이 책 전체에서 유일한 고려 한시이다. 그리고 마지막 작품으로 65번이 나온다. 62번 이후에는 기존의 유명한 국내 가사나 중국 한시가 아닌 작품들의 모음이라는, 말하자면 그 배치 위치도 책의 말미이거니와 작품군의 성격을 하나로 말하기 어렵다는 점에서 기타 등등 정도에 해당하는 것이라는 인상을 받게 된다.

이렇게 책의 마지막 네 작품인 62~65번까지는 유명한 기존의 작품이 아닌, 자신이 직접 지었다거나, 조선의 한시가 아닌 고려의 한시이거나, 그냥 시가가 아니라 소설을 시가화한 작품이거나, 기존의 시조를 한역(漢譯)한 작품 등 앞의 어느 군에 들어가기는 애매한 작품들로서, 바로 이 마지막 군에서도 가장 마지막 작품이 65번이다. 이런 점에서 65번의 작품은 어디에서도 볼 수 없다는 점에서 직접 한역할 가능성도 배제할 수 없는 것이다.

사실 이 네 개의 일련의 작품들은 기존 작품의 수용과 재창작이라는 공통점이 있다. 61번 〈영남가〉는 31번 〈호서가〉와 32번 〈호남가〉의 작시 방식을 따라 고유명사의 지역명을 그 뜻풀이로도 문맥이 통하도록 동음이의어의 재미를 활용하여 지은 것이다.[18] 62번 〈휘영〉도 소설 〈구운몽〉을 단가(短歌)로 바꾼 것이다. 63번 〈송인〉도 사실 중국 시인 강엄(江淹)의 〈별부(別賦)〉와 유사한 구절들을 보여, 이를 수용한 것이라 할 수 있다. 65번도 황희의 시조를 한역시화 한 것이다. 이렇게 기존 작품의 수용이 읽고 이해하고 감상하는 것으로 끝나지 않고, 권필과 김상헌, 최경창 등이 다른 작가들의 시가를 수용해 한시를 짓는 것처럼 적극적으로 수용하여 재창작에 이른 것과 같은 결과물을 내고 있는 작품들이라는 공통점이 있는 것이다.

---

18 〈영남가〉에서 동음이의어를 활용한 것은 앞의 황희의 시조를 한역할 때에 '게'의 한자 뜻과 국문 음을 활용한 것과도 연결이 되어 편저자의 작업이라는 것을 더 뒷받침해주는 것으로 보인다.

이렇게 책의 가장 마지막 군에 속하는 작품들, 그 중에서 가장 마지막 작품을 시조를 수용하여 한시로 재창작한 것은 다른 국내 시인의 모습들에 비견할 수 있는 적극적 수용 태도로서, 말이 아니라 직접 창작 행위로 이 책의 마지막 페이지를 마치고 있는 것이라 할 것이다.

3. 청홍점을 통해 본 편저자의 시가 수용 태도: 노래에서 시문학으로서의 향유

《해동유요》는 시가 작품의 필사로 끝나지 않고 특정 시구에 청색 점과 홍색 점이 번갈아 가면서 찍혀 있다. 특정 하나의 색으로 통일되지 않고 두 가지 색을 번갈아가면서 점을 찍을 때에는 보통의 정성이라 할 수 있어서 이를 통해 책의 편저자의 어떤 의도가 있는 것으로 해석될 수 있을 것이다. 따라서 청홍점을 찍는 데에는 어떤 이유가 있는 것인지 추출함으로써 편저자의 시가 수용 태도에 접근하는 것이 본 장의 목적이다.

일반적으로 필사본의 시구에 점을 찍는 것은 마음에 드는 구절, 감동적인 부분을 표시하려는 의도라고 할 수 있을 것이다. 요즘도 독서를 할 때에 줄을 긋거나 펜으로 표시하는 것도 이와 크게 다르지 않을 수 있다고 할 것이다. 그런데 《해동유요》는 한시나 국어시가 모두 글자마다 구분하여 색을 달리해 점을 찍고 있다는 점이 눈에 띄어 주목하지 않을 수 없다. 우선 그 모습을 소개하면 아래 그림과 같다.

다음 [그림3]에서 보듯이 청홍점이 글자 우측에 찍혀 있는데, 그 원칙을 귀납적으로 정리하면 대체로 아래와 같다.

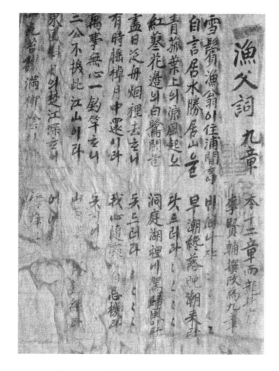

그림3 | 《해동유요》의 청홍점 모습

가) 청색을 먼저 찍고, 그 다음에 홍색을 찍어 청홍의 순서로 찍는다.

가-1) 홍색에서 시작하는 경우도 일부 발견되는데 한시에서 일부 보 인다.

가-2) 작품의 작자 이름에는 청홍, 혹은 홍청으로도 찍혀 있다.

나) 2음보를 기본 단위로 찍는다.

나-1) 노랫말 중에 4음보 단위로 청홍점이 전혀 없는 경우도 꽤 보 인다. 편
구가 아닌 이상, 4음보가 통째로 청홍점이 없어서 기본 단위를 4음보로
인식하고 있는 점도 청홍점을 통해 볼 수 있다.

다) 모든 시구에 청홍점이 찍힌 것은 아니다.

다-1) 점이 찍힌 글자는 대개 1음절에 1점이나, 2음절에 1점이나 3 음절 이상

에 1점도 있다. 마지막 경우는 특히 국어의 어미에 나타난다.

다-2) 제목에는 청홍점이 없고 청홍 겹꺾쇠가 있다.

다-3) 제목을 부연 설명하는 곳에도 청홍점이 있다.

가), 나), 다)는 대체로 발견되지만 그렇지 않을 경우에는 각 항목의 하위에 -1), -2)로 표시하였다. 문제는 위와 같은 특징을 청홍점이 보인다고 할 때에, 그렇다면 안 찍힌 대목들은 어떤 일정한 경향을 보이는가이다. 여기서는 다)와 관련하여 청홍점을 찍는 대목을 구체적인 작품 속에서 살펴봄으로써 수용자의 의도를 읽어보도록 하자.

[표3] 《해동유요》의 〈어부사〉에 보이는 청홍점의 양상(청점은 ◎, 홍점은 ⊙)

雪鬂漁翁(설빈어옹)이 住浦間(주포간)ᄒ야	◎◎◎◎⊙◎◎◎
自言居水(자언거수) 勝居山(승거산)을	◎◎◎◎⊙◎⊙◎
빗써나쟈 빗써나쟈	
早潮纔落(조조재락) 晩潮來(만조래)라	
지국총 지국총 어ᄉ와ᄒ여	
倚舡漁父(의강어부) 一肩高(일견고)라	
靑菰葉上(청고엽상)의 凉風起(량풍기)오	◎⊙◎◎◎⊙◎⊙◎
紅蓼花邊(홍료화변)의 白鷺閑(백로한)을	◎⊙◎◎⊙◎◎◎⊙
닷드러라 닷드러라	
洞庭湖裡(동정호리)에 駕歸風(가귀풍)이라	
지국총 지국총 어ᄉ와ᄒ야	
帆急前山(범급전산)[忽後山(홀후산)이라][19]	

---

19 〈어부사〉 원본에서 안 보이거나 희미하게 보이는 부분은 〈농암집〉을 참고하여 [ ]안에 적음.《聾巖先生文集》雜著卷之三, '歌詞' (한국고전종합DB, http://db.itkc.or.kr)

盡日泛舟(진일범주) 煙裡去(연리거)ᄒᆞ니
有時搖棹(유시요도) 月中還(월중환)이라
돗드러라 돗드러라
我心隨處(아심수처) 自忘機(자망기)라
지국총 지국총 어ᄉᆞ와ᄒᆞ여　　◉◎◎◉◎◉◎◉◉
[鼓枻乘流(고설승류) 無定期(무정기)라]　◉◎◎◉◎◉◎◉◉

萬事無心(만사무심) 一釣竿(일조간)ᄒᆞ니
三公不換(삼공불환) 此江山(차강산)이라
돗지어라 돗지어라
[山雨溪風(산우계풍) 捲釣絲(권조사)라]
[지국총 지국총 어ᄉᆞ와ᄒᆞ니
一生蹤迹(일생종적)이 在滄浪(재창랑)이라]

東風斜日(동풍사일)의 楚江深(초강심)ᄒᆞ니　　◎◉◎◉◎◉◎◉
一汽苔磯(일기태기) 滿柳陰(만류음)이라　　　◎◉◎◉◎◉◎◉
어여라 어여라
[綠萍身世(녹평신세) 白鷗心(백구심)이라]
[지국총 지국총 어ᄉᆞ와ᄒᆞ여
隔岸漁村(격안어촌) 三兩家(삼량가)라]

濯纓歌罷(탁영가파) 汀州靜(정주정)ᄒᆞ니
竹徑柴門(죽경시문) 猶未開(유미개)라
빗씌여라 빗씌여라　　　　　　　　◉◎◎◉◎◉◎
夜泊秦淮(야박진회) 近酒家(근주가)라.　◉◎◎◉◎◉◎
[지국총 지국총 어ᄉᆞ와ᄒᆞ니
瓦甌蓬底(와구봉저)에 獨酌時(독작시)라.]

醉來睡着(취래수착) 無人喚(무인환)ᄒ니	◎⊙◎◎⊙⊙◎
流下前灘也不知(류하전탄야부지)라	◎◎◎⊙◎⊙◎
빈믜여라 빈믜여라	◎⊙◎⊙◎⊙◎
桃花流水(도화류수) 鱖魚肥(궐어비)라	◎◎◎⊙◎⊙◎
지국총 지국총 어ᄉ와ᄒ니	
滿江風月(만강풍월) 屬漁舡(속어강)이라.	
夜寂水寒(야적수한) 漁不食(어불식)ᄒ니	◎◎◎⊙◎⊙◎
滿舡空載(만강공재) 明月歸(명월귀)라	◎⊙◎◎⊙⊙◎
닷지워라 닷지워라	◎⊙◎⊙◎⊙◎
罷釣歸來(파조귀래) 不繫舡(불계강)이라	◎◎◎⊙◎⊙◎
지국총 지국총 어ᄉ와ᄒ니	
風流未必載西施(풍류미필재서시)라	
一自持竿(일자지간) 上釣舡(상조강)으로	
世間名利(세간명리) 盡悠悠(진유유)라	
빈부텨라 빈부텨라	
繫舡猶有去年痕(계강유유거년흔)이라	
지국총 지국총 어ᄉ와ᄒ니	◎⊙◎⊙◎◎◎
欸乃一聲(애내일성)에 山水綠(산수록)이라	◎⊙◎◎⊙⊙◎

위 [표3]은 《해동유요》에 실린 첫 작품인 〈어부사〉의 경우이다. 〈어부사〉는 작품마다 반복되는 '빈ᄯᅥ나자 빈ᄯᅥ나자~'와 '지국총 지국총 어사와'를 각 1행씩으로 치면 각 연이 총 5행으로 모두 9연으로 된 것으로 보겠지만, 원문의 배열 방식대로 하면 4음보씩 3행이 9연으로 된 것으로 위와 같이 가로쓰기로 바꾸어보았다. 또 청홍점을 글자마다 해당 글자 옆에 일일이 표시를 하면 어지러워서 청점은 '◎'으로, 홍점은 '⊙'으로 표시하여 우측에 따로 모아 위와 같

이 제시하였다.

1연에서 청홍점이 찍힌 구절은 '雪鬢漁翁이'에서 조사 '이'에도 찍히긴 하였으나 글자와 글자 사이에 걸치고 있기도 하여서 전반적으로는 주로 한자 위주로 찍혀있는 편이다. 이러한 특징이 작품 전체에서 보여, 주로 청홍점이 7개가 한 단위가 되어 보인다. 청홍점이 9개인 경우는 조사·어미까지 찍힌 경우이다. 그렇다고 모든 7언 절구 원문 부분에 다 찍힌 것도 아니다. 총 27행 중에서 청홍점이 있는 시구는 10행이다. 나머지 17행에는 청홍점이 없어서 찍힌 구절이 더 적다. 점이 찍힌 대목은 진한 글씨로, 점이 없는 대목은 괄호에 넣어 해석하면 다음과 같다.

귀밑머리 하얀 어부가 물가에 살면서 물에 사는 것이 산에 사는 것보다 낫다고 하네

(배야 떠나자! 배야 떠나자! 아침 썰물 빠지니 저녁 밀물 들어오네)

(찌그덩 찌그덩, 으쌰하며 배에 기댄 어부의 한쪽 어깨가 높구나)

푸른 줄풀 잎 위에는 시원한 바람 일어나고, 붉은 여뀌풀 주변에는 백로가 한가하네

(닻 들어라! 닻 들어라! 동정호 속으로 바람 타고 들어가리)

(찌그덩 찌그덩, 으쌰하며 돛 급히 올리니 앞산이 금방 뒷산되네)

(종일 배를 타고 안개 속을 가다가, 때때로 노 저으며 달빛 가운데에 돌아오네)

(돛 들어라 돛 들어라. 내 마음 가는 곳 따라 저절로 모든 것을 잊네)

찌그덩 찌그덩, 으쌰하며 노 두드리고 흐르는 물에 맡기니 정한 때가 없구나)

(만사에 무심히 낚싯대 드리우니 삼공벼슬과도 이 강산을 바꾸지 않으리)

(돛 내려라 돛 내려라. 산에 비오고 시내에 바람 부니 낚싯줄을 거두노라)

(찌그덩 찌그덩, 으쌰하며 일생의 종적이 푸른 물결에 있네)

동풍 불고 해저물어 초강의 밤이 깊으니, 이끼 낀 물가에 버드나무 그늘 가득하네

(어이라 어이라. 부평초 신세, 백구의 마음이라)

(찌그덩 찌그덩, 으쌰! 언덕 너머 어촌에 두세 집 보이네)

(〈탁영가〉 끝나고 물가 고요하니, 대숲길 사립문은 아직 열리지 않았네)

배 띄워라 배 띄워라. 진회에 배를 대니 주막이 근처네

(찌그덩 찌그덩, 으쌰! 배 안에서 질그릇 사발로 홀로 술을 마시네)

취해서 잠들어도 부르는 이 없으니 앞 여울 따라 떠가도 알지 못하리

배 매어라 배 매어라. 복숭아꽃 물 위에 흐르고 쏘가리는 살쪘구나

(찌그덩 찌그덩, 으쌰! 강바람과 달이 고깃배에 가득하네)

밤이 깊고 물이 차니 고기가 물지 않아, 빈 배에 밝은 달만 가득 싣고 돌아오네

닻 내려라 닻 내려라. 낚시를 마치고 돌아오며 배는 매어 놓지 않네

(찌그덩 찌그덩, 으쌰! 풍류에 서시같은 미녀가 필요한 것은 아니네)

낚싯대 잡고 배에 오르니 뒤로 세상의 명리는 모두 아득하네

배 붙여라 배 붙여라. 배를 매니 작년의 흔적이 있는 듯하네

찌그덩 찌그덩, 으쌰! 한 소리에 산수도 푸르구나.

청홍점이 찍힌 대목만 살펴보면, 작품 전체의 시작인 제1연의 제1행과, 전체의 마지막인 제9연의 제3행에 점이 있어서 시작과 마무리는 유지가 된다.

각 연마다 대체로 1행씩, 곧 4음보씩 취하였는데, 그 결과 내용의 흐름이 매우 논리적이며 같은 말의 반복인 중언을 피한 것이 특징이다. 그래서 '지국총 지국총 어ᄉ와ᄒ여'라는 구음이 후렴구로서 9회나 반복이 되지만 마지막에 1회만 청홍점이 찍혔다는 점에서 해당 구절이 9회 반복해서 나오지 않도록 배제하는 경향을 잘 보여준다.

또 제7연의 '빈미여라 빈미여라'와 제8연의 '닷지워라 닷지워라'는 후렴구의 반복적 속성이 있긴 하지만 내용을 더 주목하여 나머지 제1～6연, 제9연의 7회를 모두 청홍점을 찍지 않고 이 두 곳에만 찍었다는 점도 비슷한 경향에 속한다. 특히 청홍점을 찍은 제1연의 제1행이 이미 강 위의 삶을 말하고 있으므로 굳이 배를 띄우고 나가는 후렴구는 불필요한 부연이 된다. 따라서 반복적 내용의 후렴구는 청홍점을 찍지 않고, 총 10행만 청홍점을 찍음으로써 전반부에서는 배가 뜬 상태에서의 주변 풍경을 읊고, 후반부에서는 밤이 되어 배를 세우고 잠깐 잠들다가 다시 돌아오는 내용의 흐름으로 간소화되어 있는 것을 알 수 있다.

이렇게 청홍점이 찍힌 대목을 추려 보면, 가창되었다는 12가사 〈어부사〉의 노랫말과 달라지는 것을 볼 수 있다. 12가사의 〈어부사〉에서는 제1연에 나오는 후렴구인 '배띄여라 배띄여라'를 비롯한 제1연 전체를 부르는 데 비해《해동유요》의 〈어부사〉에 찍힌 청홍점만 보면 제1연부터가 달라지는 것이다. 이를 통해서도 청홍점의 표시는 노래로서의 음악적 측면보다는 문학적 논리성과 짜임새를 위한 선택이 아닌가 한다.

그런데 이러한 특징은 비단 〈어부가〉에서만 나타나는 것이 아니다. 곧 문헌 전반에서 볼 때에 청홍점이 찍힌 대목만 골라서 보면, 첫째, 논리적 흐름에 긴요하지 않는 부연적 내용들은 빠진다. 지면 관계상 모든 작품을 일일이 거론할 수는 없어서 주요 특징에 대한 사례가 되는 작품이나 구절 중심으로 논의

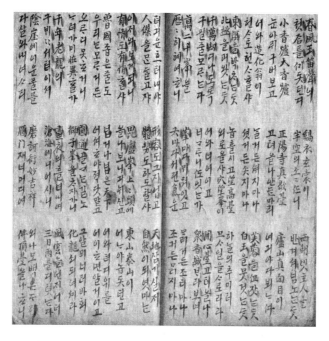

그림4 | 《해동유요》 소재 〈관동별곡〉의 청홍점 모습 일부

를 진행하고자 하는데,[20] 이러한 사례를 〈관동별곡〉에서도 볼 수 있다.

　다음 [그림4]에서 청홍점이 없는 부분은 대개 묘사를 하고 있는 대목이다. 그림의 우측 둘째 단 가운데 즈음의 '늘거든 쮜지마나 셧거든 숫지마나', 그 아랫 단의 왼쪽 끝의 '묽거든 조티마나 조커든 묽지마나'와 같은 묘사 대목은 사실 노래를 부를 때나 소리를 내서 읊을 때 반복적 재미가 나는 구절이다. 또한 '어와~'라는 구음(口音)이 들어가는 대목도 모두 청홍점이 없다.

　또 위 그림에는 없지만 작품의 마지막 부분에 '바다 밧근 하늘이니 하늘 밧근 무서신고...', '굿득 노(怒)한 고래 뉘라셔 놀래관듸 불거니 쏨거니 어즈러이 구는지고 은산(銀山)을 것거 내여 육합(六合)의 느리는 듯'에도 청홍점이 없다. 산에 올라와 바다, 그 다음에 하늘을 얘기하므로 하늘에 대한 구절인 "오월(五月)장천(長天)의 백설(白雪)은 무슨 일고"로 바로 이어지게 청홍점이 찍혀 있는 것이다. 논리적 내용 흐름에 직접 관계하지 않거나 흐름을 끊는 것으로 보일 수 있는 대목을 중심으로 중언부언하지 않으려고 청홍점을 찍지 않았다고 할 수 있는 것이다. 이런 대목은 제일 마지막 줄인 "나도 좀을 씨야..."와 같이 갑자기 잠이라는 표현이 나오는 대목에도 청홍점이 없는 것에서도 볼 수 있다.

둘째, 이렇게 묘사, 대상의 서술 등을 표현하는 반복적 나열 구절, 그에 대한 감탄 등의 대목은 내용의 전개에는 긴요하지 않는 반면에 소리로 향유했을 때에 맛을 더하는 대목이다. 그런데《해동유요》에는 묘사, 서술, 비슷한 표현의 반복적 나열이 되는 구절 등에는 청홍점이 없고 내용의 논리적 흐름 위주로만 점이 찍혀 있는 것이다.

이러한 특징은 시가를 기록하여 짧게 부르고자 하기 위함이라고 보기는 어렵다. 길이가 짧아지되, 가창이나 음영의 특징을 간직하고 있지 못하기 때문이다. 사실 묘사를 위한 나열 대목은 부르거나 읽을 때 리듬감을 더해주는 부분일 뿐만 아니라 이러한 반복은 구술문화의 특징이기도 하다. 음성은 일회적으로 사라지기 때문에 글에 비해 말은 중언부언하는 특징이 있는데, 무언가를 들을 때에는 장황하게 묘사하거나 내용의 흐름이 왔다갔다 해도 순간순간에

---

20 14번 〈사미인곡〉에서도 이러한 특성이 보인다. 곧, 내용의 논리적 흐름 강화(예-매화를 보고 난 뒤 '꽃 지고 새 닙 나니 녹음(綠陰)이 실녓ᄂ듸'는 내용의 논리적 흐름을 저해함), 함축의 강화(너무 자세하거나 반복적인 설명은 생략. 예-편작이 와도 이 병을 어찌하는가 다음에 나오는 '어와 내 병(病)이야 이 님의 탓시로다'는 청홍점이 없음. 님 탓을 하는 것이 내용 흐름상 어울리지 않는다는 논리적 이유 및 반복을 피하려는 것으로 보임) 등을 들 수 있다. 20번 〈상사별곡〉에도 비슷한 말이 반복되는 구절에는 청홍점이 없다. 예) '~뉘 알니 미친 시름' 바로 다음의 '이런 저렁 허튼 시름 ~'이하는 청홍점이 없다. 예) '어린 양주 고은 소리 눈의 암암 귀의 쟁쟁' 바로 다음의 '듯고지고 님의 말슴 보고지고 님의 얼굴 ~'이하도 반복되므로 청홍점이 없다.

주목하므로 문제라고까지 여겨지지는 않는다.

반면에 읽기는 문자가 고정되어 한 면에 있어서 이러한 특징이 문제로 와 닿을 수 있다. 눈으로 읽으며 생각하며 음미하기에는 그 흐름을 차단하고 방해할 수 있기 때문이다. 《해동유요》에서 청홍점이 찍힌 대목은 구술직 특징을 거세하고 문자로 고정되어 눈으로 읽을 때 용이한 방향으로 취해지고 있다고 보여진다. 곧 노래로서의 시가가 아니라 문학으로서의 시로 수용하려는 태도로 읽을 수 있는 것이다.

이는 이를테면 시조의 경우, 문학시간에 배우는 시조는 시조시로 접근이 되어 노랫'말'에만 주목하는 반면에 음악으로서 배우는 시조는 시조창, 혹은 가곡창으로서 노래로서 접근이 되는 차이가 있는 것에 비유될 수 있다. 국문과에서는 시조시를 배우고, 국악과에서는 시조창과 정가로서의 가곡창을 배우는 차이처럼 말이다. 이와 같이 《해동유요》의 수용자도 가창되는 노래로서의 가사 갈래가 아니라 문학으로서의 가사 갈래로 향유하고 있는 것으로 볼 수 있다.

셋째, 구술적 특성과 관련하여 대화체에서 대화성이 약화되는 방향으로 청홍점이 찍혀 있다. 〈속미인곡〉을 예로 들면, 청홍점이 없는 부분을 제외하고 읽게 되면 두 화자의 대화에서 주인공 화자에게 더 초점화되는 경향이 보인다.[21]

[그림5]는 〈속미인곡〉의 전반부이다. 청자에 해당하는 또 다른 화자는 시작할 때에 잠깐, 마칠 때에 잠깐 등장하는 정도로 그 기능이 더 약화된다. 이역시 구술적 향유방식에서 기록물을 눈으로 읽는 향유방식의 경향과 같은 방

---

21 51번 〈춘저가〉에서도 첫 줄에 '어화~스라'의 타인을 작품으로 불러 초청하는 표현에 청홍점이 없어서 역시 대화적 문체가 약화되는 경향이 보인다. 또한 이 작품에서도 장황하거나 너무 구체적인 대목도 청홍점이 없어서 작품의 흐름을 간소화시켜 지식인으로서의 함축성과 빠른 전개를 읽어낼 수 있다.

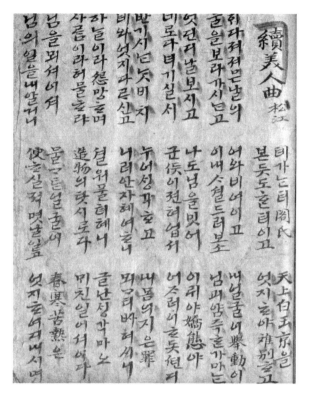

그림5 《해동유요》 소재 〈속미인곡〉의 청홍점 모습 일부

향으로의 변화라고 할 수 있다. 대화체라는 구술성이 더 약화되고 1인 독백의 영역이 더 많아지기 때문이다. 이런 경향은 비단 〈속미인곡〉만이 아니라 〈성산별곡〉에서도 나타난다.

〈성산별곡〉에서 서하당 식영정 주인을 부르는 대목, 식영정 주인과 관련한 대목 등 대화성이 강한 작품 첫 부분에는 청홍점이 없어서 이를 빼고 읽으면 바로 화자의 독백인 작품이 된다. 곧 '송근을 다시 쓸고 죽상의 자리보아~'부터 시작하는 것이다. 또 마지막 부분에도 역시 식영정 주인과의 대화체 부분에는 청홍점이 없다.

넷째, 상층 취향의 시구가 그렇지 않은 대목에 비해 청홍점이 주로 찍힌다. 일례로, 7번 〈목동가〉는 상층 남성(군자)와 목동의 대화체로 되어있다. 상층 남성의 말에 목동의 대답이 나오는데, 목동의 말은 상대적으로 청홍점이 없는 대목이 많다. 특히 목동의 생활적 측면, 하층민의 삶의 모습은 청홍점이 없고, 목동의 입을 통해 말하지만 유식한 고사들은 청홍점이 대부분 있어서 〈어부사〉의 화자 '어부'가 가어옹이듯이, 목동도 군자의 목소리를 대변하는 페르소나(가면적 화자)라 할 수 있다.

14번 〈성산별곡〉에도 농사짓는 대목에는 청홍점이 없다. 풍류롭고 한가함, 또한 상층 남성의 이미지와 맞지 않다고 여겼다고 보인다. 그리고 비단 농사 일만이 아니라 반복성과도 겹치게 되어 바로 뒷 구절인 '청문고사를 이지도 잇다홀다'에도 청홍점이 없는데, 이미 오이를 심고 가꾼 고사와 반복이 된다고 여겨 삭제한 것으로 보인다. 향유자가 상층이므로 이 정도 고사만 가지고도 앞의 4음보×행을 대체할 수 있다고 본 것이다.

다섯째, 위의 특성 외에도 특정 주제를 강화하는 방향으로 작품을 수용하고자 청홍점을 찍는 곳으로 보이는 대목도 있다. 예를 들어, 비현실적이고 상상적 표현이 드러난 대목에도 청홍점이 없다. 〈관동별곡〉에서 '여산진면목이 여긔야 다 뵈ᄂᆞ싸.. 조화옹이 헌ᄉ토 헌ᄉ홀샤...'대목이 그러하다. 또 〈성산별곡〉에서 상승의 이미지를 중심으로 용과 화자를 일치하려는 의도도 보이는 듯한 대목도 청홍점이 없다. 곧, '물 아래 잠긴 용이 좀 ᄭᅢ야 니러날듯'(내ᄭᅵ예 나온 학이 제기술 더뎌두고-청홍점이 없다) '반공의 소소ᄹᅳ듯'이후 2구ᄠᅡ 행이 다 청홍점이 없다. 상승의 이미지를 구축하기 위해 그 가운데 논의의 초점을 흐리는 것을 보이는 대목에는 청홍점이 없는 것이다.

또한 〈관동별곡〉에서 '음애(陰崖)예 이온 풀을 다 살와 내여ᄉ리'등의 관찰사로서의 면모에는 청홍점이 없고, 자연경치를 즐기는 풍류적 삶의 모습에만 청홍점이 있어서 풍류 중심으로 수용하려는 태도가 나타난다. 풍류 중심의 수용 태도는 50번 〈관서별곡〉도 예를 들 수 있다. 〈관서별곡〉은 기행가사로서 평안도 일대의 지명과 장소가 화자의 여행 경로와 이동의 흐름에 따라 자연스럽게 자주 나오는데, 청홍점이 이러한 대목에는 거의 찍혀 있지 않다. 기행가사 요소 중 중요한 한 가지인 '여정'이 약화되어 행동감과 역동성이 감퇴되고 자연의 풍류를 즐기는 경향이 더 강화되면서 정태적인 흐름으로 변한 점이 특징이다. 이는 구술성과 행동성, 역동성과는 대비되는 눈으로 읽고 글로 쓰며 즐기는 문자성이 강화된 것으로 보인다. 또한 이러한 특성은 장황함과 지나친 구체성을 탈피하여 어느 정도의 함축성과 빠른 전개로서 지식인에게 더 맞는 취향을 보여준 것이라 할 수 있다.

끝으로, 한시에는 대체로 청홍점이 있는데 〈관동별곡〉과 관련한 2편의 한시 12, 13번 다음에 이수광의 말을 기록은 하고 있으나 '인구에 회자되지 못함이 애석하다'고 한 말에는 청홍점이 없어서 수용하지 않겠다는 의지를 볼 수 있다. 〈관동별곡〉을 비롯하여 정철의 여러 작품을 수용한 편저자로서는 동의하기 어려운 말이기 때문이 아닐까 싶다.

이렇게 《해동유요》의 작품들은 대체로 널리 알려진 음영 내지 가창 전통의 시가들이지만 청홍점을 통해 볼 때에는 음악적 측면보다는 문학적 측면에서 수용하고 있는 의도를 읽어낼 수 있다. 기존의 노랫말을 수용하되, 청홍점을 통해서 수용자의 문학적 관점을 담은 또 하나의 새로운 이본으로 인식되고 있는 것이다. 가창되었던 12가사라 할지라도 더 긴 작품을 기록하는 점 등도 소리를 전혀 내지 않고 향유했다는 것이 아니라, 음영이라 할지라도 음악으로서의 노래보다는 문학으로서의 시편(詩篇)으로 주목하고 있다고 할 것이다.

4. 결론

지금까지 본고는 19세기 말에서 20세기 초의 문헌인《해동유요》에 나타난 편저자의 수용 태도를 살펴보았다. 당연히 이 문헌은 노래를 기록한 것이지만, 음악적 측면보다는 문학적 관점에서 이 노랫'말'을 수용하고 향유하고자 했던 편저자의 인식을 읽어낼 수 있었다. 특히 이 시기가 전환기적 양상을 보이는 시기라는 점을 고려하여 논의를 진행하였다.

2장에서는 작품의 목록과 배열, 구성 등을 통하여 한시의 비중이 상당한 점과 작품들이 일련의 관련성을 가지고 작품군으로 배열되고 있는 점, 기존 작품의 수용이 적극적 창작으로까지 나아간 점 등을 통해 국어시가의 노랫말을 기록하는 기존의 가집으로서의 성격보다는 시로서 한시와 국어시가를 대등하게 인식하고 시가에 대한 감상과 수용자의 인식 태도를 기록하는 시집의 역할이 크다고 보았다. 특히 기원전 4세기부터 12세기까지는 한시 위주로, 12세기 이후에는 한시와 국어시가를 함께 수록하고 있어서 국문 매체의 시대에 한시와 국어시가가 공존하는 시가사적 흐름을 잘 포착하였다고 하였다. 나아가 편저자가 직접 짓거나 한역한 신출작을 소개하고 이 역시 수용자로서의 적극적 태도라는 점을 밝혔다.

3장에서는 편저자의 수용태도를 잘 보여주는 청홍점에 주목하여 그 의미를 추출하였다. 청홍점이 찍히지 않는 곳을 빼고 작품을 읽었을 때에 대화체가 약화되고 반복, 나열 등의 리듬감과 노래의 맛이 적어지는 등의 노래로서의 구술성이 적어지는 점, 내용 전개에 요긴하지 않고 장황한 설명이나 묘사는 빠지고 내용의 핵심적 전개를 보이는 점, 하층민의 삶에 해당하는 내용은 빠지고 상층 취향의 풍류를 즐기는 주제가 강화되는 점 등을 통해 노래로서의 시가가 아니라 시문학으로서 시를 읽어내는 지식인으로서의 수용 태도를 포착할 수 있었다.

　본고는《해동유요》를 중심으로 살펴보았지만, 여기에 실린 작품들의 이본들과의 비교를 통해서도《해동유요》가 가창성보다는 읽는 문학으로서의 기록성이 더 강하다는 점이 뒷받침된다. 일례로 52번 〈원부사〉는 작품 전체에 청홍점이 있는데, 〈규원가〉와 이본관계에 있는 다른 이본들과 비교할 때에도 《해동유요》 소재의 것이 부르기보다 읽기에 더 적합성이 높다는 것을 알 수 있다. 〈규원가〉에는 '늘거야 셜운 말슴 ㅎ쟈ㅎ니 목이 멘다'고 한 대목이 〈원부사〉에는 '늙게야 셜운 뜻을 싱각ㅎ니 목이 멘다'고 되어 있다. 곧 전자는 '말을 하는' 행동성으로서, 이를 구두로 하겠다는 내용인데 비해 후자는 말을 하는 게 아니라 '생각한다'고 하여 대조적이다. 읽고 쓰는 행위가 말하고 듣는 행위에 비해 생각에 잠기기에 더 적합하다는 것을 고려하면 왜《해동유요》소재 〈원부사〉가 서러운 말을 하는 게 아니라 서러운 뜻을 생각하는지 이해가 된다.

　또 〈규원가〉에서 '봄ᄇᆞ람 가을믈'이라는 우리말이 〈원부사〉에서는 '추월(秋月) 춘풍(春風)'이라는 한자어로 바뀌어 있다. 비단 한자어로의 전환만이 아니라 봄가을이라는 일반적인 계절순이 아니라 가을봄으로 바뀌어서 더 생각에 잠기기 쉬운 사색적 계절 가을이 먼저 있다는 것 역시 편자의 의도가 드러난 대목이라 할 수 있다. 〈규원가〉의 이 우리말 대목이 다른 이본에도 한자어로 바뀐 경우는 적지 않으나 가을을 먼저 내세운 점이《해동유요》본의 특징이라는 점은 주목된다.

　정인숙의 연구[22]에서는 이 작품의 이본 24개 중에서《해동유요》본 〈원부사

22　정인숙, 「〈원부사〉군 가사의 전승과 향유에 관한 통시적 고찰」, 『국어국문학』 136, 국어국문학회, 2004, 263-291면.

〉를 제1형에 넣으면서 56행으로 가장 분량이 긴 점을 들어 시기적으로 앞서는 것으로 추정하였다. 그리고 이에 비해 분량이 더 짧아진 제3형이 제1형에 비해 10여 행 정도나 줄어들면서 가창물로 향유된 점을 강조하였다. 그렇다면 이러한 선행 연구 역시《해동유요》본은 가창된 흔적이 가장 적은 것으로 볼 수 있고, 이 역시 해동유요본이 읽기로 향유된 기록성이 더 강한 것이라는 점을 뒷받침해주고 있다. 참고로 작품 길이의 단형화가 가창성을 위한 과정이라는 점은 정재호의 연구[23]에서도 146행이나 되는 〈관동별곡〉이 육당본《청구영언》에서는 36행으로 줄어 가창을 위한 의도적 변화라고 지적한 바 있다.

이렇게 65편이나 되는 작품들을 이본관계까지 일일이 다 점검하면《해동유요》의 특성이 더 구체적이고 명확할 것이라고 생각한다. 그러나 본고는《해동유요》를 위주로 분석하였고, 차후에 이본 작품들과의 비교연구를 위한 토대로서도 의미가 있을 것이라고 본다. 특히 청홍점은 수용자의 의식, 비평 의식을 보여주는 데에서 더 나아가 작품을 재창작한 것으로까지 볼 수 있다. 이는 공동체가 함께 향유한 유명한 작품들이 한 개인에게 어떻게 이해되고 수용되며 재구성되는지의 수용의식을 볼 수 있는 중요한 흔적이다. 기존 작품의 따라가기가 아니라 자기화하기의 창의적 수용 양상을 볼 수 있는 것이다.

조선 후기에 대거 등장하는 시가집은 노래로 불린 작품들이 기록되는 현상으로서, 악곡 편제에 따른 시가집도 있지만 작품의 노랫말만 나열하는 문헌도 상당하다. 본고에서는 이러한 특징을 보이는《해동유요》가 가창이든 음영이든 음악적 측면보다는 시구 자체에 더 주목하려는 문학적 측면으로서의 특징이 나타난 것으로 보았다. 동일 작품의 상당히 많은 이본들은 구술적 향유 결과일 수도 있지만 수용자마다의 수용 결과로서의 창의적인 자기화의 산물로

---

23 정재호, 「가사문학의 사적 개관」, 『한국가사문학연구』, 태학사, 1996, 39면.

이해할 수 있을 것이다.

이는 문학교육, 특히 시교육에 시사하는 점이 적지 않다. 교육이 있는 그대로의 문화 유산을 전달하는 것이 아니라 그것을 수용한 학습자가 어떻게 이해하고 받아들이고 선택하는가라는 점에 주목하는 것이라고 본다면[24] 특정작품, 유명작품의 전달이 아니라 그것을 학습한 수용자가 어디를 어떻게 자기화했는지, 그래서 받아들이고 새롭게 이해한 결과는 무엇인지의 한 사례가 될 수 있기 때문이다. 이런 점에서 본고는 공동 향유 작품의 개인화, 가창 가사의 시각적 읽기 향유의 흔적들로서《해동유요》의 문헌에 접근하였고, 이는 고전시가에 대한 수용 태도의 한 단면이자 고전시가의 수용에 대한 학습자의 태도와 관련해 교수학습 자료로도 이용될 수 있을 것이다.

한편, 이 문헌은 20세기의 시가 향유는 새로운 작품의 창작은 활발하지 않고, 기존 작품의 소비 위주의 향유 시대가 된 것을 보여주는 것이기도 하다. 예를 들어, 18세기 김천택의《청구영언》만 해도 편저자의 창작 작품히 상당수 차지하고 있다. 조선후기에 시가집의 유행 현상이 창작보다는 기존 작품의 소비 현상이 더 강화되는 것을 보여주는 한 경향이라 할 수 있는데, 그 중에서도 19세기 말에서 20세기 초의《해동유요》는 자신의 작품이 1개, 내지 2개 정도라는 점에서 더욱 그러한 현상이 강화된 것을 보여준다고 하겠다.

특히 구절마다 선택적으로 찍혀 있는 청점과 홍점은 소비자로서의 수용 태도를 잘 보여주는 흔적들이다. 다수 문인들이 창작에서 소비로, 짓기보다는 즐기기로 시가를 대하는 태도를 볼 수 있다. 그렇다면 창작보다는 기존의 작

24　Michael Oakeshott, A place of learning : Learning and teaching, Timothy Fuller Ed. The voice of liberal learning: Micheal Oakeshott on Education (New Haven: Yale University Press, 1989) ; 곽덕주,「후기근대 자유교육론의 개념적 가능성 탐색: 근대교육의 교육적 역설을 중심으로」, 김동일 편,『교육의 미래를 디자인하다』, 학지사, 2015, 97-136면.

품을 수용하고 이해하는 입장이 강한 학습자에게도 소비와 수용을 통해 고전시가, 나아가 현대시까지도 향유할 수 있는 한 방식으로서도 의미가 있을 것이다.

끝으로 이러한 분석 결과는 《해동유요》가 놓여진 19세기 말에서 20세기 초의 시가 향유의 한 측면이지만 이 문헌만의 특수성에 지나지 않는다고 보기는 어려울 것이다. 본고는 이 시기 가사를 비롯한 국어시가에 대한 향유 방식이 음악으로서의 노래로서보다는 문학으로서의 기록물로 수용되고 있다고 보았다. 실제로 조선후기의 가사는 12가사만 남고 대부분은 가창되지 않는다는 점은 널리 알려진 사실이다.[25] 본고는 그러한 상식이 구체적으로 이 시기에 어떤 식으로 나타나는지를 구체적인 문헌을 통해 규명했다는 점에서 하나의 증거 자료가 될 것이다.

이런 점에서 고전시가는 '시가'라고 부르고, 현대시는 '시'라고 부르면서 노래와 시의 거리가 멀어진 현재 시교육의 장에 그러한 과정이 어떻게 나타나는지의 일단을 보여준다는 점에서도 교육적 의의가 있다. 나아가 노래의 시편들을 문학적으로 수용할 때에 학습자의 풍성한 문학 향유가 가능할 것이라는 시사점도 얻게 된다. 따라서 현대시도 20세기 초에 활발하게 노래화 되었다는 점을 상기하면서 지금의 노래에 관심을 가지고 그 노래들을 어떻게 문학적 관점에서 학습자가 향유하고 자기화해나갈 것인가의 한 모델로 삼는다면 시(詩)가 산문 못지않게 활발하게 향유될 날이 다시 오지 않을까 한다.

그러나 본고는 아직 논의해야 할 여러 점들을 남기고 있다. 우선 3장에서 청홍점의 색깔에 따른 구분이 있는지 등 가)와 나)의 특징에 대해서는 자세히

25　임재욱, 「가사의 형태와 향유방식 변화의 관련 양상 연구」, 서울대학교 석사학위논문, 1998 ; 임재욱, 「가사의 가창 전통과 부분창의 가능성」, 『한국시가연구』16, 한국시가학회, 2004, 279-314면.

다루지 못해 더 깊은 논의가 필요하다. 또 본 연구 결과가 더 큰 보편성을 얻기 위해서는 19세기 말에서 20세기 초에 유통된 시가집 중에서 한시와 국어 시가가 상당한 비중을 가지고 함께 실린 더 많은 시가집을 통해 후속 연구가 이루어져야 할 것이다.

또한 본고에서는 편저자의 수용 태도로서 문학으로서의 향유 방식이라는 것만 살펴보았으나 더 다양한 주제들을 가지고 본 문헌을 연구할 필요가 있다. 일례로 65수의 작품들이 어떻게 한 문헌에 모이게 되었는지, 그 향유 현장의 성격이나 노랫말 전체의 성격을 고려한 접근도 중요한 주제라고 생각한다. 이와 관련해 윤덕진의 연구[26]에서는《남원고사》계 〈춘향전〉의 시가 수록과 당대 유행한 노래들의 상관성을 살펴보고 있는데, 해당 노래들이 〈휘영〉을 비롯해 상당수 《해동유요》와도 연관성이 짙어서 연구가 필요하다. 따라서 본 연구가 향후 후속 연구에 기여할 수 있기를 바라본다.

---

26 윤덕진, 「《남원고사》계 〈춘향전〉의 시가 수록과 시가사의 관련 모색」, 『한국시가연구』 27, 한국시가학회, 2009, 307-350면 ; 윤덕진, 『노래로 엮은 《춘향전》, 《남원고사》의 서사화 방식』, 소명출판, 2016.

참고문헌

자료

김의태, 『해동유요』

이인로, 《파한집》

이현보, 『농암집』, (한국고전종합DB, http://db.itkc.or.kr)

논저

고은지, 「20세기 초 새로운 소통 매체의 출현과 그 의미-신문, 잡가집, 그리고 유성기 음반을 중심으로」, 『어문연구』 55, 민족어문학회, 2008.

곽덕주, 「후기근대 자유교육론의 개념적 가능성 탐색: 근대교육의 교육적 역설을 중심으로」, 김동일 편, 『교육의 미래를 디자인하다』, 학지사, 2015.

손태도, 「가사의 향유 방식」, 한국고전문학회 224차 정례발표회 발표문, 2002.

_____, 「전통사회 가창 가사들의 관련 양상」, 『한국음악사학보』 33, 한국음악사학회, 2004.

송안나, 「20세기 초 활자본 가집 《가곡선》의 편찬 특징과 육당의 시조 인식」, 『반교어문연구』 27, 반교어문학회, 2009.

윤덕진, 「19세기 가사집을 통해 본 가사 향유의 실상」, 『한국시가연구』 13, 한국시가학회, 2003.

_____, 「가사집 《잡가》의 시가사상 위치」, 『열상고전연구』 21, 열상고전연구회, 2005.

_____, 「《남원고사》계 〈춘향전〉의 시가 수록과 시가사의 관련 모색」, 『한국시가연구』 27, 한국시가학회, 2009.

_____, 『노래로 엮은 《춘향전》, 《남원고사》의 서사화 방식』, 소명출판, 2016.

윤설희, 「20세기 초 가집 《정선조선가곡》 연구」, 성균관대학교 석사학위논문, 2008.

이종묵,「한시 속에 삽입된 옛 노래」, 박노준 편,『고전시가 엮어 읽기(상)』, 태학사, 2003.

이혜화,「해동유요 소재 가사고」,『국어국문학』98, 국어국문학회, 1986.

_____,「해동유요 가사 개별 작품고(Ⅰ)-병자난리가, 운림처사가-」,『한성어문학』9, 한성대학교 한성어문학회, 1990.

_____,「해동유요 가사 개별 작품고(Ⅱ)-농부가, 사시가, 유산가-」,『한성어문학』9, 한성대학교 한성어문학회, 1990.

임재욱,「가사의 형태와 향유방식 변화의 관련 양상 연구」, 서울대학교 석사학위논문, 1998.

_____,「가사의 가창 전통과 부분창의 가능성」,『한국시가연구』16, 한국시가학회, 2004.

정소연,『조선시대 한시와 국문시가의 상관성』, 한국문화사, 2019.

정인숙,「〈원부사〉군 가사의 전승과 향유에 관한 통시적 고찰」,『국어국문학』136, 국어국문학회, 2004.

정재호,「가사문학의 사적 개관」,『한국가사문학연구』, 태학사, 1996.

Fuller, Timothy Ed. *The voice of liberal learning: Micheal Oakeshott on Education.* New Haven: Yale University Press, 1989.

長歌

庚寅仲春望前三日始役

海東遺謠

漁父詞
春眠曲
僧答詞
僧答詞
自答詞
雲林處士詞
牧童詞
江村詞
楚漢詞
四時詞
關東別曲

續美人曲
星山別曲
將進酒辭
相思別曲
相思曲
貪樂詞
襄陽歌
相思歌
愁心歌
誠反辭
恨別歌

雞誠詞
花柳歌
長恨歌
湖西歌
湖南歌
歸去來辭
七月章
世師表
後出師表
勸學歌

近送遺
前赤壁賦
後赤壁賦
織錦
勸酒歌
歸田
處士歌
勸學別曲
閔西別曲
怨婦詞
漁父辭
當今歌
孤竹歌

丙子凭

漁父詞　九章

本十二章而聾巖先生
李賢輔撰改為九章

雪鬢漁翁이住浦間ᄒᆞ야
비ᄭᅥ어라 비ᄭᅥ어라
早潮纔落晩潮來라
至匊悤 至匊悤 於思臥
倚船漁父ㅣ一肩이高로다

自言居水勝居山을

青菰葉上애凉風起오
닫드러라 닫드러라

紅蓼花邊白鷺閒音
洞庭湖裡駕歸風이라
帆急...庵山...

盡日泛舟烟裡去ᄒᆞ니
我心隨處...歡心樂이라

有時搖棹月中還이라
山靑...隔水...

萬事無心一釣竿ᄒᆞ니
矢대 드러라 矢대 드러라

三公不換此江山이라
山靑...隔水...

東風細雨上에楚江深ᄒᆞ니
ᄇᆡ여라

一曲蒼歌滿柳陰이라
野渡...

灌纓歌罷汀洲靜이니

竹逕柴門猶未開라

醉來睡着無人喚이니

流下前灘也不知라

夜寂水寒魚不食言

滿舡空載明月歸라

一自持竿上釣舡으로

世間名利盡悠悠라

春眠曲

羅以端

岸柳느드依依ᄒ야

녯날竹窓을依ᄒ녓ᄂᆞᆫ듯

夜泊秦淮近酒家

尾聯...川ᄉᆞ礑...

桃花流水鱖魚肥라

滿江風月屬漁舡이라

罷釣歸來不繫舡이라

風流未必載西施라

邢苔하여다

繫舡猶有去年痕이라

春眠을ᄭᅢ지못ᄒ야

竹窓音半開ᄒ고

窓밧게뭇ᄂᆞᆫ소ᄅᆡ눈

庭花도灼灼ᄒ야

豪宕...

欸乃一聲川山水綠이라

知夆...

風流未必載西施라

白馬金鞭으로

冶遊園을 차자가니

俳徊顧眄ㅎ야

有情이엿노라

엇日ㅎ야 위긔건日듯

嬌態ㅎ야마자드러

雲雨陽臺上의

楚夢도多情ㅎ다

니은 俠치되니

나는 나비되야

新情이未洽ㅎ야

새로을 昨難別이야

荷香은 濕衣ㅎ고

月色은 滿庭ㅎ듸

狂客인듯醉客인듯

興을계워머므드듯

白花桂欄首호樓의

綠衣紅裳一美人이

玉顔을잠깐드러

紗窓을半만열고

秋波을暗注ㅎ고

綠綺琴빗기안아

淸歌一曲上로

春興을別아내니

소랑도그지업고

緣分도깁플시고

이소랑이緣分을

比홀듸쇠견여슬가

三春이자니마도록

伺나지마자더니

人間의일이만코

道物조차시精ㅎ니

淸江에빗긴오리鴛鴦

狂風의을니鮮治

우리사람모딤다더욱

째따가을정場流

夕陽은다져물고
征馬는갈을재
一身의病이되고
萬事의無心ᄒ니
粉壁紗窓은
枕邊의依舊ᄒ도다
空山夜月의
杜鵑이啼血ᄒ지
相思ᄒ던우리님을
恬가은대避近ᄒ니

色을노래긴한숨을
목숨인들保全ᄒ랴
書窓을구지닷고
셤伮아누어시니
花厳에露濕ᄒ니
別淚을伴리는닷
色웃다임새노래
네달마기木如歸라
千愁萬恨
一塲蝴蝶ᄋ러지니

羅衫을비쳐ᄒ며
顯然이쌔의陵여
肝腸이다ᄒ조니
묵숨인들絶ᄒ랴
花容月態는
眼前의森列ᄒ며
柳幕의烟籠ᄒ니
難恨을여음은닷
三更의못든꿈을
四更良의비러드러
아릿다온玉鬢紅顔
엿희셜곳서인눗

어와 慌惚홀샤

恬을 常時 삼을지니

曉月이 蒼蒼호야

兩鄕心의 빗최엿다

蒼范을 구름밧긔

빈소리 뿐이로다

엇그제 二月侯치

眼前의 블것더니

山頭의 半月되야

님의 옷 치뷔최모져

肝腸니 鐵石인들

이리 호 것어 어 호 느며

님게신뒤 보라부니

戲歡撫挑홀샤

새벽서리 지는 둘의

弱水三千 머럿말이

이런 셔름 뉘 뜸이라

그님셰 僕忽호야

落葉이 秋聲이라

石上枯桐 되야

님이 무음 베엿다

人命이 至重言言

書中의 有女顏말

雲山은 疊疊 호야

千里月을 가리왓뜬

반기든 님의 消息

힝혀 음가 바라더니

佳氣는 杳然호니

歲月이 如流호니

이리 져티 그리면셔

어아호야 못보던고

어와 내 일이야

다 못 녈일 쁘도다

어리호디 소를손가

나는 셜긴 호리너

- 7 -

무음을 갓처며고

懷慨을다시써며

僧調 南都ᄎ

女子의嬌容으로
男子服色붓ᄉ일ᄂ
臘雪中寒梅花가
老松이ᄆ럿ᄂᄃᆺ
閏朱羅羅帛을방
무ᄉ일노마ᄒᆞᆫ고
此昌ᄎᄃ두루막기
意思업시너버시며

蕩子의 ᄌᆞᄂ을
伏ᄉ처일ᄒᆞᆫ後에
뎌禪師님보받지고
어ᄮ보받거니며
텬緣비ᄃᆺ의收心擧動
틸러兵ᄂᄂ樣子
大毛殷錢頭里를
全羅道細비少ᄭ
어이힝야마라ᄒᆞ고
臺州셔러비셔시며
六花紅裳綾羅裙을
廉布ᄎ것常木바지를

그러ᄒᆞ나ᄂ ᄀᄂ
百年同諧ᄒᆞ리라
반갑기도지엽고
깃부기도測量업시
十五夜밝은둘이
倒子롱의收엿ᄂᆺ
粗累木ᄃᆺᄭ닷ᄇᆞᆯ
今州繡ᄂ버ᄭ이시며
仙衫攬帶繡압ᄂᆺ고
어이힝야마라ᄒᆞ고
麻布ᄎ것常木바지를
ᄇᆞᆯᄯᅥ게도리너시며
무ᄉ일노마라ᄒᆞ고

十二 雲鬢어 허터두고　　純段唐鞋너허두고　　容顏의 곱고 밉기

뜰水 朴이 되녀시며　　六音草鞋신여드면　　治粧으로 사라마는

臼花容虞老ㅎ니　　짓드의 보죤 樣子　　짓드의 블근 닙의

거시나는 엇 거시오　　彩食을 삼나면져　　膿脂씨 붉도치고져

十八珠白玉彈月　　八字青山春빈오로　　如雲綠髮을

거리비 조라두고　　거는 얼 짓고라두져　　一二年 길너시여

玉龍簪金鳳ㄴ로　　石雄黃真珠捄心　　長흔短혼細大針의

압冊粒仔여 두고　　짓허울써 꼬고라뎌　　手品도 갓 꺼니라

머여니은티天나을　　家門을 닷못지마오　　大賢拔五誤人 는

諺書도나 읍시고　　萬戶侯의所嬌女가　　臼當身을 貴불새

아름다온어뎐配匹　　臼잡고 할잡쓴　　音名을 븐셔듯고

음희고고 쳐음나　　兩에書춤을 마되쯤　　音뼈커경願이러니

明天이 吳을쏜지
月光이 住緣인가
斗漢芭蕉쏘쎠

兒神이 感動욷지
三生의 怨讐ㄹ러가
告엽셔둘리

秋波를 보내쓸지
廣ㅅ尺言何건너
거어인가름ㅣ마

눈셔까셔되얏말가
馬璚門도라들졔
南北으로넌핫던고

纖纖玉手로
마는목게이여러
甲安이行次호쇼

鐵竹杖어무로고
下直을告을젹의
後에다시보새이다

얼거름두거름에
以前의 드든말이
릭쟙고도라보니

길히漸漸머러오니
이어이짼거이고
限업슨情이로다

春郊의우는새는
長堤의무른물은
어린듯醉흗듯셔

肝腸을빈수는듯
別愁를못伴련듯
롯예실타도라노이

草堂秋夜寂寞욷제
寒梅花을겨다가
白蓮花헛거라가

혐가림도하도할샤
窓外어뛰고고쳐
綠池의심으고져

三春에 깁픈 病이
骨髓에 박혀시이
俉에 ᄃ뫼 벗마는
못내 거怨讐로다

吳보아 病이 되고
못내 거怨讐로다

九曲肝腸萬曲愁을
담을뒤 전혀 업서

二千里 弱水 깉히
靑鳥를 비요어ᄃᆡ
허ᄐᆞᆯᅵᆯ마ᄃᆞᆫ 辭說

一幅花牋써다가
細書成行ᄒ여두고

行人臨發홀제
다시 보끄니든 말이

西窓의 ᄒᆡ지도록
回信을 기ᄃᆞ리니

苔書는 크니와
仟짓기나 마루되야

無情도 ᄒᆞ리이고
野俗다 ᄒᆞᆫ이로다

혼자 손껴 못울기는
빗말을 드러시더니

뎍ᄉᆞ랑외 줄김을
날을 두면 늘인가

禪師님 혜여보고
ᄂᆡ아이에 엿분가

偶然이 만나보고
空然이 죽게 ᄒᆞ면

이거시 뉘탓실고
不傷토 아니ᄒᆞᆫ가

大丈夫의 혼 무음을
살나ᄂᆞᆫ드러ᄉᆞ더ᄯᅡ라

僧答謌

어와 거귀 신고

桂陽豪傑 나나신가

머리 싹근 즁의 樣子

털 뮈온 쳐어ᄣᅵ 이셔

削髮爲僧ᄒᆞ여

世念을 긋쳐시니

光陰을 혤 작시면

三七이 前年일쇠

飮食과 잘 자리ᄂᆞ니

놈의 춤을 ᄯᅡ 보로 ᄒᆞ

살ᄭᅵ 지어 붓젼ᄯᅦ

伴侶 될 人事ᄒᆞ기

無心이가 ᄂᆞᆯ을

반기ᄂᆞᆫ 무ᄉᆞᆷ일고

어버이 일흔 後의

셜운 무ᄉᆞᆷ 둘 ᄢᅵ섭셔

玉窓櫻桃花ᄂᆞᆫ

몃 봄이나 피여진고

桃天芳年 二졋거든

標梅ᄅᆞᆯ 顧홀소냐

囹바 되져타 젼의

兩班 만ᄂᆞ 졀흐기와

내 일홈ᄋᆞᆫ 제 살ᄯᅢ

내 얼굴 넌제 보고

타져도 두ᄂᆞᆫ 의 거러

病이 조차 들 신고

몃 번이나 ᄃᆞᆫ가며

春風秋月은

窈窕淑女 아이어든

君子好逑 어이 되며

됴흔 永脈 고ᄋᆞᆫ 書房

금세나 ᄭᅦᄭᅡ 홀가

내 봄에 즈망이어ᄂᆞᆫ

즁의 行實 ᄉᆞᆯ이 ᄒᆞᆯ가

言貌가 同行호야　　空然이 難別호고
風彩을 欽仰호이　　佛堂에 도라오이
섭ᄭᅵ호니ᄉᆡ 모음　　반기ᄂᆞᆫ ᄯᅳᆺ셰 뎌보ᄂᆞ
慇懃호 깁픈 뜻은　　ᄆᆞᆺ ᄂᆞᆫ 情이로다
感激도 호거이와　　手拳을 살ᄋᆞ려라
心神이 慌惚호이　　붓잡고 안조말이
우ᄂᆞᆫ 말솜 일ᄋᆞ려니　什짓 日라 호신 行下
世緣이 未盡호야　　暖昧호 ᄂᆞᆫ을 더니 들고
還俗을 호올진들　　迷劣호 人事로
醫術을ᄡᅥ 아던가　　旨의 ᄉᆞ이 되야살ᅡ
病患을 ᄂᆞ이 알며　　넙ᄯᅩᆺ ᄂᆞᆫ 사람을 ᄉᆞᆼ

心中에 품은 懷抱
잇ᄯᅳᆺ 던지 섭던지
無端호 一封書은
어드로 ᄎᆡ 얏닷말고
중타려 호신말숨
힝혀나 旨살게고
無情과 호실줄는
나도 짐작 호엿거니
釰鈍은 才質노
妾의 道理 잇지호며
藥名을 모로거든

千金가튼貴體를

다시곰安保호오셔

그제일흠알것마는

煩惱히야못니르고

自然이눈의들고

털노셔예侯드다

우리나라八道사람

나무니멋낫치리

邑노워成佛호며

죽은父母사라놀가

꼬사리샵쥬쳐를

맛나다호거이와

白谷詞

禪師님갑곳지미
이내말드러보소

얼굴은몰를진들
머리를삭삭가신들

반갑기아니호며
樣姿조쳐變홀소냐

아마도그런줄는
어버이일흔子息

뻐라도모르노다
즁이다될작시면

觀音菩薩阿彌陁佛
竹筍대蘳子를

一萬番의으시고
無數히두두런들

아름다은남쳐더러
父母의부사라도

子孫이滿堂호면
그를아이무못길가

앙보기탐통散灸
모밀자네비艮신늘

어니쏘너을손고
宗要롭다호거니와

鴛鴦枕 蝴蝶夢이

어내야죠흘손고

너갓튼고은비집

너덤이라흐라마는

文武兼全豪傑士야

누리밧거佐잇느냐

銀河水織女星도

牽牛를맛낫거든

醉師남무仙師도

世味를모로시고

念佛만자흐다가

利籠의入棹흐야

터을불의흔저희면

行窩貝巳닷슬년정

쇠父母웃고이며

人事을庵헐선정

마노라새쓰실가

楚襄臺仙女도

朝雲着両되녀잇고

虛도이모씰게라

앗가온目쎨흘을

내덤이라흐라마는

世上의갓슨사음

쩌마다有福흐야

쩌늡에다들소냐

三間佛堂의

고죠리홍자한자

철위흐리뉘이시리

沙空쌀록너타산처

홍복伽뫄온날崇비더

空山裡子孫비에

네말믄늙히目버

누는鬼썻비내년다

마음을두부려며

富貴도 호려니와 生前읇 헐작시면 百年읇 偕老호고

男子도 만흐려니 琴瑟이 調和호고 晝夜도 즐겁쯧라

子子孫孫이 라는놈 줏는놈이 一身이 케누우며

언머리의 나에두시 膝下의셔 노니다가 死後읇 헐작시며

錦衣에 繡龍호여 流蘇寶帳 別혜우고 霄壞이나다를손가

九果五祭祀바다 奴僕이 우러비면 彼此의 懸隔호매

鲁푸다 이세 病이 아마도 禪師님만나 藥아나도나이러니

잇지호면 호링손고 雲兩情을 밋게되면 禪師님德이헐써호노라

雲林處士詞 清陰 人間이 瀟灑게巨 紅塵網읇 떨여나라

世事을 뿔이치고 密處업시 반련몸이

山이야 구름이야 層岩截壁의 清風이 興을 州에셔

千里萬里를 드러가니 清風이 興을 州어 두어라 호는樣은

에구분늬은놀이

九龍소司龍이

如意珠를 天토 는 듯

毋崖鳥道 는

子름속의 連호엿고

羲皇淸境이

失거오 미고 지엇다

雲林의 드러오니

내벗이 뉘이시리

어와 즐겁고야
이거서 서 대 메오

索居閑處를

이곳이라 호리로다

桃花를 꺼거쥐고

山水間의 드러가니

白鴎야 는지마라

綠柳黃鸎은

春風의 分別 업서

無情호 歲月은

물흐르 듯 호 次의

淸風明月을

갑업수 고사 과마는

묘과도 그러니와

빗사름니든말이

海嗟臍而莫及이니

九十韶光은

安뒤마다 자랑호니

빗벗인 줄 모른 듯다

有意호 일 떡이는

노과 가라 호는고야

쌀마 有信호야

안곳마다 作도 도고

宅不處仁이면

馬得智라 호여시니

이유老를 엿지 호며

已往은不諫이니
將來를可追로다
이제붐依之호라
數間草屋을
石鼎의薄食호고
冊穴의採芝호니
山明호죠才조엽서
岩下늬누어신들
潜기고라셔潜며
紅塵華路이
불엇희넘나들며

孫興公의山水賦를
묵씨여멋께쉬고
이제야늘거셔난
이아니즐거온가
青山은四壁이노
구름은가쉬되로다
白雲이덥퍼시니
岩穴의멀거며난
山中혜興이
이리다閑暇음도
이제도록精楚호라
惟天之命이로다
君臣大義야
씻偓人生을
현마나죠니흘노라
慾心늬술醉호야
歎羊甲之光陰을
悟蝸角之功名을
百年만박엇타니
泰山도꼬게닥가며
浮雲ᄀ튼富貴를
若非蛾之撲燈이노
이아그리도들엇가
似赤子之入井이라

俗마른人生을

네마치의녀지며

富貴荣華을
무름俟이全여업다

富貴貧賤이

各有天命이라

어씨키ᄂᆡ라쎠

是非의걸닐소니

香餌를들ᄭᅦ버녀
避ᄒᆞᆯ줄모ᄆᆞᆫᄂᆞᆫᄵᅡ

人心이淳厚ᄒᆞ고
天下太平ᄒᆞ야

뫼마치써헌財物
구름마치흐터지고
六畜의殃及ᄒᆞ녀
죽ㄹ개지의라죽으니

探花의ᄂᆞᆫ어두어
블俟친줄몰나보고
尖버ᄂᆞᆫ어린阿褻
햇밧버이ᄂᆞ냐

草衣ᄭᅡᄲᅵ分씨ᄂᆡ
陽地찻ᄂᆞᆫ
惡衣惡食을
찹인ᄯᅢ로먹어시면

錦衣를ᄉᆡ覺ᄒᆞ랴

ᄭᅩᄂᆞᆫ닷ᄂᆞᆫ飲食
씨分업ᄂᆞᆫ奴婢들마
田畓마家舍을
慾心으로이로려고

三代以前聖帝明王
賢臣果良佐들이
ᄂᆖᄅᆞ로政事ᄠᅵ자
天下ᄅᆞᆯ다스리니

齊家治國을
無爲而化ᄒᆞᄃᆞᆯ이

兩順風調ᄒᆞ야
日月光華ᄒᆞ니

庚시群生들은
衣食이豊足호고
陽地짝티누어이셔
聖恩을모로타니

賢愚貴賤업시
奢侈흔崇尚기로

神農氏書契짓고
蒼頡이任序흔제

王化도分明호야
察三色과시로다

溢雲이嚴塞호니
日月이어두에라

田野農民들은
舍哺鼓腹호야

三代以後傭君暗主
亂臣賊子相継호니
時異事變호야
移風易俗호니

盛衰興亡은
朝得暮失호니
太平時節天子라도
戰國이되엿딸가

人倫大義三綱五常
노코로미石政事
文墨으로記録호니

一時의지어싸니
堯之日月舜之乾坤
皐陶稷契은
데아엇지맛사며
니러가고못불소니

王化도分明호야
察三色과시로다

狂風의놀난草木
업뎌져이우러셔

擊壤歌를부르며짜흘
즈므舞之호며足도호야

溢雲이嚴塞호니
日月이어두에라
되나기의블뢰엿月
흔마꺼의다ਠ나니

草水이다쥭으면

山川이埋沒호고　山川이埋沒호면

飛禽走獸들이　依托이專혀업써

天地리ㅁ리업다

혜고다시혜니

人間을떠나와셔

써곤심마자호고

今世天子壁主

리ㅁ라호ㅣ고

忘世間之甲子오

醉螢裡之乾坤이라

尾樽의숑이ㅁ쥭

麻衣로草座호니

豆粥이새곱도다

一身이安靜호다

써혼자이리호가

늠大都ㅅ쌀ㅁ튼가

써무손일식라고

이대목을허호리

이리노어니혜며

이틀은어내들고

業靠의내즈는들

이山中의거의오리

어와누은지고

이써일虛事ㅣ로다

雲林의드리완지

日月이하오라니

山中의賁焂업셔

節가는줄모르더니

土床우희吾들자며

詫縷飛써늑이오

茅簷篷居의畫静호고

桂樹의風清커늘

－ 21 －

葛巾布衣로

幽興을 못이긔여

青山녀 원 쑬노
青藜杖 집흐 삼아

石逕을 오드러가니
玄謌는 滿置흔데
누리러 長嘯흐고

西王母瑤池上의
青嵐이 ᄀ려잇고
任意로 도라보며

山水屏을 둘너눈듯
푸르기는 희지마나
鈞阁宇宙의

松根을 비겨누어
거믄고가 진阿荄
다는 취겼난 빗쳬

遠山을 바라보니
酒器를 ᄂ州메고
무른거ᄂ 青山이오

林下仙아니시면
이빗괴계 뉘라서
불근거ᄂ 落照로다

巢父와 許由로다
이山中의 늘흔즈라
구름속의 ᄡᄋ즈니

山中의 노릭은어른
道脈을 니믹흐고
赤松子오 ᄉ엿던가

烏巾을 엇게 쓰고
青衣童ᄉ히누고
머리를 두루허리셔

巖穴을 ᄂ여보니

잡거니 밀거니

두테벗이 오ᄯ쎠아

石壇의마조나가
松枝를손조썻거
年次로버러안자

꼴미러揖禮ᄒ고
青苔를쓰러치고
欣然이반기는뜻

너르거니對答ᄒ며
瀟湘의벗만나미
淸瀧의松醪酒를

즐거오미그지업다
이대도록즐겁던가
鸚鵡盃의ᄀᆞ득부어

잡거니밀거니
冷ᄂ七絃琴을
依ᄂ山水曲을

醉토록먹으면서
高峯의빗기트니
歷ᄂ히혜리로다

人間의먹은귀가
金聲玉振의
鍾期를이의만나

巖下의와엿거라
귀는엇지밥리듯던고
流水曲을븟그리랴

山中이벗이업되
膏粱의여읜슐히
俟피자새넘나자

世事를니거시니
취흔줄기의게노ᄆ여라
綠陰이어릐엿고

峰嶸흔깁픈골의
丹崖의들ᄇᆯ러온대
白雲깁픈골의

碧溪水潺潺ᄒ고
澗水의ᄇᆞᆰᄀᆞᆷᄇᆞ거
자던鶴을ᄭᆡ오는다

天高地逈호니
覺宇宙之無窮이오
興盡悲來호니
識盈虛之有數로다
예도꼬쎄나라

天台山깁픈곧의
石鼎道士交세이다
范三宇宙間이
定處업시보린몸이

崑崙山깁픈곧의
西王母즈자보라
長窮萬里의
거복투고가쎄이다

牧童詞 任參判 有後

天地則余枕이로다
醉倒空山裡호니

綠楊芳草間에
호며는阿奚들아

人生百年이
音天利이슬이라
三萬六千날을
가사라도草三거든
死生을定흔다

人間榮辱은
야는가모二는다
脩短이命이런가

逝旅갓튼乾坤의
功名도못일우고
空山白骨인들
거여나못게오나

草木마리수라지면

継天立極은
聖人의事業이오
有限힌生涯로
孔孟顔曾子를
일ᅳ마다法을사마
轗軻寞孤獨이
德澤으로졷겨쎄라
風雲을부러ᄡᅳ며
宇宙를撼들니라
ᄯᅡ많은大将印을
늬아래빗기추고

留芳百世는
丈夫의할일이라
生涯도有限ᄒ고
千代榮貴ᄒ야
與天地로無窮이라
稷契믹紙筆ᄒ고
克舜을비겨ᄡᅳ며
孫吳믄阿웃보듯
衛霍을혜아리니
天山의활을걸고
瀚海를倒여넌니
麟閣의像그리고
五鼎食누리다가

死日도無期ᄒᄃᆡ
詩書百家語를
字ᄌ히외와ᄡᅵ니
四海八荒을
壽域의올녀두고
千兵萬馬를
指揮間의비취두고
魑魅魍魎을
다모라내친後의
ᄲᆡ才조淺狹ᄒ야
将相이못되씌도

翩々濁世에
佳士ㅣ다되ᄋ소리라

鸞鳳이춤을추고
구름이닐니ᄂᆞᆫ듯

어름ᄆᆞ라뒤트ᄂᆞᆫᄃᆞᆺ

娥皇女英은
琴瑟을怨ᄒᆞᄂᆞᆫ듯

句天廣樂을
十二樓의ᄲᅥᆺᄂᆞᆫ듯

千門九重의
文翰家도누리다가

錦肝繡腸을
銀河水의潛가씨여

夜光珠明月珠
珊瑚樹白玉플의

祥光을빗ᄋᆞᆺᄂᆞᆫ듯
瑞色을머그믄듯

宋玉王子眞은
白玉簫를빗겨ᄂᆞᆫ듯

金宮玉闕의
聖人을別엿ᄂᆞᆫ듯

石室金櫃를
萬世의流傳ᄒᆞ면

風雲月露色
吳伏ㅊ로戱믰ᄒᆞ나

五彩가燦爛ᄒᆞ고
窆化가無窮ᄒᆞ야

疊々히ᄡᅡ혓ᄂᆞᆫᄃᆞᆺ

三十六帝外
上界羣仙들은

青雲紫陌의
榮寵도코지엽다

立며ᄂᆞᆫ이阿鬟들아
이아니즐겨오ᄂᆞ

이씨일셜치ᄒ우고
홀일이젼혀업다

하늘이사름낼제 　 나라희사름쓸저
누를아니옴게ᄒ며 　 貴滅을아이보니
하늘ᄂᆡ신이ᄂᆡ몸을 　 내才조ᄂᆡ까지고 혼자만용차ᄒ면
닷가못노흐면은 　 濟世安民이 君子의홀일이라
懷寶莘邦이라 　 어ᄯᅵ져阿衡아 孜細히드러스라
世上의뉘알소니 　 손고바ᄂᆞ르ᄃᆞ라
伊尹은矢흘지고 　 呂尚은낙ᄃᆡ메고 審戚ᄆᆡ百里욋는
傳說은달고들고 　 鄙生은狗盜로다 요치기로다ᄒᆞ니
艱難ᄒ고賤ᄒ기야 　 高宗이夢卜ᄒ고 浚車罷熊이
이사름만ᄒ랴마ᄂᆞᆫ 　 三聘이幡然ᄒ니 牧野의鷹揚이라
下齊七十二에 　 白石歌를뭇치듯 人生窮達이야
功業도거륵ᄒ샤 　 五羊皮를ᄇᆡ가니 貴賤이아랑굿가

어와져阿爹야

이내말드럿느다

不識不知호야

世上을모르는다

牧童이對答호되

殘魂이零落호니

柳學士子厚신가

佳期를두엇다가

別恨이만흐신가

凶名은閑數호고

富貴은在天호니

風雲을푸엇는듯

棟樑材을가럿는듯

立身揚名을

物外에버려두고

어와거뇌신고

엇디호신쌀음인고

눈썹을씽긔시니

지름이만흐신가

佳偸竹에

지너듸기쳐시면

녀고심타겨두고

무슨말含호시는고

발天을쥐엿이시니

어제을브라느고

時命이르고타야

富貴를쎄라는다

畑郊草野上의

쓰락가락호는지고

形容이枯槁호니

楚大夫三閭신가

求호다볼의쏘며

우리는春蠶3호야

터져두다녀쥐가랴

大道를못아라도

人生이 쪄러도다

쇼치기의 잇ᄂᆞ라　　　　쇼야지어이조차　푸싱귀ᄃᆞ터먹고

柳崖間의ᄃᆞ니면셔　　시벗물흘ᄂᆞ마셔

뉴으나ᄂᆞ러내나

케俟ᄃᆞ록ᄃᆞᄂᆞ다가　긴곱비굿게미야　콩각지슨믄믈노

블ᄆᆞ든ᄐᆡ름벗히

한보흘마조메고　　큰체로모라다가　어쩌ᄂᆞ며ᄃᆞ오며

一生을ᄇᆞ르ᄒᆞ니　너네ᄂᆞᆫ間暇ᄒᆞ고

제中의볼쟉시면　犧牲만ᄒᆞ가마ᄂᆞᆫ　천삼졍벗기치고

一身이벗나기야　金轡을ᄆᆞ라텁고

ᄉᆞ굴비벗기치고

紅絲로얼거미야　禮官이合樂잡고　庖丁의큰도쳐도

太廟로ᄃᆞ러깟지　骨節이졔곰ᄂᆞ니

커터러무러보면

너네외되쟉흘고　우리ᄂᆞ이름보아　古今어질기야

ᄂᆡ몸만딕희노라　孔子만ᄒᆞ가마ᄂᆞᆫ

直人에 빗이시고

陳蔡에 辱을보샤

怨讐를다갑흐면

나라히便히된다

李斯는丞相으로

富貴도찰것만는

득끼를다잡으나

文人비로부터

산양개이도다

거마다薄命ᄒ다

成都草堂의

生涯도孤楚ᄒ샤

轍環天下의

木鐸이되으시니

夫差의屬鏤劍을

伍子胥주엇말가

上蔡東門의

누른개를을러ᄒ니

淮陰俠모人일노

三族을멸滅ᄒ고

萬丈光焰이아

李杜만흔가만는

바다ᄆᆞᆫ文章이

世上의伍잇ᄂᆞᆫ가

마대박고빗가터니
거어니본듯튼가

功績이엽다더나
忠誠이져그더나

ᄂᆞᆫ새畵을後의
화살이아랑못가

白起ᄂᆞ이ᄒ녀
杜鄴의賜劍을고

樓上迫脅의
夜卽이어되메오

秋風洞庭의
물결이니러나니

潮州八千里에
故國도멀도멀샤
粵江州ᄒᆞᆫ길ᄒᆡ
눈물도하도할샤
玉樱高處의
못ᄂᆞ려 홀릇던고
世上의 혼자에야
澤畔의ᄲᆡ려시니
将相文章이
넙겁지아닐손가
山ᄌᆞ치놀반살을
兒기도어렵도다

玉佩瓊琚로
ᄀᆞᆯ니나 못ᄒᆞᆫ가
眉山草木은
눈위ᄒᆞ여이우ᄂᆞᆫ고
芰荷로옷슬짓고
蘭草로ᄯᅴ叫ᄯᅵ엿셔
黃昏이드러온들
美人이오못던가
山中의麝香노ᄂᆞ
겁피도잇ᄭᅥᄆᆞᄂᆞᆫ
맛기면ᄲᅮᆺ시를
人生의信이어ᄂᆞ

投荒十二年에
罪罰이 못찻던가
瀟湘南畔의
무슨일노ᄲᅢ쳐와셔
離騷九歌의
文字야외랴마ᄂᆞᆫ
이보드러보소
仔細히혬작시면
春風이천ᄉᆞᆫᄒᆞᆫ셔
香ᄭᅢ를부러내니
어이ᄒᆞ여作ᄒᆞᄂᆞᆫ고
逸與이関係ᄒᆞᆷ가

醉ㅎ여사라이셔
佚속의죽어지면
엇더타ㅎ엿말고
山光이어두으니
斜陽이거의로다
쉬들의것고로쓴자
杏花林으로가리라

江村歌

人間富貴뤼노두고
物外烟霞奥을비위

萬古의긔둥르리
엇닷치이실소니
常時의ㅎ던놀니
오늘도블너보새
功名을내아드바
富貴도나몰내리

穎川의귀싯기와
湘流의소먹이개
長安을브라보나
구름이머흐레라
되롱이쥐혀메고
洞簫를빗기블고

天生我才쓸뒤업서
世上功名謝례ㅎ고
青蕪烟月대사립을
白雲深慶다ᄉ시니

喜山風景벗라보며
四皓遺迹仵로리라
寂々松林깨즈즌들
寒々雲窄끼뉘오리

九升葛布 몸의 닙고
三節竹杖 손의 쥐고
長長如絲호 낙대을
落脉江村 빗겨시니
銀鱗玉尺 倒노는데
野水江天 히비칠다
十里沙場 노려가니
白鷗飛去 伴이로다

樂山樂水 하는 뜻의
假曲山歌 罷한後에
冝仁冝智 하오리라
一葉漁艇 흘니 거어
九陌紅塵 미친 高別
汎汎滄波 이내 情을
一竿漁翁 세 몰내라
寒寒世人 뉘 알니
臣口細鱗 낙가내니
芦荻蓬底 덥써 걸고
松江鱸魚 비길손가
暮江烟雨 비을 거어
芒鞋緩步 夕陽길희
南北孤村 두세 집의
舟泊暮渚 도라가니
落霞澱 좇아 거네라
琴書消日 하고지
長歌短笛 두세 집의
有酒盈樽 하여세라
一盃一盃 부어
草屋柴門 드러가니
高車駟馬 뫼이엇고
鶴庭一庵 ...
美水佳山 興을 게워
頹此王山 醉한淡에
掛月三更 ...
石頭閑枕 石을 드러

松壇採芝노래호고
石田春雨바틀가라
朝來山稻사려머고
午載萬載億萬載에
如此는즭으리라

楚漢歌

漢丞相張子房이
短笛을빗기쥐고
珊瑚채음피들어
玉盤을伯리노닷

唐虞天地가에젼가
葛天氏民이아니런가
釣來碧潭景丘흘듸
夕釣江魚쉬여가자

燈高叙晴오로듸
於淸賦詩來日에
生涯淡泊州흘에
冨貴功名부를소냐

楚天이遠濶호고
妖風이蕭琴호듸
鷄鳴山妖夜月에
維鄉曲音曲調음

妖月이照耀호냐
碧空의듣겨보닷
月下의흘피부니
江東이八千弟子

公鶴이우니노닷
霹靂을웃치노닷
故鄉을바라가니

趙歌趨드리예

一時의 離散ᄒᆞ니　收合기어렵도다

빈집ᄑᆞᄂᆞᆯ더ᄂᆞᆫ가　帳中의名毛項羽　기아니閑暇ᄒᆞ냐

虞美人손을잡고　離別을어이ᄒᆞᆯ고　虞兮々々도다　산이을어이ᄒᆞ리

力拔山氣盖世가　歪容이적막ᄒᆞᆫ데　丹唇皓齒로　香語를酬酌ᄒᆞᆯᄉᆡ

一時의摧折ᄒᆞ니　珠淚을흘니면서

月下의맛조앗자　其詩의ᄀᆞ로와시되　漢兵이得楚地ᄒᆞ가　四面의楚歌로다

別詩을읇허시니　슬푸다드러보소

大王이勢盡ᄒᆞ니　歌기을罷ᄒᆞᆫ後의　슬부셔勸ᄒᆞ말ᄉᆡ

殘妾은何有矣오　玉盃을다시잡아　賤妾음念慮말고

慷慨을다시잡아　아니가노烏騅馬을　죽기를혜지아니

살기을圖謀ᄒᆞ야　해을넘어다시ᄒᆞ면　뒤흘조차代로리

大王이憤怒ᄒᆞ야

将壇의ᄂᆞ리ᄭᅵᆫ자
周蘭果桓楚ᄃᆞ리
邑ᄆᆞᆯ을지즉ᄒᆞ니
血色이지ᄃᆞᆺᄆᆞ다ᄃᆞᆺ
香魂이四散ᄒᆞ니
東偏을헤쳐ᄂᆞᄂᆞᆫᄃᆞᆺ
北面을ᄭᅥᆺ치ᄂᆞᄂᆞᆫᄃᆞᆺ
對舞ᄒᆞ는ᄭᅥ項伯牙
무ᄉᆞᆷ일翼威散ᄒᆞ고
玉ᄉᆡᆨ이고醉ᄒᆞᆫ後의
玉塊을조ᄃᆞ니

四面을구도보니
懷慨ᄒᆞᆫ月이발ᄭᆞ니
에ᄭᅵᆺ믓虞美人을
楚覇王憤ᄒᆞᆫ듯의
雛馬의울음나ᄂᆞᆫ자
陰陵의香은일ᄒᆞ고
倉荒이ᄭᅡᆺ말가
방패�ᄭᅵᆯ樊壯古도
危酒를마시ᄂᆞᆫᄃᆞᆺ
范增의ᄭᅵᆯ을ᄲᅵᆺᄭᅥ
이側을만날손가

剱光은秋霜ᄀᆞᆺ고
殺氣ᄂᆞᆫ連天ᄒᆞᆫᄃᆡ
帳中을도라보니
剱光에ᄲᅡᆫᄃᆞᆺᄒᆞ며
四面을衝突ᄒᆞ니
金鞭을ᄃᆞᆯ녀ᄆᆡ며
鴻門의設宴ᄒᆞᆯ제
項莊의칼춤ᄭᅵᆺ치
惟幄中張子房은
玉斗를ᄲᅡ드ᄂᆞᆫᄃᆞᆺ
亭長이비를待ᄒᆞ며
項王이日ᄅᆞ니ᄅᆞ말이

江東이쳐라호나
뭇이배王호리너

漢나라諸將들을
一時의뭇지르니

血川를다호흠後의
氣運이이盡호너

八年大業이
一朝의브려시니

四時詞

秋月이春風이
이세집의손이로다

包프라項氏都令
愚渡를흐리로다

드러잡고믄께ㄴ려
短劍을삐혀들고

눈깔의決死호나
하늘이ㅌ줄셰니
似홈의罪아니라

글지어니른말이
田夫의ㅅ네예빠져
길을싸그ㄷ드려

가지록ㅎ今覺호면
千秋의ㅁ친遺恨
亭長인가호노라

天地涌關호여
日月이붉근後의
四時의됴흔風景
生爲호너앎겨신나

내집의幽僻호여
仁山은뒤헤잇고
智水는압픠로다

風月江山ㅅ이러니

玉ㅅㅅ들시ㅅ니간히
銀ㅅㅅㅌ믈이들니

草屋精舍두間을
구룸맛긔지어시니

巳ㄹ믈ㅌ는和믈氣運
程伯淳의堂上이오

水面果天心은
邵克夫乙비呂ㅌ듯

九十韶光을
燦爛이ᄃ번後의

鸎歌聲一曲의
ㅅ惱ㅌㅌ暫間이니

崎嶇ᄒ山ㅌ노ᄂ
半畝塘의連ᄒᄒ라

春夏秋冬四節은
主人翁의心事로다

庭邊ㅅㅌ花草ㄴ
周茂叔의生意로다

千萬柯枝紅白花ㄴ
色ㅅ니仔ᄆㅅㄴ

綠陰ㅅ芳草ㄴ
日음景行ᄆㅅㄴ

日名後南山侶의
ㅜ니ㄴ믈ㅅ쉬ㅅㄴ

그우희잠ㅅ쓸나
玉으로臺를무어니

니제밤東窓外예
春風이도ᄃ오니

梧桐의ㄴ이볏리고
楊柳의ᄇ김ㅂ리

洞水ㄹ尋訪ᄒᄂ
朱紫陽의胸次로다

陶淵明北窓外예
ㄴᄂᄃ와羲皇이라

青藜枝끠ᄃ집ᄀ고
南ᄒ로도ᄃ오니

- 38 -

溪山우희 ᄭᅵᆫ개는
草木에 거ᄂ혀라

金風이 건듯부러
一葉이 ᄣᅥ러지ᄂ니

黃塘의 階버서니
千름ᄉ거라 徘徊ᄒᆞᆯ지

東籬를 모라보니
香菊이 피엿고나

淸香은 ᄯᅢᅮᆯᄲᅡ라
ᄭᅡᄐᆞ닷도라옴나

재ᄋᆫᄒᆡ ᄂᆞᆸᄑᆞᆷ솔은
節義를 혼자진여

月下三更의
솔그림재호리질지

간호믜두러메고
나죠ᄒᆡ도라오니

八月中宵의
비ᄀᆡᆫ後ᄒᆞᄂᆞᆯ빗치

半夜秋霜의
넙ᄌᆞ리錦繡로다

氷輪이도라놀나
玉階에비최여니

ᄲᅢᄭᅵᆺ몱은光을
天地와一ᄂᆞᆷ일다

淸樽을어러노코
歸去來辞ᄒᆞ욋고

白酒의黃菊伴하
一盃를自酌ᄒᆞ니

霜風을ᄭᅡ지ᄲᅢ고
萬壑山川이

雨雪이ᄒᆡᄃᆞ니
玉京이되여ᄋᆞᆻ다

三春의푸른빗ᄎᆞᆯ
눈속의가져셔니

刻溪中별곤들의
벗ᄎᆞᄂᆞᆫ王子猷外

洛陽酒肆中의
나뛰든 孟浩然이
風流志趣ᄂᆞᆫ
보암즉 ᄒᆞ다마ᄂᆞᆫ
積雪空外예
程叔子를 조ᄎᆞ리라

大丈夫 ᄃᆡ야나셔
天地間의 나은候ᄂᆞᆫ
四時를 調和ᄒᆞ며
三代를 ᄲᅡ라더니
半生에 閒暇ᄒᆞᄌᆞ
江湖의 病이드러
四時興味ᄂᆞᆫ

渭水東畔의
太公望의 漁釣臺로
南陽隴上의
諸葛亮의 草廬로다
一長歌의 耳나니며
두ᄂᆡ라 南薰殿上의

松風의 빗기누어
ᄭᅵᆫ소릐도 밝뷔셔니
四海八荒이
불빗치되엿고나
虞載歌를 지으리라
關東八百里에

關東別曲 鄭松江

江湖예病이깁퍼
竹林에누어시니
方面을 맛지시니

어와 聖恩이아
延秋門 드리드라
下直고물바나니
玉節이압픠셧다

ᄭᅡ디록 罔極ᄒᆞ다
慶會南門 바라봄

平丘驛 물을 フ라
蟠江은어듸메오
昭陽江나린믈이

黑水로도라드니
雉岳이여긔로다
어드러로든단말고

孤臣去國에
東州밤계오새와
三角山第一峯이

白髮도하도할사
北寬亭의올나하니
하마면뵈리로다

弓王大闕터희
千古興亡을
淮陽녜일홈이

烏鵲이지지괴니
아는다몰으는다
마초아가틀시고

汲長孺風彩를
昔中에無事하고
花川시내길히

고텨아니볼게이고
時節이三月인제
楓岳으로버더잇다

行裝을다떨치고
百川洞겻퇴두고
銀가튼무지게

石逕의막대디퍼
萬瀑洞드러가니
玉가튼龍의꼬리

섯돌며뿜는소래
드를제는우레러니
金剛臺맨우層의

十里의자자시니
보니는눈이로다
仙鶴이삿기치니

春風玉笛聲이 졋쇼ᄅᆞᆯ ᄭᆡ텨ᄂᆡ여 縞衣玄裳이 半空의소ᄼᆞᆯ니 西湖 넷主人을 반겨셔 넘노ᄂᆞᆫ닷

小香爐大香爐 눈아래 구버보고 正陽寺真歇臺 고텨올나 안ᄂᆞᆫ마리 廬山真面目이 너ᄀᆞᆯ야다 뵈ᄂᆞᆫ다

어와造化翁이 헌ᄉᆞᆺ도 헌ᄉᆞᆯ샤 늘ᄭᅥ든 ᄲᅦ지마나 엿ᄭᅥ든 솟지마나 芙蓉을 고잣ᄂᆞᆫ닷 白玉을 ᄆᆠ젓ᄂᆞᆫ닷

東嶺을 박ᄎᆞᄂᆞᆫ닷 北極을 ᄆᆡ왓ᄂᆞᆫ닷 놉흘시고 望高臺 외로올샤 穴望峯이 하ᄂᆞᆯ의 추미러 ᄆᆞ삼일을 ᄉᆞᆲᆑ라

千萬劫디나도록 구필줄모ᄅᆞᄂᆞᆫ가 어와 너여이고 너ᄀᆞᆮ니 ᄯᅩ잇ᄂᆞᆫ가 開心臺 고텨올나 衆香城 ᄇᆞ라보며

萬二千峯을 歷歷히 혜여ᄒᆞ니 峯마다 ᄆᆡ쳐잇고 ᄭᅳᆺ마다 서린氣운 ᄆᆞᆯ리거든 조티마나 조커든 ᄆᆞᆯ리지마나

터져은ㅎㅣ터내샤
人傑을믿듣고쟈
形容도그지업고
體勢도하도할샤
天地삼기실제
自然이되엿ㅁ마ᄂ
이제와보게되니
有情도有情홀샤
毘盧峯上上頭에
올ㅏ보ㄴ거ㄴ신고
東山泰山이
어ㄴ야놉돗던고
曾日國죱은줄도
우리ᄂ모ㄹ거든
넙거나넙은天下
어ㅣ서ㄴ샤젹닷말고
어ㅣ와뎌디위를
어ㅣ눈ㅎ면알거ㅣ고
오ㄹ러못ㄹ거니
노려가미怪異홀가
圓通을ㄹ는길노
獅子峯을ㅊ자가ㄴ
그살ㅣ더러러바회
化龍소되ㅕ셰라
千年老龍의
千비ㄴ서럼이셔
晝夜의흘ㄴㅂㅣ내여
滄海에ㄴㅣ어시ㄴㅣ
風雲을ㄴ지어더
三日兩을ㄷㅣ엿ㄴ두
陰崖에ㄹ운물을
라살와ㅣ니ㄹ소ㄹ
磨詞衍妙吉祥
鴈門재ㄴ더머ㄹ려
외나모ㅣ明ㄴ도ㄹㅣ
佛頂其堂놀ㅏㅎㄴㅣ

千尋絕壁을
半空에 셰여두고
圖經 녈두구비
내보매 는녀러히라
山中을 每樣보랴
東海로 가쟈스라
離別을 怨ᄒᆞᄂᆞᆫ듯
鳴沙길 나근물이
醉仙을 빗기시러
金幗窟 도라드러
叢石亭을 나ᄒᆞ니

銀河水 한구비를
寸寸이 버려내여
실ᄀᆞ치 풀쳐셔
뵈ᄀᆞ티 거러시니

李謫仙이 졔이셔
고텨 議論ᄒᆞ게되면
藍輿緩步ᄒᆞ야
山暎樓의 올나ᄒᆞ니
旋旗를 ᄲᅥ치니
五色이 넘노는듯
바라흘 볏뒤두고
海棠花로 드러가니
白玉樓 넘은 기동
다만비히셔 잇고

廬山이 녀긔 도곤
火산 말못 ᄒᆞ려니
玲瓏碧溪와
數聲 啼鳥는
鼓角을 엿보니
海雲이 다 깃는듯
白鷗야 ᄂᆞᄂᆞ지마라
비엇신줄 엇지아는
工倕의 셩녕인가
鬼斧로 다ᄃᆞᆷ은가

구투여六面은 무어슬象톳던고

高城을ᄇ려 三日浦를ᄎᆞ자가니 册書는宛然ᄒᆞ되 四仙은어ᄃᆡ가니

세사ᄅᆞᆯ머믄後의 어위구ᄌᆞ어믈고 仙遊潭永郎湖 거긔나가잇ᄂᆞᆫ가 淸澗亭萬景臺 몃고ᄃᆡ안잣던고

梨花ᄂᆞᆫᄇᆞᆯ셔디고 졉동새슬피울지 洛山東畔ᄋᆞ로 義相臺예올나안자 日出을보리라 밤中만ᄂᆞ려ᄒᆞ니

祥雲이집퓌ᄂᆞᆫ동 六龍이바퇴ᄂᆞᆫ동 바다ᄒᆡ ᄯᅥ날제ᄂᆞᆫ 萬國이일위더니 天中의치ᄯᅳ니 毫髮을ᄒᆡ리로다

아마도 볼구름 近處의머믈셰라 詩仙은어ᄃᆡ가고 咳唾만나맛ᄂᆞ니 天地間壯ᄒᆞᆫ긔別 孜細히도ᄒᆞᆯ셰이고

斜陽峴山의 躑躅을므ᄂᆞᄇᆞᆯ와 羽盖芝輪이 鏡浦로ᄂᆞ려가니 十里氷紈을 ᄃᆞ리고ᄯᅵ펴다려

長松울흔소께
을ㅋ장꺼져시니
물껼도자도잡사
亭子우희올나안니
孤舟解纜ᄒᆞ야
모래를헤리로다
이도판ᄆᆞ돈계
伍어뛰잇닷말고

江門橋비분계
大洋이게긔로다
從容ᄒᆞ다이氣像
澗遠ᄒᆞ다目境界
이도판ᄆᆞ돈계
伍어뛰잇닷말고

紅㭭古事를
현수과후리로다
江陵大都護
風俗이豆흔시고
節孝旌門이
쓸ᄒᆞ이버러시니

北屋可封이
이제도잇다후롣다
眞珠觀竹西樓
五十川ᄂᆞ린믈이
太白山그림재를
東海로다마가니
幽懷도하도할사
客愁도둘ᄒᆞ리너다

戶하리庚江이
水寬이라후고려
王程이有限ᄒᆞ고
風景이못슬믜니
天根을못내보와
望洋亭의을은말이

仙樓를何위쎄니
斗牛로向후살가
仙人을초조려
丹穴의머므살다

바다밧근 하ᄂᆞᆯ이니
하ᄂᆞᆯ밧근 무서신고
굿득 怒흔고래
뉘라셔 놀내관ᄃᆡ
불거니 ᄲᅳᆷ거니
어즈러이구ᄂᆞ짐
銀山을 것거내여
六合의 ᄲᅳ리ᄂᆞᆫ듯
五月長天의
白雪은 무ᄉᆞ일고
져근덧 밤이드러
風浪이 定ᄒᆞ거ᄂᆞᆯ
扶桑咫尺의
明月을 기ᄃᆞ리니
瑞光千丈이
빗ᄂᆞᆫ듯 숨ᄂᆞᆫ고야
珠簾을 다시ᄉᆞᆯ며
玉階를 다시쓸며
啓明星 돗도록
自蓮花 가지을
뉘라셔 보내신고
이리죠흔 世界
숨대되 다비고져
流霞酒 ᄀᆞ득부어
英雄은 어ᄃᆡ가며
四仙은 거ᄀᆔ러니
아ᄆᆞ나 맛나보아
녯奇別 못자ᄒᆞ니
仙山東海예
갈기리 머도멀ᄉᆞ
松根을 베쳐누어
ᄭᅩᆺ좀을 ᄉᆞᆯ씻못ᄐᆞ니
佰의흔 ᄉᆞ룸이
날ᄃᆞ려 니ᄅᆞᄂᆞᆫ말ᄉᆞ

그지을내모르라
上界의真仙이라
거믄덕가지말고
이술혼盞먹어보오
和風이習習하야
两腋을추혀드니
億兆蒼生을
다醉케밍근後의
室中王篇소릐
어저러가고지런가
明月이千山萬落의淸
이니비쳐디엽다

黃庭經一字을
엇지고릇닐거두고
沧海水부어내여
꼬라무星기우려
九萬里長空에
거기면날너로라
그러야거만나
任혼盞혼잣꼬야
나도좀을씨야
바다를구버보니
어저러가고지런가

陰
樂府流傳五十春

關東歌曲寂淸新
文采風流今寂寞
世間誰見謫仙人

人間의버려와셔
우리을佐로놋다
거머고빌먹어뇌는
머니盞거혼後로니
九萬里長空에
말지야鶴을듯고
九室의뜰나까니
시술가저다가
四海예교로노화
말지못모로거니
九室을엇지말니
기려을모로거니

贈關東按使君仲素履之

戒逐浮名洛世間
仚壇有約幾時還
逢君聽唱關東曲
領畧金劉萬疊山

李芝峯睟光嘗論東方歌曲曰退溪歌南冥歌宋判樞純倜仰亭歌白評事光弘關西別曲鄭松江澈關東別曲思美人曲續美人曲將進酒詞盛行於世雖我東歌詞雜以方言故不能與中吐樂府比

贈楊理一楊㷊善唱關東別曲

思美人曲 松江

이몸삼기실제
님을조차삼기시니
ᄒᆞᆫ生緣分이며
하ᄂᆞᆯ모ᄅᆞᆯ일이런가

내ᄒᆞ나졈어잇고
님ᄒᆞ나날괴시니
이ᄆᆞᆷ이사랑
젼혀뎌노ᄃᆡ업다

平生에願ᄒᆞ요ᄃᆡ
ᄒᆞᆫᄃᆡ녜자ᄒᆞ얏더니
늘거야무ᄉᆞ일노
외오두고그리ᄂᆞᆫ고

엇그제님을뫼셔
廣寒殿의올낫더니
그더디엇디ᄒᆞ야
下界예ᄂᆞ려오니

올적의비슨머리
헛틀언지三年일쇠
臙脂粉잇ᄂᆡ마ᄂᆞᆫ
눌위ᄒᆞ야고이ᄒᆞᆯ고
ᄆᆞᄋᆞᆷ의ᄆᆡ친ᄉᆞᆯ음
疊疊이ᄡᅡ혀이셔

짓ᄂᆞ이 한숨이오
디ᄂᆞ이 눈믈이라
炎凉이 때를 아라
가ᄂᆞᆫ 듯 고쳐오니
意밧긔 심ᄀᆞᆫ 梅花
두세가지 픠여셰라
늣기ᄂᆞᆫ 듯 반기ᄂᆞᆫ 듯
님이신가 아니신가
꼿 지고 새닙 나니
綠陰이 녈벗ᄂᆞᆫ듸
ᄀᆞ독 시름 한듸
닙은 엇지 거뎃던

人生은 有限ᄒᆞᄃᆡ
시름도 긔지업다
듯거니 보거니
늣길 일도 하도 할샤
ᄀᆞ독 冷談ᄒᆞᆫ듸
暗香은 무ᄉᆞ 일고
뎌 梅花 것거내여
님 계신 듸 보내보려
羅幃 寂寞ᄒᆞ고
繡幕이 뷔여 잇다
笑蓉을 거더노코
孔雀을 둘러두고
鴛鴦錦 버혀노코
五色線 플텨내여

無心ᄒᆞᆫ 歲月의
믈 흐ᄅᆞᆫ 듯 ᄒᆞᄂᆞᆫ
東風이 건듯 부러
積雪을 헤텨내니
黃昏의 ᄃᆞᆯ조차
벼마틔 빗최니
님이 너를 보고
엇더타 너기실고
엇엇타 벽이실고
님이 너를 보고
金자희 견화이며
님의 옷 지어매니

手品은 크너와 制度도 ᄀᆞ줄시고

珊瑚樹 지게 우희 白玉函의 다마두고
님의게 보써오려 님 계신 듸 바라보니
山인가 구름인가 머흠도 머흘시고
千里萬里 길흘 뉘라셔 츠자갈고
니거든 녀러두고 날인가 반기실가

호른밤 서리길의 거러기 우러녈제
危樓의 혼자 올나 水晶簾을 거든 말이
東山의 들이 나고 北極의 별이 뵈너
님인가 반기기니 눈믈이 졀노 난다
淸光을 쥐워 내여 鳳凰樓의 부치고져
樓 우희 거러두고 八荒의 다 비최여
深山 窮谷 졈낫마티 밍그쇼셔

乾坤이 閉塞ᄒᆞ야 白雪이 혼 빗친 제
사름은 크너와 늘새도 곳 쉬엿다
瀟湘南畔도 치오미 이러거든
玉樓高處야 터옥 널너 무음흐리
陽春을 부처 내여 님 겨신 듸 쏘이고져

荳蔲비친히틀
玉樓의 쁠니고져

紅裳을 니믜초고
翠袖를 半만거더
日暮脩竹의
혬가림도 하도할샤

다믄히 수이지여
간밤을 고초안자
青燈 거론 것히
鈿箜篌 노하두고
꿈에나 님을보려
틱밧고 비겨시니

鴛衾도 죠도홀샤
이밤은 언지샐고
ᄒᆞᄅ도 열두 ᄣᆡ
ᄒᆞᆯ도 셜흔 날
져근덧 성각마라
이심을 벗쟈ᄒ니

ᄆᆞ음의 미쳐이셔
骨髓의 ᄢᅦ텨시니
扁鵲이 열히ᄒᆞ나
이病을 엇지ᄒᆞ리
어와 내病이야
이님의 탓시로다

扁하리 싀어디여
범나븨 되오리라
곳나모 가지마다
간ᄃᆡ 죡죡 안니다가
香므친 ᄂᆞᆯ애로
님의옷ᄉᆡ 올므리라

님이야 날일줄 모로셔도
내님 조ᄎᆞ려 ᄒᆞ노라

續美人曲 松江

뎨 가는 뎌 閣氏 본 듯도 흔뎌이고
天上白玉京을 엇지흐야 難別흐고
히 다뎌 져믄 날의 눌을 보라 가시는고
어와 비여이고 이내 ᄉᆞ셜 드러보오
내 얼굴 이 거동이 님 괴얌즉 흔가마는
엇던디 날 보시고 뎨로라 녀기실새
나도 님을 미더 군뜨디 젼혀 업서
이러야 嬌態야 어즈러이 구돗던디
반기시ᄂᆞᆫ 낯비치 녜와 엇지 다른신고
누어 성각흐고 니러 안자 혜여흐니
내 몸의 지은 罪 뫼가티 빠혀시니
하늘이라 怨望흐며 사람이라 허믈흐랴
설워 플텨 혜니 造物의 타시로다
글란 성각 마오 미친 일이 이셔이다
님을 뫼셔 이셔 님의 일을 내 알거니
물 가튼 얼굴리 便흐실 젹 몇 날일고
春寒 苦熱은 엇지흐야 디내시며

秋日冬天은
뉘라서되엿는고
님다히消息을
아모려나ᄌᆞ아ᄒᆞ니
잡거니밀거니
놉픈뫼헤올나가니
咫尺을모르거든
千里를ᄇᆞ라보랴
샤공은어ᄃᆡ가고
빈ᄇᆡ만걸볏는고
江天의혼자셔셔
디ᄂᆞᆫ해를구버보니
님다히消息이
더옥아득ᄒᆞ뎌이고
茅簷ᄎᆞ자리의
밤中만도라오니

粥早飯朝夕뫼
비와ᄆᆞ리혜시ᄂᆞᆫ가
오ᄂᆞᆯ도거의도다
來日이나사ᄅᆞᆷ올가
구룸은ᄏᆞ니와
안개는무ᄉᆞ일고
ᄎᆞ하리믈ᄀᆞ의가
빈길히나보려ᄒᆞ고
江天의혼자서서
디ᄂᆞᆫ해를구버보니
님다히消息이
山川이어둡거니
日月을엇디보며
ᄇᆞ람이야믈결이야
어둥졍된뎌이고
半壁靑燈은
오ᄅᆞ며ᄂᆞ리며
헤쓰며바자니니

져근 듯 力盡ᄒᆞ야 풋ᄌᆞᆷ을 暫間 드니
精誠이 至極ᄒᆞ야 ꮤ의 님을 보니
玉 ᄀᆞᄐᆞᆫ 얼굴이 半이나마 늘거셰라

ᄆᆞᄋᆞᆷ의 머근 말ᄉᆞᆷ 슬ᄏᆞᆺ 쟝 ᄉᆞᆲ쟈 ᄒᆞ니
눈물이 바라나니 말ᄉᆞᆷ인들 어이ᄒᆞ며
情을 못다ᄒᆞ야 목이조차 몌여ᄒᆞ니

오뎐된 鷄聲은 ᄌᆞᆷ을 엇지 ᄭᆡ돗던고
어와 虛事로다 이 님이 어듸 간고
결의 일어 안자 窓을 열고 ᄇᆞ라보니

어엿븐 그림재 날 조ᄎᆞᆯ ᄲᅮᆫ이로다
ᄎᆞ하리 싀어디여 落月이나 되야이셔
님 겨신 窓 안히 번드시 비최리라

ᄭᅡᆨ시님 ᄃᆞ리야 말이나 ᄒᆞ리로다
구즌 비 ᄂᆞ뒤 오ᄂᆞ셔 쇼셰

東岳 歌詞
正是孤舟月浴時

聽松江 江頭誰唱美人詞
惆悵㦖君無限意
世間惟有女娘知

星山別曲 松江

엇던 디날 손이
星山의 머믈며셔
棲霞堂 息影亭
主人아 내 말 듯소

人生世間의
丘은일하건마는
넛틔호江山을
가지록나이북여
寂寞山中의
들고아너시느뇨

松根을다시쓸고
竹床의자리보아
뎌곰덧을나산자
넛딘고가시보뇌
天邊의傾는구름
瑞石을집을사마

主人마엇더호고
나는듯스므는양이
滄溪흰물결이
亭子알뒤둘넜식
天孫雲錦을
뉘라서버려내여

넛는듯버치는듯
천소호천소을샤
山中의冊曆업서
四時를모르더니
눈이궤制천景이
철둘이펄노나너

듯거니보거니
일마다仙間이라
梅窓아젹벼취
香氣예줌을인니
金翁의취을일이
곳념도아니흐다

울밋陽地편의
외써를側여두고
뫼거니도거니
비임의잘화시너
青門故事를
이제도잇사흘흐다

짚鞋를 빅애 신고 竹杖을 흣터지니
桃花 핀 시내길히
芳草洲의 니어셰라
잇 붓츤 明鏡中 절노 그린 石屏風

그림애를 벗을 삼아 西河로 흠의 가니
桃源은 어드메오 武陵이 녀긔로다
綠陰을 헤쳐내니 南風이 건 듯 부러

節아 닙피 伍리는 어드러 오돗던고
羲皇을 버개 우희 뭇ᄭᅥᆷ을 얼픗 ᄭᅵ니
空中에 든 欄干 물우희 ᄯᅥ잇고야

麻衣를 니믜초고 蒿帶를 긔우 쓰고
구부락 비기락 보ᄂᆞᆫ 거시 고기로다
玄玉밤비 예 눈의

보람의 닙서져 보ᄂᆞᆫ 거시 고기로다
紅白蓮이 잇ᄂᆡ픠니

瀟溪를 마조 보와 太槎을 웃ᄂᆞᆫ 듯
太乙真人이

萬山川 香氣로다
玉字를 졔혀ᄂᆞᆫ 듯

鸚鵡巖 건너 보며 長松을 遮日사마
人間六月이

紫微灘 거너 두고 石逕의 안자 흐니
어ᄃᆡ ᄂᆞᆫ 三秋로다

清江의 썻는 울히
白沙의 올마안자
梧桐거리 들이
四更의 도타쓰니
銀河를 써녀건너
廣寒殿의 올낫는듯
紅蓼花 白蘋洲
니노 니다나맛디
夕陽의 어위계워
短笛을 빗기부니
半空의 소ᄉ 텬듯

白鷗를 벗을삼고
吾爲출 모로니
千巖萬壑이
낫인들 그리들가
似마줌는 솔난
釣臺세 긔여두고
環碧臺 龍의소히
빗머리의라 하혜라
물아래 潛긴 龍이
吾句아니려 生듯
藕仙赤壁은
秋七月이 조타 이

無心고 閑暇니
主人과 잇터니
湖逆水晶宮을
뒤고쳐 옴겨논가
그나래 則을 何뉘
갇매로타 타두고
淸江綠草邊의
쇼먹기는 아희들니
니네에나는 鶴이
제기 들타두고
八月十五夜를
모다잇더라 눈고

纖雲이四倦호고

물결이채잔적의

하늘의도든달이
솔우희걸녀거든
잡다가빠딘줄이
謫仙이헌亽홀샤

空山의빤한님을
눈조차모라오니
뉘구룸거느리고
天公이호亽로다
玉으로꼬즐지어

朔風이거두부러
닙어들다리여러
獨木橋빗것든더
어니절노가갓말고
막대쩌넌즐이

千樹萬林을
瑗瑤窟隱世界를
山中의벗이업서
漢紀를쌰하두고

佇며곰떨의이고
老石리이실헤라

山翁의셔富貴를
賢도만커니와
하늘삼기실제
豪傑도하거든야

닙더러헌亽마오
뜻無心홀까마는

萬古人物을
모를씬도하거니와

거스려헤여호니
箕山의늘은고블

엇지흔時運이
애들옴도그지업다

일낙배락호얏든고
귀눈잇지빤뜻던고

- 59 -

박소취 쳔비 들고

조쟝이 마쟝 옵쟈

人心이 놋ᄆ치야
世事는 구름이라

보도록 ᄉ셔 옵거늘
머흐도 머흘시고

엇그졔 비즌 술이
ᄆ음의 미친 시름

어도록 닉엇ᄂ니
쥐 그나 ᄒ리ᄂ냐

거문고 시우러션져
손인동 主人인동

風入松이야마야
다니위 브려셰라

瑤金月下의
손이 웨ᄉᆞ다 려니도
長空의 俔ᄉᄂ鶴이

힝혀아 이만나살가
이플의 眞仙이라
그뒤 젼가 ᄒ노라

將進酒辭

훈잔먹새그려 ᄯ도훈잔먹새
먹새그려 ᄭ곳것거笑노고 無盡ᄉ 먹새그려 봄죽은 後면

지게우희거터퇴주려혀 메너가니 流蘇寶帳의 萬人이우러비나
어욱새 속ᄭᄋ새녑

ᄀᆞ나무 白楊수쎼가기곳가면 누른ᄒ휜ᄃᄂᄆ비ᄀᆞ ᄂ눈ᄆ … 리 부ᄃ감불지 뉘 ᄒ잔

먹자ᄒᆞ고 흐믈며 무럼우희 진나비휘파람불제뉘우스럴줄잇시랴

空山木落雨蕭蕭 相國風流此寂寥 惆帳一杯難更進 昔年歌曲卽今朝 過粉江墓石訓

相思曲

白日이 無情ᄒᆞ야
歲月이 깁퍼세라

城東一美人을
偶然이맛나보니

丹唇은半開ᄒᆞ고
皓齒을드리쎼며

五色雲긔ᄑᆞ흔곳의
一仙女ᄂᆞ려온듯

平生의虛浪ᄒᆞ야
詩酒을일삼더니

靑春이可惜이라
行樂의仁지이셔

靑山眉細柳腰ᄂᆞᆫ
態度을ᄌᆞ어내엿고

頤眸을ᄒᆞᆯ니ᄯᅩ고
香語을酬酌ᄒᆞ니

芙蓉花ᄀᆞᆯ흔곳의
團月이어래ᄂᆞᆫᄃᆞᆺ

京華의仁지닙써
風月의벗이되니

窈窕佳人을
露霖의花ᄒᆞᆯ더니

黃金釵紫羅衫은
光彩을도뇌잇다

西施나고려난가
玉真이ᄯᅩ시온가

心神이悅愜ᄒᆞ니
萬事을ᄂᆞᆯᄒᆞᆯ노라

好事ㅣ多魔호고　宿緣만미더터니　佳期을揶揄호고

鬼神이희짓ᄂᆞᆫ다　어와山病이야　이님의라시로다

三焦의깁흔별이　骨髓의박혀시니

누은들줌이오며　ᄭᅵ져근들님이오랴

扁鵲이곳쳐을　이病을곳칠소냐

長相思在長安　날을두고니르도다　半壁殘燈이

佔일에기리더細과

智而處下ᄂᆞᆫ　造物의라시로다

弱水三千里의　더듸온다青鳥새야　巫山十二峯의

雲雨夢이ᄭᅴ고야

東風어제비의　봄빗츨젼ᄒᆞ니　門前柳窓外梅는

金綠토仟매잇고

玉雪로비위잇다　柯枝에春氣로다

春先이니피거든　아이놀고어이호랴　無心官님의마음

人生不得更少年을　春興을ᄂᆡ귀잇다

東園桃李尼時春을　님은어이모로는고

卓文君의거문고도
月老繩을믜자내여

者花淚對月愁는
山호자더옥셟다

蒼天은凄凉ᄒ고
夜色은寂莫ᄒ듸

山形狀그려내여
남의손듸보내고져

秋風七月七日
ᄇᆞ라기셔留ᄒ도다

中節將一書札도
萬里外의벗혓거든

南山松栢樹로
기픈盟誓삼으리라

竹枝詞梅花曲을
남의일홈삼아두니

誰家玉笛은
ᄂ를위ᄒ여보내ᄂᆞᆫ고

人非木石이라
늘의홀빗어이ᄒ리

靑天의月기러이
이제消息드럿ᄂᆞᆫ가

相思洞餞客期을
남의일노아랏더니

無人門月黃昏의
恨愁겨워吟咏ᄒ고

寒亮寒聲의
少ᄆᆞᆷ肝腸다셕거다

京城州도리을
烏鵲橋삼아두고

深深玉欄干
남의좀이어렵ᄂᆞᆫ

眞棠ᄂ傳ᄒ哭傳ᄒ며
거리쉬울소가

長安一X他X
거ᄅᆞ이쉬울손가

相思別曲

이렁져렁 허튼시름
다 후러쳐 더져두고
어린양 ㅈ고 은은 소리
눈의 暗暗 귀의 鐘鐘
前生此生 무合怨讐
우리두리 호더 만나
世上富貴 閑保호랴
金宝貨를 쥐밧기오
仁허질줄 모로거든
뜬허질줄 어이 발니

人間離別 萬事中에
獨宿空房 더욱 셟다
相思不見 이내 眞情
긔 뉘알니 민친 실음

벗고 잡고 님고 벗고
자나 끼나 깨나 자나
님 못보아 가슴 답답
비누이마하 누 님게
이졔 보게 삼기호여

뜻끼지 님의 얼골
보지몬 님의 얼졀

그려 相思 만나니어
難別이자 百年期約
根源흘어 짐불이되여
검으니 다시 기고

죽지말고 호리이셔
볏지마쟈 쳐음 盟誓
수랑모러 모희호여
音고 나시 음고

造物죠차 써음잇고
鬼神죠차 회지로니
一朝郎君 離別後에
消息죠차 永絕호다

쓰는붓가서일쓸가

기다린지오라거다

綠陰芳草퓌른쏠의
희손어이더가며
一寸肝膓고븨터어
뙤는불어니러나면

넘의소서 ᄃᆞᆺ거리라

萬疊相思그겨쓴들

혼其今로짜그리며

天地人間難別後에

넘다든伍잇는가

日月無情걷노까니
王顔雲髮空老구

이내사랑일너시면
넘도날을그리노가

한숨긋해불쓰나러
뙤어나니가슴이라

소랑게워우단우음
生覺ᄒᆞ니터우헙다

ᄯᅥ-오는東西千里되니
보라보나니어되라

ᄂᆞ래돗친鶴이되어
누라가면보겟마는

六花피서련보지요

취눈도라점근날세

梧桐秋夜단친비의
밤은어이더가노

佛宿空房혼자서
다만한숨버이타

비을두어아니가라

무눈믈을바다되면

보라보나니어되라

山은어이고개있고
들은어이소이진고

이色가튼이내人生

무合일노사랑트고

보람 부러 구존비와
구름 씨어 거믄 날의
空房 美人 稀相思의
비록 부텨 이러텬가
無情호야 니넛는가
有情호야 그리는가
뉘는 佔이 자회지라
쓰는 길 회 머흘니라

나며들며 뷘방의
으라가 타老가니
어내 스랑 虛事로다
기드리고 보라다 보니
이내 스랑 虛事로다
남도 生生覺는가
남도 生生覺는가
山鷄 野鶩 깃을들펴
路柳墻花 벗되쥐고
노를 줄보로는가
春色으로 흐느니는가
그번 주어도 라가면
다시 보기 어려우니
날 같흔 빗情 잇서든
다시 보세 ᄒᆞ느껴
富貴를 下直ᄒ고
貪賤을 樂을 삼아

樂貧歌 栗谷

三句九食을
먹고나 못먹으나
十年一冠을
빳내 나못 ᄡᅥ니
此身이 無用ᄒᆞ야
聖上이 ᄇ리시니
分別이 섭서니
세 ᄆᆞᆯ인들 이럴쇼야

萬事를 다니즈니
一身이 閒暇ᄒᆞ다
逸興을 못이긔여
글밧츨 놉픠것고
霞鶩틀은 齊飛ᄒᆞ고
水天이 一色인ᄃᆡ
無心ᄒᆞᆫ 白雲은
翠㞐에 걸녀잇고
일셤시노닐면셔
夕釣도맛나ᄒᆞ고
銀鱗玉尺을
ᄭᆡᄅᆞ 움의ᄭᅦ여들미

長松亭下의
ᄒᆞ자안ᄌᆞ보니
遠近山川을
一眼의들나보니
南北村두세집이
落花暮烟ᄒᆞ저셰라
有意ᄒᆞᆫ믈며기ᄂᆞᆫ
白沙의벌여셧다
竹竿坐사笠들의면
銅爲坴ㅅ아가네
洛陽江路景도됴타
山歌野笛으로
시를덮어노라보니
漁父詞和答ᄒᆞ니

畫裡天地의
夕陽이거의로다
地勢도죠커니와
風景이긔지엽다
三山은어ᄃᆡ미오
武陵이여긔로다
點心의ᄎᆞᆫ취를
아촘이긔온취를
ᄒᆞᆯᄂᆞᆫ들이오

西湖孟學은
션조지못ㅎ려니와
千駟을冷笑ㅎ고
萬鍾을草芥로다
清風의半醉ㅎ고
北窓下의누어시니
누으면좀이오
何은후니러안자
淸淸興味을
何로리뉘이시며
周時呂尚은
渭水의임기ᄲ고

曾點詠歸야
이예더을손가
내生涯淡泊ᄒ니
어듸버지天子오리
無懷氏쩍百姓신가
葛天氏쩍百姓신가
黃庭經은잇들고
紫芝曲노리ᄒ다
落落호雲跡을
조츠리뉘이시리
歷代을按驗ᄒ야
巢少居혜어내니
漢代諸葛亮은
南陽의ᄆᆺ출가니

箕山潁水의
巢許의몸이되야
人間風雨中의
歲俗을내몰라랴
影樽의ㄱ득부어
尾標松羅酒을
三隱이네이오
四皓은몃스니라
歲俗을내몰라랴
내아니굿대되며
내아니기못던가

사居이古今인들
作지야두를소냐

黃扉의뼛님서야
비내榮扉웃지마라

千山萬壑의
쓰며가며消日ㅎ니

襄陽歌

傍人을借問笑何事오
笑殺山翁의醉似泥라

遙看漢水鴨頭綠ㅎ니
恰似葡萄初醱醅라

靑雲은비즐기나
白雲은내죠해라

이시면죽이오
념스면굴믈만딩

落日이欲沒峴山西라
倒着接䍦花下迷라

鸕鶿杓鸚鵡杯로
盧鶿杓鸚鵡杯로

此江이若變作春酒吐
望麯遣便築糟丘臺라

榮辱이엽섯거니
富貴를내싸며냐

好來을보로거든
獎旅를보릴소냐

竹杖芒鞋老難을
비분대로집口신口

갑업슨江山風月노
참녀리자ᄒ노라

襄陽小兒齊拍手宮
攔街爭唱白銅鞮라

百年三萬六千日에
一日須傾三百杯라

千金駿馬로換小妾ᄒᄋ
笑坐雕鞍歌落梅라

州

車傍側掛一壺酒하니
鳳笙龍管이 行相催라

江水東流猿夜聲이라
襄王雲雨今安在오
心亦不能爲之氣라
淚亦不能爲之墮오

相思歌

弱水三千里오
靑鳥消息이 끈허졋다
情人感愛生覺하니
獨思腸斷今리로젼이라

玉山이 自倒立 非人頹라
清風明月은 意不用一錢買오
何以月下州 何以上으로
咸陽市써上의 難為首人이

君 晉朝羊公이 尾石壽인
龍頭剝落生薔苔라
新州勇力士轄이
李刱與甫同死生을

秋夜長方혼즈긴지고
千里相思되아질펴라
寂寞孤樓에 홀노안저
不知何處ㅣ 뚜러보니
雲山萬疊 뚜럿잇고
相隔南北마라 진의
一別即君이 또호의
九十春光이 쩌러진다
羅中掩涙 올라셔에
長安花柳景도 흐되
即君心草生覺하니
自馬金鞭五니라니

聞鷄走馬外言호니
暫念閨中커러이고
薄命深處못오일고
獨依空房그리는고
兩滴梧桐비을때라
凄凉殘夢못일을다
窓間蟋蟀色커우라
置置愁心則이는가
兩會同情호리호면
他年黃泉호오리라
이서愁心을어써어
愁心歌을旦르니라

西山夕陽넘어가고
徘徊青樓일삼다가
處處酒色倚月타가

洞庭夜月밝아난다
羅幃寂寞云운듸
撫枕歎息으니와
一聲孤雁떼부러서
淚海音信아니와
秋風落葉떠오고
九回肝腸타니는고

愁心歌

鸞衾孤眠잠니를
夢裡相逢云리호니
漢陽城中이니別
即君處의傳言업고
妄恨無窮云이업서
事而已矣分이로다
千愁萬恨끼치리와
日日夜夜愁心일다

이서愁心을어써어
어리써오五愁心일다
을고타우두即君
言러이小丑서오니
어리써五愁心일다
念君愁心일다니라
이서愁心을旦三니라

雄雉羽飛青天호니
下上其音愁心일다
蘭堂이寂寞호니
내음그피잇仁혼부리
못못더니愁心일다
積年難別生覺호니
날을相送愁心일다
何橋의倚倚이三千里
別離中이愁心일다
青天에뜬뎌鴻雁
기야뜰列愁心일다

一別卽君義閣秋立
唯有我恩慈心일다
關山이何處庚樓立
바라보니愁心일다

季月바立봄이오니
내山只갓愁心일다
白日暮於西山호니
烏鵲聲이愁心일다
東園桃李片時春은
晝夜춘愁心일다
真情을獨抱호니
不見歎息愁心일다
千金子다이오니
기ㅂ뎌기愁心일다

三月暮春愁心일다
杜鵑의음소리
梧桐秋夜寂寞호듸
君뭇도와臥愁心일다
秋風高而落葉호니
君句이愁心일다
尺童이희나이돌리니
紅顔易老愁心일다

山高水深險을길의
어지갈고愁心일다
멋는둥못멋는둥
내뜻밧라愁心일다
愁心은 언제나며
술은 언제 날게 난요

＜誠友辭＞

남아라 니러고 쓰고
字~이외라 쎄며
孔孟顔曾이
일아라 法이로다

兒의 불너 哭을지어
開山頁送愁心일다

울으라 하여야
不識父名愁心일다
술느혹愁心일다
아바 듯 술못 라니면
慈心을 거시 되리라
慈心을 기어되리라

愁心 ~ 中의
愁心 ~ 언제 날게 난요

어라 떼서남비아
男兒事를드러보소
大寺小字禮 記春秋
四書三經라 본들레
北窓明月의
休一새 어린래니

일곱슬이여 울을배라
千安頫合童蒙先習
三綱五常仁義禮智
明~이 늘 讀호니

彩衣을 밧기닙고
老萊子를 쏘셔川

百里의 貢米言과
雪裡의 泣竹言과
十歲은 ᄭᅵ바며
知己을 ᄯᅡ르며
父母의 有德으로
好衣好食 ᄒᆞ련힛고
兩班立ᄯᅵ어ᄂᆞᆫ 귀ᄒᆞ
藥契奉事 外入ᄒᆞᆫ놈
子不比ᄌᆞᄉᆞ은 부라
今日기ᄆᆞ젼ᄐᆞᆫᄃᆞᆯ
甫羅大段 속젹ᄭᅮᆯ리
草綠唐織 젼ᄆᆞᆺᄭᅵ라

九歲의 事親言ᄒᆞ
人力으로 못ᄒᆞᄂᆞᆫ
博奕으로 揖尋ᄒᆞ며
青樓을 보랏ᄒᆞ며
ᄭᅵ의 刑벌 老行ᄒᆞᆯ
망연이 젼ᄒᆞ엿고
ᄒᆞ夜立로 作儴ᄒᆞ
ᄃᆞ심니ᄭᅵ바ᄐᆞ젼ᄃᆞ
잇ᄃᆞ도구、ᄌᆞᆷ으며고
ᄌᆞ음을 제ᄆᆞᆺᄒᆞ고
藍紗 紗紬 單ᄒᆞ니라
江月紗 집젹ᄐᆞ台州
蜜花ᄇᆞ지 玉粧刀라

信ᄆᆞᄅᆞ의 情性 善ᄒᆞ
夏愛樂을 ᄯᆞ라三ᄃᆞ
外ᄭᅵᄃᆞᄅᆞ 俠客ᄆᆞᆫᄂᆞᆫ
仲로ᄃᆞᆫᄃᆞ 酒伴ᄆᆞᄒᆞ
敗家亡身 ᄯᅵ兆로ᄃᆞ
皆酒探色 ᄒᆞ자ᄭᅵᄂᆞᆫ
ᄃᆞ심니ᄭᅵ바三젼ᄃᆞ
合宅奇昌 曲솔ᄂᆞ合ᄭᅵ
ᄭᅡ므리ᄭᅡ頭親ᄒᆞ郞ᄆᆞ
白紵 紗紬 丒ᄭᅡᄆᆞ지
白学布 긴치ᄅᆞᄯᅵᆯᄐᆞ台

-74-

紫芝비단 수唐鞋을

날출字로 신겨두고 　青山 꼬른듯 江綾한 어리ᄯᅡ 老아며 童列

우음속의 俟치월졔 　母唇錯齒半開ᄒ고 　말사든되香내ᄂᆞ고

씨사이요 넘이라도 　졔뉘아니 사랑홀ᄭᅩ 　上房三間大廳四間

넘口字로 지어두고 　內外中門長行廊에 　次房二間부뎌三間

쌀口字로 지어두고 　彩花登每面單席의 　使喚奴婢만을시고

鸚鵡가튼 女들이며 　더잔내를 玄草毒에 　도미ᄭᅢ눈 男동이며

샅을잠ᄌ가로ᄶ지 　駕鴦배ᄭᅢ더욱도희 　달미사는 男동이며

金桃으로 볼잡시면 　倭鏡허랑唐경더랑 　ᄯᅡ미노코더자노고

銀桃으로 볼잡시면 　複龍그린 빗접ᄭᅩ기 　ᄯᅡ리노코더자노고

鈒桃롱龍半ᄶ지며 　桂子ᄯᅡ리 밧거리와 　쌔치슈니

靑銅火爐절大也라 　老四노코 볼젹기니며 　梧桐腹

龍頗며리 長木빗라 　光피노코 볼젹기며 　시슐ᄲᅡ

어두나 모양치냐라 　大帽藍琥珀貼眺

倭花唲哴唐花唲哴

東萊쥬반산香받고

柔化ᄒᆞᆫ隱情은

無窮ᄒᆞᆫ豪廣이라

벗ᄂᆞ의갑졀되여

ᄒᆞ믈에두반되고

집안것도ᄡᅥ딸고

家産이ᄆᆞᆾ盡ᄒᆞ며

ᄂᆞ라가맛자ᄒᆞ면

주ᄂᆞᆫ것시減ᄒᆞ이고

面鏡石鏡드ᄐᆞ지며

어린거동실핀즛을

父母兄弟다ᄇᆞ리고

五軍門마諸宮家의

ᄒᆞᆫ가지서ᄂᆞ니라

百兩준것신兩ᄇᆞᆺ고

妻家집것숨겨노코

ᄂᆞᆫ기�‥갑서지면

넙ᄂᆞᆷ서셥서지고

쳐빈들의ᄂᆞ롭ᄇᆞᆾ

보기슬코ᄃᆞ기을다

ᄒᆞ노릿로ᄀᆞᆫ받서라

鍮燭金元明金은

뻔화도그지넙고

ᄒᆞᆫ가지도ᄂᆞ졍그ᄒᆞ며

비가ᄂᆡ고졔가ᄂᆡ며

貢物奴婢田畓이라

갑자가ᄆᆞᆺ자ᄒᆞ면

남의것도ᄂᆞ졍그ᄒᆞ이

一年二年三四年의

ᄂᆞ며들며서ᄒᆞ고

잇자갑졋셩ᄇᆞ여

百가지ᄆᆞ비ᄇᆞᆷᄒᆞ고

ᄒᆞ노릿로긴받서라

ᄭᅳ돌ᄆᆞᆾ行서롱의

ᄒᆞᆫ이날ᄇᆞᆯᄀᆞᆯ화ᄂᆞ니

盜直幕의上直인가

주린범의營狗 빈가

져러드지눈을소겨

이엿졉어기야들

한명으로희롱할제

生腹膽過夏酒과

시쥐고붓흔이의

츰가밋못春아

ᄯᅡ말이로리라

비본의常女크셔

智慧도흔梧桐枝雀

져마다仟를젹의

져근惟가

뎐강쭈믄효며빈가

寡婦겹사랑사뢰

밥문으로손을믜고

節全卜還燒酒를

맛시의ᄯᅡ손과밥드니

뎡결의봄을즛고

路柳墻花나날나

章소春져문놀시

딘家中에잔쟝ᄯᅵ고

남우일䧃을만나

단꼬하이너노민라

이러치시비말호고

뒤문으로ᄲᅡ혈혀의

돌은관형ᅩ쟝人

먹든밥버리김치

權得禮로셔쳥흔

쳥결의어른말ᄯᅡ

이탄들아드리호라

느러진垂楊의

빗고老孝花桃花

비고老孝花桃花

百年을사쟈호니

家中에잔쟝ᄯᅵ고

百年을사쟈호니

千金珠玉다盡ㅎ고

橐을一笑ㅎ니

全羅道와慶尙道랑

平陽이랑義州로셔

비지借을ㅎ드라

夫을又ㅎ의

어림장의발로ㅁ지

彩段으로몸을싸고

살을졈바히넙라

졍강이을볼짝시면

唐皮앗치갈날고

金玉을冊ㅆㅎ니

먹던음식엇ㅎ랴

아ㅣ된뇌八字로

밤낫즈로을슨를졔

次知囚禁起送ㅎ며

內補外辣걸니로다

一朝의그릇되니

ㅆ形狀보쟈ㅎ니

혼넘으로다못홀다

노랑머리헌감들을

눈가지수기쓰고

到庚의자랑거늘

쇼로기을매도보고

비눔만쌀져노코

ㅆ사람만쳐보닉

ㅛ희북친제僧일다

해쯤고분혼俟의

이리휼죽을로뎐가

心神이散亂ㅎ니

두귀멋치절피혀

참가기못다참아

盟誓ㅎ고도라셔니

ㅆ마음을떠룹ㅆ라

뇌을망건부동넘의

羊皮背子滿縇두리　大恨춤치銀粧刀와　누비챵의슈달毛扇

그랑슈션명쥬한衫　三升보션난간唐鞋　그런호소노리깨을

뉘메라가屬公□고　디우엽순갓슬쓰고　훗고외비라남며고

벗의뒤쥬헌도포의　佰챵바든상메토리　보챵마른病人인가

시쏘든射手ㄴ가　어듸을가잔말고　밧大门드쟈ᄒ고

흰편을로비스거려　잡을로가쟈ᄒ고　안中门여어보니

우리안히거둥보소　하마거위다늘거라　常훗치마볘혀잡고

青年의꿈든넌곧　何무든헌젹끄러　玉ᄀ튼귀미틔

飄蓬亂髮덥퍼히라　잘난子息너잡괴고　혼ᄌ서철걷일로다

어린子息젓먹기고　한숨지고눈물지며　쥬린ᄉᆞ혼ᄌ까셔

어린업커말못호고　外面으로나아가니　우리두리맛날젹의

누비옷시괄챵셰고　우리아거업의위롱보　納퇴親庭ᄒ을젹의

헌화좌방탐뷔턴니　헌거쌀이어멋도던　어련子息結혼을시켜

成親혼이三四年의　君子는께호눌만지　園頭汗의손의보듯

병든눈의가씨보듯　空然이라바라고　비몸조사고판흔가

흥이흔숫흥철량　그리行身그릇되고　不顧念恥드리흔가

有情스랑은것가　長々夏日졍고록　첩긴들아니할가

冬至長夜긴々밤마　시장도흐터어라　께쳐도이여보소

비경상어리흐고　무른기례빅의란　어부母親父母께

童씨안도보기와　告礼쒸로호고쳐　스랑도밧쳐잇고

루重도복커드々　비한쟝엇마칸치마　蜜花가지玉莊刀을

어러흔八字원뤼　石雄黃真珠투심　라쥬어씨여라가

군길의屬公호고　혼수도엽서지니　告의겁친못갑기

넘른것쓰는것가　이웃집을걸방하　혼불끄게맛출다

母子糊口ᄒᆞᆫ을여겨 들빗날ᄡᅥ기ᄯᅡᆯ의매

즉고시분서름이야 明月窓外風雪夜의

長歎息잠을드러 門을빌고바라보

쌀든깐장ᄌᆞᆷ을쓰고 落葉의ᄡᅡᆯ들이날숨

每事의艱苦ᄒᆞ다 親戚도팔ᄀᆞ는고 철ᄒᆞᆫᄯᆞᆯᄯᅡᄒᆞ고

一身이그릇되니 隣里도비笑을ᄡᅥ 시근밥ᄡᅵ내노코

旦치은되어셔먹엇 주긴범의가저먹엇 도롯더生覺ᄒᆞ니

비百푼되어셔먹이소 널곳슈의음처먹고 이前일과牛긔슴라

農業을ᄉᆞᆷᄊᆞ리라 손조호의메고 豆ᄒᆞᆯ듸萬山中이

田彼南山ᄒᆞ니 山田을두ᄉᆞ이니 눈ᄉᆞᆷ긔비러시니

金子의繁華事을 春種一粒粟ᄒᆞ니 小富ᄂᆞᆫ在我ᄒᆞ고

음읫고就ᄒᆞ리라 秋收萬果ᄡᅵᄅᆞ 大富ᄂᆞᆫ在天이란말ᄉᆞ니

흔말도원말업시
내셔이일즉의뭇쳐치고 뉵이아이따라셔
압뒤예露積ᄒ고 金玉도도켜이라

五穀이러옥도희
納粟通政玉世貫子와
前後의버러시니
오늘도셩가ᄒ니
刊뉘아이칭찬ᄒ리
男兒世上의나녀가내
일노보와少年行樂을
百年火치누리ᄉ라

비風彩셔로와라
三尺졉八尺졉의
이前일의ᄃ릐奇라
洞內의아는사름
흔번의납피려흐까
明月春雪夜의

뉘庫를치와시니
옷들닙도혈노ᄂ가
아들佐孫二子가
刊뉘아이부러ᄒ리
風便의듯ᄂ사름
酒色의잠긴벗님
昭흔明鑑의前後의붉ᄌ

恨別歌

天上白玉京의
十二樓ᄃ이ᄃ가며
五色雲唱ᄆ겄되
님의집은어듸되매요

九萬長天의
佐리라도간佐말佐

億萬番變化호ᄃ

이몸이슬허져

南山의늣즌봄의

杜鵑의벗시되여

李泡바지마다
밤쏘로못울꺼든

어화이내八字
구즘도구즘시고

欠生毋育호니
이ᄂᆞ몸佐인인호의

怡顔皓齒는
님을그려怨이로다

ᄲᅢ八字긔험호니
싱소도虛事로다

三生의무合罪로
이生의원슈되여

洛陽花柳客乙
맛나든가佐이런가

弱水相別이
어지러듯흔건만는

一年三春이
지나개라

설폿을못보는

青鳥가不來하니

三春이지나개라

碧梧桐계운고은
消息조ᄎ任을손가
이ᄻᄃ거별뇌傳호리

白顔이苦單さ니

震露의바인게을

玉鬢紅顔의

거믜줄이씨여잇고

ᄉᆞ름이언제시니

님이 와 보시면
날신줄 알으실가
엇그제 감든 마리
白髮이 소스난가

遊山曲

永減下之人生니
崑崙山 平地되고
黃河水 맑지될을
度人間之為難호
吳살이서 世事롱
願一二之同志로
山河勝地 보리로다
烟霞峯 둘너 노코
花開洞 ᄀ天보니
萬仞之危峯은
名利야 関係호랴
沙塲을 모라 보고
石逕의 杖을 집퍼
百尺之飛流은
一千載老鶴은
周時의 王母은
九天河ㅅ리 흐닷

叫더흘이씨 節을
실흔 음속의 보려두
님向흔 一片丹心이야
가월 줄이 이시랴
徑後不勝泪浸호니
사라진가 毋心이라
人不知而不愠을
乃君子之道라호야
左右의 버러 잇고
朝暮로 오라스니

- 84 -

無心혼 黑雲이요
碧空의 므로 노코
天地間의이러이를曰
必然이리이러이러라
歲月이無限혼이를
今碧일시바릴손가
草鞋竹杖 갓초ᄒᆞ고
쇼이가며終日ᄒᆞ니
秦始皇帝採藥童女
是눈다何處來之
低輾眉而不見ᄒᆞ니
笑而不答도라가녜

有情호되桃花눈
石溪上豊꺼지어라
人荒求之無對ᄒᆞ니
別爲乾坤이러이로다
構木爲巢一間ᄒᆞ니
有巢氏겨人들반가
人間의風雨눈
斗꼽이下直ᄒᆞ고
龍池村의不과나
學不成호되狂生이로다
是此山中비츰二몬
仍期야이리아야

鴥去來芳人寂寞ᄒᆞ니
꺼로산퇴情溪로다
於呼華의러位히
넘不빌시남아예라
榮扉의둘불곳
예닛버참이업너
松花酒一盞의
半醉半醒노니나
昔日見於春史러나
娘中의나진시신가
棋猪鳳凰비흘옛
日月偕老言쟈스라

嚴子陵이 ~을보면

富春山을 심하하며

九重宮殿承露盤을

判然아이지으리라

瀟湘斑竹버시州의

野縷絲낀을다라

清波爲玉錦鱗魚를

綠楊柳川州쉬에고

滋味을아不호아

百花中의散步호며

셔音뺨비만뗀이

낭州지며 ~後이

李謫仙이 나는

三神物色依舊한의

江湖明月사랑하라

漢武帝巡至런들

天下五니을火라

萬事을掃除하니

一身이閑暇하다

一谷桃源올조느어

興不勝하두로리러

釣金고니러가니

億萬火淸소의

倒노드이고기로다

落落蒼松下의

塵世間奇別을

너드나보도드다

只감불고도라오니

香기나는취납마

山老조샤너라가

鉄竹을둘러집고

土醬子에달려씨며

草一峯山臺上의

반드시을나안즈

紫芝曲楊柳辭을
淸雅이 불러써니
美我라넘天심손風景마
言지画자호노라

雲霧中白鶴聲이
꼬븬가 어희는도
어드면 득이요
못드면 굴을망졍

花柳歌

지난밤老이라의
하마개의니올니니

내볼디倚러지면
고은色을니즐손가

花柳間의노는님
니니맛음드러보소

九十春光빗업슨니
長春園에피노얏지

半성지빅가잡아
百花芳名科어써니

天上玉京月宮仙女
巫山仙女浴浦仙女
企女들도호고만다

洞庭우리陵波仙女
瑤池王母草江仙이

貝江月발곤들에
企女들도호고만다

蓮吳가비採蓮仙이
貝江中流一舟企이
빗보已醉老行니

黃州名唱童企이오
春三月好時節이
東君布澤陽春이라

萬里江山貴峯春이

春夏秋冬歲節이오

九禮官祺鱗仙을

비참處二러드니

壽福貴多男子는

一人은福介러라

三色桃花音전짤이

外서부러可爱로다

月宫姮娥淑香이오

梨花色貝白葉이라

九月九日늘는菊花

付竹刻서得秋花斗

雪上九節一枝梅요

이것부러夕陽春이

浮碧樓秋夜月이

綾羅仙이반가쓰며

杜鵑花滿發호되

玉女五五늘셜진되

外랑무러有海호니

근원目은玉丁이라

呈앤俱刻甘宁호을

長蓮花을作을숭

秋望月이明朗허늘

鳳仙月을早러호라

분喜지喜斗喜春이

百花滿發花春이斗

君子節이松竹이나

刊官俱刻栢花로斗

靑白玉玉斗玉이오

永州方丈蓬莱山

일홈도五名秋香金을

別와五名蜀梅로斗

萬軍中의虞美人이

中尉大將소명이라

이것은花鳥란은

忍二러斗와못쓰니

-88-

長恨歌

수줍밧면경니니
香氣香燭丁은빗체

楊家의有女호여
처음으로자란체의
一朝의侍의여서
九重의드러가니
溫泉의물의빌며
粉黛을씨어써니
芙蓉帳터운곳듸
春夜를지빌쳐의

음의넙全밤스압의
눈의쑛と버러시니
漢皇이重色호야
傾國을싱각터니
御宇호여러히의
深閨에길너이셔
밧사룸이모로드다
츈우음一色態度
六宮의빛치업다
一夜의嬌態호
새恩惠님을여의
春霄苦短호되
白日이높되믜니

이죠의일홈은
花젼진가호노라
求호야도못어더云
御宇호여러히의
求호야도못어더云
天生의고온女質
졀노늙기어렵도다
華淸夜치온밤의
賜浴도식음호고
雲髮玉顏을
金寶玉侶니씨며
君王이일노조초
朝早를아니시며

自彈侍宴호되
開眼言도섭을시고
어니宮是寵인
봄마다노라비고
밤마다새와비니
三千後宮이
佳女도만컷만은
黃金屋뫼신밤의
華宴이罷한말가
새단장코待任너
白玉樓졔몸난봄의
어마도이門戶의
人情이우솝도升
光彩도날이고
天下心을나달커니
驪宮노픈고티
遠風이仙樂소리
五雲이조자시니
處處이들을이는듯
君王의보日興이
漁陽卑鼓聲이
나호지못호여셔
動地호여오란말가
綠竹으로지나스니
千乘萬騎는
生男을願홀손가
어디러도가계시고
宴妹兄弟들이
나仝러列土호니
生女의이러미든
九重의게너시니
霓裳羽衣曲을
玄로밤을산倒늘
어이호여闕호신고
어디러도가계신고

城門百餘里의
翠花을멈처이셔

宛轉蛾媚은
馬前의죽단말가

恩情도깁것만는
이한몸못구흘가

蛾嵋山ᄒᆡ몬골의
비人돌을仵쳐시니

座中에사름들이
朝暮의미쳐셰라

乾坤이轉還ᄒᆞ고
六龍이도라을제

六軍이不發거든
兒女을貪길손가
너르ᄯᅡ쑥쳔넙라
해드러라어니흘너

花細이ᄇ리인들
뉘라ᄯᅡ쳐거들손고
君王이낫치업고
뫼눈을흘너시나

黃埃아득흘되
ᄎᆞ바람쉿거부니
劍閣空栈이
노푸도노플시고

發鎭의빗치업고
古國이머리드듸
곱흘샤蜀山水야
프를샤蜀山靑아

雖宮흘빗지오
夜雨의방울소리
듯새이보거니
이人흘怨이로다

當年의馬嵬驛을
다시어더소간밭고
玉顏은어듸가고
泥土만나만는고

君王이눈눈물겨워

古宮의둘러쓰니　　　池園은依舊호고　　太液芙蓉은
　　　　　　　　　物色이宛然호듸　　玉顔을차서본듯
未央宮一은楊柳
翠眉를習別호것　　슬프거니六기거니　春風의桃李花고
西宮의기눈플이　　눈플이철노년자　秋雨의납피질제
殘燈을도々쓰고
눈의눌너슬프듯고　　梨園八千弟子　나듸밤갑푼殿의
　　　　　　　　　白髮도새로흘作　반듸불을흘너날제
吾눈이믓됴处지
　　　　　　　　　遲々호호更鼓의　耿々호호星河은
老서라서거치니　　밤은어니까도덛고　玄아아니새빗툿가
萬萬桃치눈밤의
퓌라서되실손고　　翡翠衾은차셔덥고　幽暝難別건지
情魂이넙웃든가
踪叩의道士이서　　精神이成魂호여　魂魄을일쉬던가
佔속에도믓불火다
鳴聲의소리도서

君王의 侍을바다
秀士을旦닌말이

排風儀氣하여
어듸가老乙려요

하늘의 불사룸가
伴外刊들이 느가

碧溪을따르五며
荒泉을차시보니

맛나지못을거든
伍어듸가어들손고

들尋 東海上의
仙山이 잇다호되

樓殿은 飄颻호고
五雲이담머이라

侯다老仙子中의
게나아이가잇는가

其中의 호사룸이
비늘듯을려이고

仙山이 잇다호되

雪膚와花容이
긔신가아니신가

西廂을ㄷ지가셔

複成이일흔말의
漢天子使者신가

玉扉을두드리니

羅衣을거두坐고

珠簡銀屛이
노례로일터라

角枕을들이치고

菊花帳닙픈꼿튀

估句여나러산조

雲髻을刻므러셔
華冠을빗기쓰고

玉階의밧비나려
消息을뭇조니

香風이건듯부러
仙袂을거두치니

霓裳羽衣曲에
비흠을다시본듯

마음의미친情態
너로다호솔손가

眼陽殿비흔흑의
비恩惠니게시니

長安이어디메오
塵土霞만보리로다

가거든여러보고
情信을못써부쳐

任言만이셔니라

仙容을겹쳐뵈는듯
눈믈이소솜나니

눈믈을다시숫고
님의께붓친말숨

蓬莱山깁픈고듸
日月明기러혜라

深情을表홀소미
舊物을보내노라

아마도님의뜬믈
이꼿치구퇴이셔

이圖誓이마음을
다만두리어라누니

梨花一枝까지의
봄빛흘비엿눈듯

何世지하올듯니
音信이막켜니셔

人寰을보라라
唵이을듯도레고

金鈿을仵려내여
부신을눈돠더니

天上人間의
다시볼까호새이라

長生殿七夕밤의
사름업시私語豈제

翡翠鳥連理枝로
호의비자호라더니
伴이봄바호늘
이내실음맛를손가

그뭇의무음일오
쇠노月그리느고
하늘의기자호들
이내무음비호소며

一湖西歌 忠淸道

崑崙山中祖峯은
白頭山의連山호고
山水도요음이丑
人傑이大與호니
父子有親懷仁이요
君臣有義全義로다

木川나무비를무어
阿川물의띄여써여
黃河水나린물은
黃澗水되말가
韓山의張良이요
尼山의孔子나샤
長幼有序禮山이요
人傑이大與호니

天安적이섭을리라
湖西을오라보니
唐津의곤이위여
을마다海漢여을
되싸다瑞山일다
癸祖을믿다호나
人倫이新昌써나
萬壑千峯相梅호니
國家의牙山이로다

千流萬派 음을 이어　　여러 三시 험흐로되 큰
꼬리마다 舒川일다　　거리마다 鎭川흐고

驅上이 懷德흐나　　行政을 至公ㅎ니
千里東方 比仁일다　　邑三이 公州로다

驅上이 永東ㅎ니作　　忠臣을 勸主ㅎ니
三百이 밋든 陜州　　處三마다 忠州로다

沃野千里 沃川서리　　淸安을 崇尙흐니　　兩順風調天安흐作
文義五흐되이斗　　各邑이 淸州로다　　여와 驅上이作

山田에 되음마다　　稼穡을 심엇斗로다　　吳邑째여 벗흐마다
稷山이 되니꼬다　　驅上이 恩津일러니　　여아이 平澤인가

天地以치 빛흔 德을　　音흐더니 恩津일다　　充舜太平호는 德을
早合至도 報恩흐고　　農隙이 들흔邑이더　　驅上이 扶餘흐作

　　　　　　音邑早에 結城흐니　　石城이 子러서며
　　　　　　驅上이 扶餘흐作　　四海滿岐마다 거러斗

二三月永春비니
槐山의넘의뒤너
城읍의仁을두니
堤川씨두던우의

이사이陰城인가
플은플읍과좃와거음
山山의山庄山양서
風景이좃코좃와라

져넌나귀넛게흐고
綠草靑山드러가니
春日이溫陽흐나
火氣崩動흐나

플은倏즘冊陽이요
花草재은플은플이
藍浦바다되얀말가
나라가넌飛鴻山아
비여터오向흐넌다

플은플은靑陽읍라
林川이너머너넌
太安堅世일읍의성
반가옫이...

바삿즐읍수플일라
山水가정갓기묘다
淸風明月은萬歲保寧흐

湖南歌　全羅道

聖恩이奥穗흐
順天命흐니시고

舜帝之則이로다
一囯이咸平흐나

方伯이太仁흐나
守令이任宗흐나

萬民이咸悅흐나
擊壤歌소릭로다

谷邑이鎭安이요
務安民을引도라

政事을訟理하니
吏民이昌平이라

光山의 依구떠니
花色이 茂朱로다
雲峯의 月倒하니
邑三이 金溝로다
龍安이 作農하니
臨陂이 明夬ᄒᆞ다
長城의 種樹하니
외지리 玉果로다
時節이 升平제인
湖南邑 編覽하니

兩順風調하니
民俗이 淳昌이요
錦山의 春色은
珠山인 紅꽃斗랑하니
井邑이 長水하니
谷城의 瀨溫이요
萬頃邑 起耕하고
田畓이 沃溝로다
靈岩의 光陽하니
綾城이 돌벼ᄂᆡᆺ又
禮樂邑 羅州요
文物은 全州로다

南平廣野의
春日이 興陽이요
高山의 月上하니
紅色이 金堤로다
潭陽의 소리쳐ᄂᆡ
干別こ 龍潭일다
田彼南原 芳이니
百穀이 茂長이라
寶城의 高敞하니
靈光이 照日이요
靈山勝景은
賞心樂事로다

가지못광山의산

古皁의산天이니

氣骨이盡力호노

世今氣읍扶安호사

醉中의奧乙刀外

斗升山의읍라까사

龍泉釖佃어들고

礦山石의가死흐니

湖南邑읍라붓

弱水는千里로다

漢羅山읍다보니

峯마다旋義禮요

漢陽三百年의

人心이和順호고

瀛洲山가러호고

九十餘生이

팔가라무合호니

唐津가비읍라고

蓬萊山璟島上이

赤松子相見호사

濟州邑건비가서

둘이서大靜이라

真潔읍傳授호고

黃河水瀑호니

靈境인줄可知로다

老少長奧호니

이러커비이호고

求體읍호느佐쟈리

縉紳君子드라

우리도聖代이太平安樂호

黃河水瀑호니

既自以心為形役

奚惆悵而獨悲

歸去來兮

田園將蕪胡不歸

一
歸去來辭

悟已往之不諫

知来者之可追

實迷途其未遠
覺今是而昨非

舟遙遙以輕颺
風飄飄而吹衣

問征夫以前路
恨晨光之熹微

乃瞻衡宇
載欣載奔

僮僕歡迎
稚子候門

三徑就荒
松菊猶存

攜幼入室
有酒盈樽

引壺觴以自酌
眄庭柯以怡顏

倚南窗以寄傲
審容膝之易安

園日涉以成趣
門雖設而常關

策扶老以流憩
時矯首而遐觀

雲無心以出岫
鳥倦飛而知還

景翳翳以將入
撫孤松而盤桓

歸去來兮
請息交以絕遊

世與我而相違
復駕言兮焉求

悅親戚之情話
樂琴書以消憂

農人告余以春及
將有事于西疇

或命巾車

或棹孤舟

既窈窕以尋壑

亦崎嶇以經丘

木欣欣以向榮

泉涓涓而始流

善萬物之得時

感吾生之行休

已矣乎 寓形宇内復幾時

曷不委心任去留

胡為乎

遑遑欲何之

富貴非吾願

懷良辰以孤往

帝鄉不可期

或植杖而耘耔

登東皋以舒嘯

聊乘化以歸盡

臨清流而賦詩

樂夫天命復奚疑

此下七月八章

七月流火，九月授衣，一之日觱發，二之日栗烈，無衣無褐，何以卒歲，三之日于耜，四之日舉趾，同我婦子，饁彼南畝，田畯至喜。

七月流火，九月授衣，春日載陽，有鳴倉庚，女執懿筐，遵彼微行，爰求柔桑，春日遲遲，采蘩祁祁，女心傷悲，殆及公子同歸。

七月流火〔余〕　八月雀萑〔注〕

蠶月條桑〔注〕　取彼斧斨〔注〕以伐遠揚〔五〕猗彼女桑〔注〕

七月鳴鵙〔余〕　八月載績〔注〕載玄載黃〔注〕我朱孔陽〔余〕為公子裳〔注〕

四月秀葽〔余〕　五月鳴蜩〔你〕　八月其穫〔余〕十月隕蘀〔余〕

一之日于貉〔注〕取彼狐狸〔注〕為公子裘〔注〕　二之日其同〔注〕載纘武功〔注〕言私其豵〔五〕獻豜于公〔注〕

五月斯螽動股〔注〕六月莎雞振羽〔五〕七月在野　八月在宇〔五〕九月在戶〔五〕十月蟋蟀〔八〕

我林下〔注〕　穹窒熏鼠〔注〕　塞向墐戶〔注〕嗟我婦子〔牙〕曰為改歲〔今〕入此室處〔今〕

六月食鬱及薁〔注〕七月亨葵及菽〔注〕八月剝棗〔注〕十月穫稻〔注〕為此春酒〔注〕以介眉壽

七月食瓜〔注〕　八月斷壺〔余〕　九月叔苴〔余〕采荼薪樗〔注〕食我農夫〔注〕

九月築場圃〔五〕十月納禾稼〔注〕黍稷重穋〔果〕禾麻菽麥〔余〕嗟我農夫〔牙〕我稼既同〔今〕

上入執宮功〔注〕晝爾于茅〔五〕宵爾索綯〔注〕亟其乘屋〔五沙〕其始播百穀〔余〕

二之日鑿冰沖沖〔二〕三之日納于凌陰〔注〕四之日其蚤〔注〕獻羔祭韭〔注〕九月肅霜〔余〕十月

滌場〔呂〕朋酒斯饗〔牙〕曰殺羔羊〔余〕躋彼公堂〔余〕稱彼兕觥〔注〕萬壽無疆〔又夕〕

先帝創業未半而中道崩殂今天下三分益州罷敝此誠危急存亡

之秋也然侍衛之臣不懈於內忠志之士忘身於外者蓋追先帝之殊遇欲

報之於陛下也誠宜開張聖聽以光先帝遺德恢弘志士之氣不宜妄自

菲薄引喻失義以塞忠諫之路也宮中府中俱為一體陟罰臧否不宜異

同若有作姦犯科及為忠善者宜付有司論其刑賞以昭陛下平明之治不

宜偏私使內外異法也侍中侍郎郭攸之費禕董允等此皆良實志慮忠

純是以先帝簡拔以遺陛下愚以為宮中之事事無大小悉以咨之然後施行

得裨補闕漏有所廣益將軍向寵性行淑均曉暢軍事試用於昔日先帝

之曰能是以眾議舉寵以為督愚以為營中之事事無大小悉以咨之然後

陣和穆優劣得所也先帝在時每與臣論此事未嘗不歎息

莫所以傾頹也先帝在時

尚書長史參軍此悉貞良死節之臣也願陛下親之信之則漢室之隆可

而待也臣本布衣躬耕南陽苟全性命於亂世不求聞達於諸侯先帝不

以臣卑鄙猥自枉屈三顧臣於草廬之中諮臣以當世之事由是感激遂許

先帝以驅馳後值傾覆受任於敗軍之際奉命於危難之間爾來二十有

一年矣先帝知臣謹慎故臨崩寄臣以大事也受命以來夙夜憂慮恐付託

不效以傷先帝之明故五月渡瀘深入不毛今南方已定甲兵已足當獎師

三軍北定中原庶竭駑鈍攘除姦凶興復漢室還於舊都此臣所以報先

帝而忠陛下之職分也至於斟酌損益進盡忠言則攸之禕允之任也願陛

下託臣以討賊興復之效不效則治臣之罪以告先帝之靈若無興復之

言則責攸之禕允等之咎以彰其慢陛下亦宜自謀以諮諏善道察納

雅言深追先帝遺詔臣不勝受恩感激今當遠離臨表涕泣不知所云

後出師

先帝慮漢賊不兩立王業不偏安故託臣以討賊也以先帝之明量臣之才故
知臣伐賊才弱敵強也然不伐賊王業亦亡惟坐而待亡孰與伐之是故託臣而
弗疑也臣受命之日寢不安席食不甘味思惟北征宜先入南故五月渡瀘
深入不毛并日而食臣非不自惜也顧王業不可偏安於蜀都故冒危難以
奉先帝之遺意而議者謂為非計今賊適疲於西又務於東兵法乘勞此
進趨之時也謹陳其事如左高帝明并日月謀臣淵深然涉險被創危然
後安今陛下未及高帝謀臣不如良平而欲以長策取勝坐定天下此臣之
未解一也劉繇王朗各據州郡論安言計動引聖人群疑滿腹眾難塞胸今
歲不戰明年不征使孫權坐大遂并江東此臣之未解二也曹操智計殊絕於人
其用兵彷彿孫吳然困於南陽險於烏桓危於祁連偪於黎陽幾敗北山殆死
潼關然後偽定一時爾況臣才弱而欲以不危而定之此臣之未解三也曹操五攻
昌霸不下四越巢湖不成任用李服而李服圖之委任夏侯而夏侯敗亡先帝

每稱操為能猶有此失況臣駑下何能必勝此之未解四也臣到漢中

間碁年耳然喪趙雲陽群馬玉閻芝丁立白壽劉郃鄧銅等及曲長屯將七

十餘人突將無前實叟青羌散騎武騎一千餘人此皆數十年之內所糾合

四方之精銳非一州之所有若復數年則損三分之二也當何以圖敵此臣之未解

五也今民窮兵疲而事不可息事不可息則住與行勞費正等而不及今圖之

之欲以一州之地與賊持久此臣之未解六也夫難平者事也昔先帝敗軍於楚

當此時曹操拊手謂天下已定然後先帝東連吳越西取巴蜀舉兵北征夏

侯授首此操之失計而漢事將成也然後吳更違盟關羽毀敗秭歸蹉跌曹丕

稱帝凡事如是難可逆料臣鞠躬盡瘁死而後已至於成敗利鈍非臣之

明所能逆料也

秋風辭

秋風起兮白雲飛草木黃落兮鴈南歸蘭有秀兮菊有芳懷佳人兮不能忘

泛樓船兮濟汾河橫中流兮揚素波蕭鼓鳴兮發棹歌歡樂極兮哀情多少壯幾時兮奈老何

樂志論

使居有良田廣宅背山臨流溝池環匝竹木周布場圃築前果園樹後舟車之

以代步涉之難使令足以息四體之役養親有兼珍之膳妻孥無苦身之勞

良朋萃止則陳酒肴以娛之嘉時吉日則烹羔豚以奉之躊躇畦苑遊戲平

林濯清水追涼風釣游鯉弋高鴻諷於舞雩之下詠歸高堂之上安神閨房

思老氏之玄虛呼吸精和求至人之彷彿與達者數子論道講書俯仰二儀錯

綜人物彈南風之雅操發清商之妙曲逍遙一世之上睥睨天地之間不受當

時之責永保性命之期如是則可以凌霄漢出宇宙之外矣豈羨夫入帝王之門哉

漁父辭

屈原既放游於江潭行吟澤畔顏色憔悴形容枯槁漁父見而問之曰子非三閭

大夫與何故至於斯屈原曰舉世皆濁我獨清眾人皆醉我獨醒是以

見放漁父曰聖人不凝滯於物而能與世推移世人皆濁何不淈其泥而揚其波眾人

皆醉何不餔其糟而歠其醨何故深思高舉自令放為屈原曰吾聞之

新沐者必彈冠新浴者必振衣安能以身之察察受物之汶汶者乎寧赴

於江魚之腹中安能以皓皓之白而蒙世俗之塵埃乎漁父莞爾而笑鼓枻而去

乃歌曰滄浪之水清兮可以濯吾纓滄浪之水濁兮可以濯吾足遂去不復與言

雜說

世有伯樂然後有千里馬千里馬常有而伯樂不常有故雖有名馬祇辱於奴隸

人之手駢死於槽櫪之間不以千里稱也馬之千里者一食或盡粟一石食馬者不

知其能千里而食也是馬雖有千里之能食不飽力不足才美不外見且欲與常

馬等不可得安求其能千里也策之不以其道食之不能盡其材鳴之不能通

其意執策而臨之曰天下無良馬嗚呼其真無馬邪其真不識馬邪

勿謂無知神兒在茲勿謂無聞早雷于垣一朝之忿平生成釁一毫之利平生

蒸累與物相干徒起爭端乎吾己志自然無事

石自警言箴

泣送歸時在腹兒 詩湖

妾在青春兒在腹
良人一去長河湄
兒生作门妾已瘥
郎人萬里無迴期

憶君初別重門前
指腹戒妾生男兒
嗟爾任誰禱妃為
生男學語君不來

今來始成七尺身
儀形眉目乃父如
着君仲脈燕差參
日月肯為空閨隆

正似郎君初別時
紅顏冷俊作人母
寒衣裁傲舊刀尺
遊子身邊眉不宜

憨憨日夕長相忙
懶蛸掛壁魏站帶
昨夜矯意生羅帷

去去天涯生別離
相逢水問妾盛裹
山長水闊信使絕

兒行宣識父顏面
別後共此月如圓

不道郎名應不知
此地相萬生

餘今有子登長道
從此証人不怕飢

前赤壁 蘇軾

壬戌之秋七月既望
蘇客泛舟遊於赤壁之下

清風徐來　水波不興　舉酒屬客　誦明月之詩　歌窈窕之章　少焉　月出於東山之上　徘徊於斗牛之間　白露橫

江　水光接天　縱一葦之所如　凌萬頃之茫然　浩浩乎如馮虛御風而不知其所止　飄飄乎如遺世獨立羽化而登仙　於是飲酒樂甚　扣舷而歌之

歌曰　桂棹兮蘭槳　擊空明兮泝流光　渺渺兮余懷　望美人兮天一方　客有吹洞簫者　倚歌而和之　其聲嗚嗚

然　如怨如慕　如泣如訴　不絕如縷　餘音嫋嫋　舞幽壑之潛蛟　泣孤舟之嫠婦　蘇子愀然　正襟危坐而問客曰　何為其然也　客

稀　此非曹孟德之詩乎　西望夏口　東望武昌　山川相繆　鬱乎蒼蒼　此非曹孟德之困於周郎者乎　方其

飛　烏鵲南飛　月明星稀

破荊州下江陵　順流而東也　舳艫千里　釃酒臨江　旌旗蔽空　橫槊賦詩　固一世之雄也　而今安在哉　況吾與子漁樵於江渚之上者　侶魚蝦而友

- 110 -

之間，駕一葉之扁舟，舉匏樽以相屬。寄蜉蝣於天地，渺滄海之一粟。哀吾生之須臾，羨長江之無窮。挾飛仙以遨遊，抱明月而長終。知不可乎驟得，託遺響於悲風。

蘇子曰：客亦知夫水與月乎？逝者如斯而未嘗往也，盈虛者如彼而卒莫消長也。蓋將自其變者而觀之，則天地曾不能以一瞬；自其不變者而觀之，則物與我皆無盡也，而又何羨乎！且夫天地之間，物各有主，苟非吾之所有，雖一毫而莫取。惟江上之清風，與山間之明月，耳得之以為聲，目遇之以成色，取之無禁，用之不竭，是造物者之無盡藏也，而吾與子之所共適。

客喜而笑，洗盞更酌。肴核既盡，杯盤狼籍，相與枕藉乎舟中，不知東方之既白。

後赤壁　上手

是歲十月之望，步自雪堂，將歸於臨皋。二客從余過黃泥之坂，霜露　　木葉

既降，人影在地，顧而樂之，行歌相答。已而歎曰：「有客無酒，有酒無肴，月白風清，如此良夜何！」客曰：「今者薄暮，舉網得魚，巨口細鱗，狀似松江之鱸。顧安所得酒乎？」歸而謀諸婦。婦曰：「我有斗酒，藏之久矣，以待子不時之需矣。」於是攜酒與魚，復遊於赤壁之下。江流有聲，斷岸千尺，山高月小，水落石出。曾日月之幾何，而江山不可復識矣。余乃攝衣而上，履巉巖，披蒙茸，踞虎豹，登虯龍，攀棲鶻之危巢，俯馮夷之幽宮，蓋二客不能從焉。劃然長嘯，草木震動，山鳴谷應，風起水涌。余亦悄然而悲，肅然而恐，凜乎其不可留也。反而登舟，放乎中流，聽其所止而休焉。時夜將半，四顧寂寥。適有孤鶴，橫江東來，翅如車輪，玄裳縞衣，戛然長鳴，掠余舟而西也。

夢一道士，過臨皋之下。月衣蹁躚，揖余而言曰：赤壁之遊樂乎？問其姓名，嗚呼噫嘻。疇昔之夜，道士顧笑，開窗視之，倪而不答，我知之矣。飛鳴而過我者非子也耶？余亦驚寤，不見其處。

織錦畫詩

蘇蕙

送君承皇詔安邊戍　含悲掩淚贈君言

送君遠別河橋路　莫忘恩情便長去

何斯一去音信斷
遺妾屏幃春不暖
珊瑚帳裡紅塵滿
將心何托更逢君
此時道別每驚魂
飛來飛去到君傍
千里萬里遙相見

一心願作滄海月
一心願作嶺頭雲
嶺雲歲歲逢夫面
海月年年照得遍

迢迢路遠關山隔
去時送別蘆葉黃
百花散亂逢春早
春意催人向誰道

眼君塞外長為客
誰悟已經榆花白

垂楊滿地爲君攀
落花滿地無人掃
朔方迢遞山難越
萬里音書長斷絕
箏弦未斷腸先斷
怨結先成曲未成

庭前春草正芊芊
爲君彈得江南曲
把得秦箏向畫堂

勸酒歌 〔蓬山作 所製也〕

銀缸桃上淚添衣
金縷羅裳縫皆裂
君今憶妾重如山
妾亦思君不暫閒
三春鴻鴈渡江潯
此時離人斷腸情
織將一水獻天子
顚放紀夫及早還
奔流到海
黃河水

그리매 쓸쓸요
黃河水 맑다 ᄒᆞᆫᄃᆞᆯ
아희야 내게 닐러스라
悲白髮 ᄒᆞ고 싯나
居士ㅣ 닐오ᄃᆡ
萬千古의 넙ᄉᆞ오니

가슴밋줄살루쳐

먹을줄모르고더운

뒤더불줄모르거니 세上人生들이리

내싸웃줄이이업나

남쓰러운줄이이업나 내마음이라하라

다숙은뜻어더셔

남과밋치죽엇거든 草野寒士이

令行天下되얻으로 不死藥을자가

蒙始皇漢武帝도 神仙도잇단말듯

三神山어이잇고 長生不老을헛일고

人生七旬이 못ᄎ仙藥이더라

비블러드를너두 冒貴도不関라라

죽으호기天子얼음 荣辱이并行當나

리박시러서어니 生前一杯酒

이옷이잔가 업다뿐가

烹羊炮羔乐□도 청춘이젼노호

白倭紅 勝友佳朋이모닷다

清濁酒가 天地도爱酒道인

酒星酒泉잇단말

古來聖賢이

다죽어 업서시니

名敎中에 린롬이

長醉不醒 ᄒ오리라

李謫仙의 큰말이라

劉伯倫의 醉狂柱이오

懷抱를 푸러ᄒ여

울며 ᄎ라 ᄒ여

눌지기는 秋月春風

歲時伏臘에 바지버

良辰美景佐이라

日日沈醉 ᄒ여

鄭二이 뉘어ᄒ뇨

虛送ᄒ리라

春秋講信鄕飮酒와

三春이 將暮ᄒ니

山몸의 병이 느니

自作峯崒대되 ᄒᆞᆫᄂᆞ니

杏花村니ᄂᆞᆫᄎᆞᆯ을

桃花亂落ᄒᆞᆫᄃᆞ되의

俠이 ᄎ러나고

玉壺青絲玉라半

綠樹陰濃ᄒ니

白露爲霜ᄒ니

仏이 ᄀ라노코

翠幕十里에

目흘제 ᄂ 뒤의

玉山將頹 ᄒ리라

白露爲霜ᄒ니

錦繡江山이

簫笛에 ᄂ 창으리

ᄎᆞᆯᄒᆡᆯᄒᆞ리오

黃菊丹楓景五됴흔듸

落帽高風佇드리라

擁爐開酒缸을
아니코어이ᄒᆞ리

丈夫ㅣ白髮되야
아모리더ᄂᆞᆫ걸을

少年이大夫되야
ᄂᆞ이ᄂᆞᆫ걸단가

千金散盡還復來니
ᄆᆞᆺᄎᆡ어ᄂᆞᆯ걸을

破除萬事毋過酒라
ᄆᆞᆺᄎᆞᆷ어찌ᄒᆞ리오

風韻三兩落落意컷
ᄂᆞ이별ᄒᆞ야지면

窮陰이閉塞ᄒᆞ야
積雪이ᄯᆡ나

四時光景이
ᄯᆡ빗ᄇᆞᆫ곳던마ᄂᆞᆫ

疾病憂患은
ᄂᆞ이ᄃᆞᆯ쌀녀드ᄂᆞ니

王將軍之庫子라
날이ᄒᆞ음되지ᄇᆞᆯ

北邙山이집고멀ᄂᆞᆫ걸니

一朝에죽어지면
어ᄃᆡ가ᄆᆞ먹자ᄒᆞᆯ

別노쥐ᄇᆡᄃᆞᆯᄃᆞ며
자리을ᄎᆞᆷᄆᆞ먹ᄒᆞ믜

鋼山玉海이
琪花瑤枝되어이라
有情ᄒᆞᆫᄆᆞᆺ던마ᄂᆞᆫ
無心히ᄇᆡ빗ᄀᆞ니
ᄆᆡ양이어ᄂᆞᆯ걸을

風韻三兩落落意컷
내술을ᄃᆡ뎐컷ᄒᆞᆯ

- 117 -

그런즉 모르듯가
百年을 짜사듯가
하날게 命을 밧다
大丈夫 되얏니며
逆旅乾坤에
過客으로 나왓다가
瀟灑玉骨로
지은것시 아니니가
一觴一詠에
逸興이 잇더한들
빗시름 고연 任을
이제와 보게되니

子孫 計호려 호면
踈太傅 말이 잇네
任혼 말솜 머러듯소
立身揚名 호ㄴ니라가
孝悌忠信 토니는
그리나 호야이라
씨아니 즐거며 즐며
爲樂當及時라
빗말나 흘너빗더라
日月이 흘너비라
繁華功名도
一日頃傾三百杯
佔속의 나비로라
劉伶墳上土라
石崇이 주어팔제
旦은 숨고 리잇네
므어을가 짜라가며
우리들 노든모리
金谷園을 비길고
來日이면 거러 ㅎ리
蘭亭이도 물맛가니

- 118 -

市猶今之視昔이
우리을나른말이　흑썰음이어노우

世上의나와가서　빗사음筆모가은
머다가죽어지셔　네의러그르컨흐써니라
네의롤다틴놋흘　나는울더흐노라
노흘서읻둘의읕　네거기러상이니

穀間茅屋에　故園의도라놋
절다긔흐흔占僅을　角中布衣로

一池紅蓮이　松竹에서넙낫다
山雨에서너의잇다　木桃흘辛허버ㄹ
아당이매즈니　半卧黃稻旦

南隆開北郭娚親舍의　十丘레새놉나니
烟火相맛흐텃거든　秋風이巳老亮야
나즈바죽하눌다　씹기에물드럿다

白鷗黃鶴로 ,
내노릭가자스랴
十里平沙에
불거노닛삣괴오
紫鸞銀鷹이
수넘어걸녀나날
청때굼이섯노하
石처밤졈심지인
넘드라졋드라며
한가히도라녹
太平聖代비
구리버숀이비룸나

그룰을엇게메인
삿갓스픈픠게쓴
一帶淸江의
희벗노날侯치라
김드릭가반그룰
어룰이주서두나
삼지령소룡을
외숙을언내준문나

효그나흘그나
라주거스어산에
효군회치거나
질명에처온술을
둘군당취거나
취토록먹니다가
日沉海門云仁
月出東嶺둘레

老妻난候門호라
雉子난扶醉호니
一間鍋屋에
비아니죠룰쓸가

清風明月을
노날취취일취
보뤼취골픠취
벗삼아히죠터셔

- 120 -

新亭이ᄆᆡ얼ᄃᆞ로라 언마나지거ᄉᆞ요

庚士歌

三升葛布몸ᄋᆡ닙고

九節竹杖손ᄭᅴ쥐고

景槩武陵五湖興은

山林草木ᄑᆞᄅᆞ럿다

千里沙汀ᄂᆞ러가니

白鷗飛去ᄲᅮᆫ이로다

日落淸江저물거ᄂᆞᆯ

泊舟浦渚오ᄃᆞ놋다

百年三萬六千日이 休三高ᄒᆞ야
造化同歸ᄒᆞ을ᄉᆞ오리라

天地玄黃삼긴후에
日月盈昃되여세라 兩間受命이ᄯᅢᄆᆞᆷ이
靈林庚士되오리라

洛照江路더듸올듸
芒鞋緩步거러가니 寂三松關다닷는듸
寒三杏園ᄭᅢ웃는다

蒼岩翠屏둘너는듸
白雲蒲籬ᄭᅳᆷ아세라 江湖漁父少치ᄒᆞᆷ이
竹竿簑笠드러메고

一葦扁帝音ᄭᅴᄯᅴᆯᄀᆞ
萬頃蒼波흘니저어 數尺銀麟ᄂᆞ셔내니
松江鱸魚ᄒᆞᆫ맛되라

南北孤村ᄇᆡᄅᆞᆯᄆᆡ니
落霞暮煙ᄭᅵᆯ기리라 箕山頴水이아ᄂᆡ냐
別有天地여긔로다

- 121 -

洞明 五柳심근단가
千綠細枝 느러졋다
月送雲鴈 한가흔디
手揮綠桐 빗겨노라
生涯淡薄 이들기니
冨貴功名 을듯쇼가
穀曲山歌 何子릇니
西巓落月 글흘시뇌
猿鶴麋鹿 므리지어
萬壑千峰 스며가며
曾點咏歸 엇더니요
巢許遺跡 자로리라

子陵釣臺 어듸드린기
紫薇돗빗 童벗어슨
銀鱗玉尺 거러고나
盤柘起居 日라니
登臨其立 소비릇샨
朝採山蔌 碧仙조
觀遊某水 針衣호시
夕釣江魚 針비며셔
穿魚挽酒 드러머를
漢湜江村 삿그비라
一杯一杯 다시머라
松下閑眠 잠근들三
東林守規 사뇌구러
投杖扶人 이러서시
醉中心事 도도는듯
覓興風景 그지업다
石逕蒼苔 바더셔니
荊扉茅屋 비月셔시
座世消息 天릿이라
人間情念 끄릿쉽다
自唱自和 노라
어느때 一曲 常춤을

- 122 -

勸學歌

虛靈知覺品受호니
生之膝下不하나다
聖賢事業此을딸
傳古通今言짜시니
千百年지나言을
이써도삼나이다
天根月窟五름景이
닛닛야春意五라
堯舜人君任을바다
幡然一改호리라

青春少年아들드라
이제訓戒드러스라
兒時屹如巨人志을
即以學文可知로라
窮理盡誠玆ᄂ道學
升堂入室ᄒ여두라
飯蔬飮水曲肱枕ᄂ
天下至樂工지섭다
妾婦儀態可笑롭을
禽獸楊墨庸劣ᄒ야
生員進士連中ᄒ면
及第壯元말가시랴

人生世間貴호니서
文學비록任以트라
傅敎師訓勸學ᄒᆯ
晝夜勤讀ᄒ오리라
三皇五帝道統心을
文武周公傳授호라
顔曾思孟法을바다
道德仁義討論호리
文章顯達分內事오
富貴功名虛事로다
紅牌白牌吾게푸른
御賜卷수기시오

謝恩肅拜지나後니

雙笛華蓋갑씨디닐셰

威嚴物望이만ᄒᆞ야

起家雄豪ᄒᆞ엿노라

初載典籍祿이早히

都事守令지나後니

湖南嶺南싸디버려

金笛玉笛省님ᄒᆞ니

五軍官使令이로다

左右前後擁衛ᄒᆞ고

兵判吏判清華職을

一國名臣榮이로다

冠帶青衫이이단말가

長安道上橫行이라

三日遊街馬頭榮에

萬人聚觀光彩로다

新恩正字稱云ᄒᆞᆫ가

榮親到門지나後니

分官免身行禮ᄒᆞ고

紫陌紅塵驕揚ᄒᆞ리

持甲正言이단말가

叅議承旨堂上이라

金羅監司慶尚監司

副望首望落點ᄒᆞ리

高牙大纛司令雙ᄂᆞ이고

巡歷巡行至至ᄒᆞᄂᆞ니

勸馬聲을挾道ᄒᆞ야

吹囉聲이動地ᄒᆞ리

列邑各官守令들이

十里五里迎候ᄒᆞ니

左右領相三台位로

萬人上이居官後니

清德愛民善政碑요

噩名萬世에길이ᄒᆞ리

爲國安身老退ᄒᆞ야

元任大臣位로다

忠君事親君子事온
矦며少刘坏라後라

功光祖宗業守東들

男兒欲遂平生志온들

古今賢人니矦坐라
勤三制業功言닐刊

穿壁借光讀書니들
囊螢照册時誦亨

三年下帷不窺園니
董仲舒의勤學니소

十戴宜山不還家坐
李太白의貪讀니坏

東洛坐言蘇李子坐
引錐刺股徹夜亨

西堤伴니宋景之坐
繫頭懸樑達朝亨

調粥늇食范仲儼라
圓木警枕司馬先生

熟讀膚味積年亨
終能大達成功亨니

迷步言니니들드니
若干聰明兒라니들包

學而時習니니들
優遊度日言니니斗

니니訓戒言들业니斗
本列니言니니斗

生而知之孔大聖도
三絶韋編亨니니들

聰明時聖夏启氏五
寸陰是惜亨더니니

比의後生吾聰明니
勸于勤學言더니드터

聞一知十顏淵니드
勤學好文亨더니니包

三冬學務東方朔己
手不釋卷호미라

掩卷即誦호미라
暫時이나十記憶호라

그럿쿠러움이라
少年遊戯習이잇써

千年萬年지已言이라
慮事功名列之히라

記姓名을刑벌호를
告講호을을호라

詩賦策文이을호
生進及第日을호다

或作或掇勤心이네
都事行次이뇌호라

三日學文于事寶을
이나이忘却호라

攝衣据而奔走이니
顚之倒之闕之히라

足將進而趙起호돌
口欲言而嚅嚅호다

勵氣勵聲强忍호라
已매읽讀之호니

望客館而搖頭호다
大書特書不字쓰을

粗略間이全忘호라
餘丁編伍作隊호다

曾讀이已文義不通
隆丁軍役호오똘라

戰脈戰笠호리라

詩讀이已音聲不通
千態萬狀辛苦言라

身後假布以起호니
左右細末이을後라

元本例木作逃호라

妻子着屬己已言라
冀利히오宦庭비라

其中川에도色惡을次
改備호와分付호니

德分ᄲᅩᆯ强忍호야
至三至三袋乞호니

刑房色吏大怒호야
刑房色吏怒動호야

川告目告頑惡을告
排逆ᄲᅩᆯ無據호니
刑ᄉᆞ도刀年집이外사
田畓이며벌이호니

頭髮扶曳仁貞이며
滿場周回引즐引여
勸農夫給纓호야
假布納上에侵호니

棍杖이卦管枚이며
無數亂打ᄭᅥ도後에
怒拳打腮如兩호야
口不可道受辱호니

受杖諸庚滋痛호뇌
辱及先世慘酷호뇌
莫謂富年学日多ᄒᆞ
以邑引ᄭᅩᆯ美ᄒᆞ여도

人生世間少ᄭᅥ가外
이ᄭᅥᆯ일홀ᄲᅳᆫ今年
霜客頭邊恨奈何ᄒᆞ
少言이ᄭᅡ라벌이것아

翻然一改ᄉᆞᆯ이ᄒᆞ여
邑言吳이돗ᄂᆞ라
學有三難이비引ᄒᆞ
儀過百年흰ᄒᆞ냐

無益閑談을ᄒᆞ여ᄒᆞ
慮浪放遊貪을이ᄂᆡ

甘爲人下自棄호뇌
두고ᄒᆞ滋味ᄭᅵᆺ냐

馬牛襟裾邑이利이라

禽獸에셔千比非호니
鸞鳳이棋樓그믈일셰

世上無教萬物中에
比호믄뚯지못호리셰라

爲賢爲愚懸殊호니
有學無識이斗소호리라

奴婢田畓錦衣玉食
音이라쇠보쇠소리라

古今賢人宰相도
邑이라홀苦읏더니라

莫謂今日不學而有來年
既是長偃繫白日又無大業
但未顧

草木에셔千比非호니
春暉蘭芝퓌여시라
冀土에셔千比非호니
五穀滋養되야잇다

傭劣板湯吳읏더니
不学이라소거니라

豆豆田畓사지마라
于馬萬鍾音이라소니

讀書成功莫惜柴
王聖公主씨비이로

若不及時勉學音이
後悔莫及이라소리라

一龍一猪宵懷利호
學興不與셛所致豆라

衛土妻妾求호라홀소
仁宗皇帝씨비이로

六經勤向窓前讀音이
一色佳人됨이라소니

人生不得更少年이
時乎時乎不再來斗

關西別曲 岐峯 白光弘

關西名勝地에 王命으로보내실서　　　行裝을다사리니 칼ᄒᆞ나ᄲᆞᆫ이로다

延恩門내다라 故心이미ᄎᆞ가니　　　故鄕을ᄉᆞᆼᄀᆞᆨᄒᆞ랴

ᄆᆞ리ᄅᆞᆯ깨텨머ᄉᆞᄀᆞ 碧蹄에몸을ᄯᅡ라　　延曙驛子버보며

臨津ᄂᆡ비ᄅᆞᆯ건너 松京은故國이라　　　黃岡은戰塲이라

天壽院도라ᄃᆞ니 滿月臺도보ᄭᆡᆯᄯᆞ　　棘城이기러ᄒᆞᅱ러라

山日이半斜ᄒᆞᆫᄯᆡ 駒峴조븐길을　　生陽關기ᄅᆞᆯᄭᅢ
버드ᄅᆞ조차ᄑᆞᆯᄃᆞ럿ᄯᆞ

行鞭을ᄯᆞ시ᄆᆡ야 愁ᄂᆞᆫ히ᄂᆞ머ᄃᆞ니

栽松亭도라드러 十里波光과　　上下에ᄒᆡ여밧ᄯᆞ

大同江ᄇᆞ라보니 萬里烟樹ᄂᆞᆫ

春風이천ᄉᆞ로ᄯᆞ 綠紗紅糧이　　皓齒丹脣으로
畵舫을ᄲᅵ기ᄇᆞ니 桂棹ᄅᆞᆯ저어ᄭᅡᄯᆞ　　揉蓮曲ᄅᆞᆯᄂᆞ리ᄒᆞᄂᆞ

太乙真人이

練光亭느려와서
浮碧樓을나보니

蓮巢舟빗기띄온
玉河로느리닷듯

천마王事塵晩이늘
風景비나지흐리

千年箕壤에
太平文物이
이제도矢之에걸늘

綾羅島芳草와
綿繡山烟花□
제흥을늦비과니며
봄비들을재광늘다

樓金오회라후을
山水오하건마는

百祥樓을나반자
清川江子에보니

風月樓佰已은何이마
七星門비즌루룩
山川形勢도
장흐川그지업다

快勝亭오라가서
鉄瓮城三이라가서

連雲粉堞는
百里나믄것다

天設重岡은
四面의버러미다

西方巨鎮이라
一国雄闘이

八道의為首로다

梨花는만빗이요
杜鵑花웃두진게

營中이 無事커늘
山川을 보려호여
樂山 東臺의
올을 씻티올나까
眼底 天雲은
一望 無際로다
長白山 노린물을라
千里를 빗기흘른니
盤回 屈曲호야
香爐峯 삼어도라
臺下로 지나까니
形勢도 됴커니와
風景인들 업슬소냐
老龍이 ㅣ러치와
海門으로 나가는듯
嬋妍 玉女드라
雲錦端裝으로
風景인들 업슬소냐
左右의 버러이셔
鳳笙 龍管을
불거니 쳐거니
이어며 노는양은
周襜玉瑤堂上에
白雲曲을 브르는듯
西山川月 暮春이
西王母 만나리셔
東山 嶺의 밤月 童初
綠眞 雲髮이
陽谷 洛浦仙이
半合 嬌態호고
楚王을 올케 는듯

行樂도조커니와
遠念인들잇슬손가
煌煌玉節과
偃塞龍旗는
雪寒재뒤치느을
長白山구버보니
이려틋마틴흥

甘棠召伯과
細柳將軍이
江邊에月巡下하니
一時同行하야

八萬貔貅는
啓道前行하을
가지록서롭거든
重関復嶺이
碧山을倚倒처잇다
간니을빗기건너
되너머어들어
비소깨들千仞가

胡人部落三더러
望風投降하는따
一塵도업서
士馬ㅣ精强하다
人和ㅣ둣둣던가

三千鉄騎는
雍後奔騰하니
千里劒閣이
百二秦関과

自頭山넘닷을
地勢도老하며
長江에天塹되을

時平無事을
聖君之德化로다
韶華도수이넘을
山水도죠커다흘列

이리와 잔나가가
내나놀들을어이호리
胡地山川을
歷~히지내보
比巴串노리러니
波浦江도과드니
金煌이出麗호야
枕秉夏之交로다
千杯의大醉호야
舞袖을伴치니
이仲리이뒤에며보
思親客渓걸도산다

受降亭비을仟며
鴨綠江느러흐니
皇城은넨녀있며
皇帝墓는뉘무덤
屠岩絶壁은
가지독보기도다
帝鄕이맛갑도다
鳳凰城이너드메오
薄暮長江의
烏鵲이지져잔다
江邊을나보호니
逐쳐큰還營호니

沿江列鎮이
將基비엇호쏘거든
感古興懷호니
잔及쳐旦어쓰다
九龍소비을며
統軍亭을추부보
故西으흐리이면
好音을旦치已져
天髙地逈호已
吳盡悲来호니
丈夫의有禄이
列끼녀별니써라

華表 千年鶴이
旨哭늘니 伍잇톤가
넌졀나 形勢를 거두뚫某
九重의 쌀셔리리라

春杵歌 退溪

어화 契長넘내
이방하여 허스라
방하노뤼 山日扇
것겨까며셔 어니쏘

神農氏 심험호사
짱기씌여 보믠 그서믈
后稷氏 仲을 보사
稼穡을 ᄆᆞᄅᆞ지니

꾼식이 삼겨겨기
셔허앗나 머글손가
深山川 도든 씀을
쏘쳐도 뻐허니여

모리기나 마노고
우겨가며 여셔어뼈니
真珠을 우회는 듯
白玉을 뭇느는 둣

우믈믈을을 꾼은
옷빼쳐 블을 빌쉬
粗二히 후苦을 것
췽혀을 뒤믈 빌쉬라

닐겨나 잇거시
지어니야 밥이로라
이밥 지어니야
머그리도 하도 할사

九重宮闕에
우리님군계오셔서
一國臣民이 뉘나니미츨숀냐
며은後놀닐노나
治國安民은
君王의흘닐이요
廋理調元은
宰相의흘닐이요
折衝禦侮은
將軍의흘닐이요
承諭宣化은
方伯의흘닐이요
入孝出悌는
守令의흘닐이요
親將事上은
勸農興學은
軍士의흘닐이요
務本力農은
天門의흘닐이오
百姓의흘닐이요

우리도이밧하여서난
上典奉養호오리라

少年行樂을
성각호나쓸디업네

怨婦詞 妓 小玉

늙게야졀문侯을
닐디꼭졀닙거니라

父生母育호야
호마어니라흐랴
엇고리졀머드니
이내몸길너볼제

公侯配匹은
보라지못ᄒᆞ야도
平生에願ᄒᆞ오되
君子好逑되려ᄒᆞᆸ
三生에怨家以己
月下에緣分으로

長安花柳間에
輕薄子 거려둔
ᄂᆡ만ᄂᆞᆫ用心홀ᄭᅥ
ᄇᆡ어름드되온ᄃᆞ시
十五歲ᄭᅡ지ᄆᆡ저
ᄂᆡ의못ᄒᆞᆯ전ᄆᆡ

天生麗質賀ᄋ ᆫ
ᄇᆞᆷᄆᆡ되ᄭᅡᆯ거ᄂᆡ와
ᄂᆡ달ᄭᅩᆮᄂᆡ되도도
ᄂᆞᆷᄋᆞᆯ아니무시ᄃᆞᆫ
年光에빗치ᄭᅡ리
造物조초시음발나
ᄂᆡ달ᄭᅩᆮᄂᆞᆫᄂᆞᆷᄋ ᆫ

妖月春風ᄋ ᆫ
雲鬢質紅顔ᄋ ᆯ
俗此치지난하세
굴을숙에ᄉᆞᆯ버니
ᄂᆡ달ᄭᅩᆮᄂᆞᆯᄯᅳᆫ도ᄂᆞ ᆫ

비쑤리ᄂᆡ북ᄌᆞ나ᄃᆞᆺ
雲髮質紅顔ᄋ ᆯ
거ᄅᆞᆯ속에ᄉᆞᆯ버니

七八月三色桃花
젼ᄂᆡ ᄭᅩᆼᄃᆞᆫ 늴ᄭᅩᆯ
ᄂᆞᆷ의눈에보칠고
젼ᄂᆡ豆豆소리
ᄂᆞᆷ의귀에ᄃᆞᆺ길ᄒᆞ

어ᄂᆡᄂᆞ비도라ᄭᅩ리
ᄂᆞᆷᄋᆡ눈에보칠을
月黃昏비여ᄇᆞᆯᄭᅦ
白馬金鞍으로

靑樓酒肆에
定如買卦나ᄭᅡ터니
ᄂᆞᆷᄋᆡ귀에ᄃᆞᆺ길 히

서ᄉᆞ광ᄉᆞ나ᄃᆞ둘
어ᄃᆡᄂᆞᆫ 머무ᄂᆞᆫ 뇬

因緣이굿쳐거든
닛치지구닛치되야
설흔늘자지나
열두둘자난즉에
三夏소녑희
자최온俱릴쇠마
아마도모진못숨
못죽어殘喘로다
蝶戀花은곱쵸을
한숨꼿차지거놔
纖纖玉手에
빗소리잇다만은

거름을못드거든
그립지구말타못
오늘이나사름놀가
나일이나두러놀가
玉窓櫻桃花는
몃번이나픠여진고
半夜梧桐에
구즌빗밤못히질쇠
도로져플쳐혜니
이리쳐면져리혜여
瀟湘夜雨에
잇소리잇소도는듯
笑蓉帳寂寞玄
九回肝腸에

나일이나두러놀가
져흘밤녀든쉬에
빗방의돌노안자
이리혜민져리혜여
깜앗기반은서서
靑松을도든쵹에
綿綺琴빗기안아
華表千年의
別鶴이우너눈듯
別鶴이우너눈듯
쉬쉬에돌녈숫니
쉬쉬인셔린後돌

나도또라 너로매
눌젼려나을숙다
창밧괴우는즘싱
모ᄉ일늘늘믜여
一年一度에
만ᄂ믈쳐잇건마ᄂᆞᆫ
栁下에이지ᄒᆞ여
壽夭貧富ᄂᆞᆫ
씨아ᄂᆞ헤짓ᄭᅡᄂᆞᆫ
旹꼬치셜운人生
天地間에住이ᄂᆞᆫ가

새갈즛이려홍다
쉰망흘르ᄒᆞ서로다
이시을슬싲ᄒᆞ다
져근드시죨룰터
細雨쏫차싲려다
牽牛織女는
銀河水몰ᄅᆞ려ᄃᆞ
무合於水야쳐ᄯᅡ다
우리님가신ᄃᆡᄂᆞᆫ
消息쏫차못듯노
쇠쿠가ᄭᅳᆫ
들쏫취이을믜쳐
夕陽이다지ᄂᆞᆫ
火林읩들고믄ᄂᆡ
새쇠칠ᄅᆞ우ᄡ다
丈夫의庫浪흐니
無心ᄒᆞ깃다도라
紅顔薄命이
비봇티씨려ᄂᆞᆫ마ᄂᆞᆫ
안ᄭᅩ이ᄀᆞ믜지위로
흘픈인을싲이도라

富農歌 作菴

鄕曲에터을니터
明堂잡을잡치으
背山臨流으
仲長統사은뎬가
草堂八九間은
閣處士을븟트는가

僅十모八百株을
두로헤쳐심어두을
가온대라슷이랑
뒷東山果木山이요
압밧슨菜蔬田이
擇樂園이럿드냐

손깁더亭子흔
버섬거울술넛네
술안취고적니오
술빗거며가러라
槐花아뤼우음을왈
사람은오뤼들히

분마조방하란
집지어거러드을
봄장에봐틀이오
방구역술바랑이
부어밤쳣하가슈
온밧장기미싸틀을

庫房밋喂養네은
싯기가존마쇼을
수님은돔개음신
다과제기시라
뒷틀에별돌오고
장馬에더젹버고

돌틈에기름들과
헤안세두보미라
泥菜徑에가께술
움무려부오버고
바회아뤼고리샴부어
舍扇이精灑흔틔

卓子우희 書冊너코

시렁우희 거문괴라

바독쟝긔 싸느판는

지닐손 머무로네

집숭우희 박을넌

遮陽삼아 葡萄架子

나모졀기 鳥網치고

조리여흘근 둥발노코

졋밧튀 綿花갓흔

기스리 조치삼을갈고

뫼흘까흔 온갓곡셕

어광졔금 셥버든되

北窓어래 平床노하

木枕밧쳐 둇글꼐

매방삽픠 마로의

지리를 그아아래

뒷간밧거두 험이오

行廊몸희오솝돌희

빌길히 수뤼노코

기쓴히 비메벗다

존티꽌긔를갈

기뫼히비베벗다

슈 디宽麻子로

흥환호화살연꼐

모도히거릐두으

草堂삽연못사노

花草밋희楽楓니라

글어귀방쥬흘

걸건비큰솝과라

草堂삽면 못사노

걸어쥐논를갈

걸우희밧흘갈

밀보릐거든결의

콩과노고모밀셔

머넌리질삼리며

슬들노느니지기

씨갓절물커짇

들ㅁ니바는질과 안도놈사회손들 그무집산널질노되

목근신들실넙스라 눕근실들실넙스라 녜ㅣ로들너는체

막띠졉은건널면셔 西疇에끼는볏ㄱ 눕네쥐ㄹ가졉은

눕뫼쥐側을졉을 東皐에파근ㅎ니 뒷네쥐게셔오ㄹ

뒷뫼쥐놀는졉니 밤더효侯드를체 九月이라秋收ㅎ니

씨ㄲ갓쥐ㅣ果實 비갑도가녹엇네 今年도豊年일와

산즘싱들ㅁㄱ니 노쥐슬때때게싯ㄹ 家廟에薦新ㅎ니神山所祭祀

田結收稅開丁子을 즈쳐밥조히조쳐 祖先의歡享ㅎㄹ

未收엇ㄱ라밧처니 洞內永矢親戚婚姻 녀긔져긔한튼ㅂ닷

ㅎㄱ가苦生ㅣ지 다도쥐日ㅏ조ㅎㄹ 童妻寡婦의졔ㄱ지ㄹ라

므로ㅣㅣ가호엇네 納粟으로金貴年와 榮華를녕ㅇㄱ호ㄹ라

老戚으로金貴年와 잔쳐노쥐호쥐ㄹ라

山아나 들겨 놀면
日月이 흘너가니
못쓰리 삼는냐
술붓고 죠흘ᄃᆞᆯ든다
머로 가리 못닐뇌고
말삼고 나 뫼나믈이
던되 허구 들눅여
屏風 갓ᄂᆞᆯ 틀ᄃᆞ여
麻鳴ᄂᆞᆫ 욀□
伐木ㄴ ㅜ □
孫同知張金知
加資ᄂᆞᆫ 둣거니라

老親ㅋ獻壽 ᄒᆞᆫ
朋酒斯饗 ᄒᆞ오리라
개香을 둣기르 둘
며너司을 魚膽치ᄂᆞᆫ
절노우는 되서소되
뻘건을 弁三何니라
누려훈신 절미며
술잔의 菊花 ᄯᅴ여
ᄃᆞ로ᄃᆞᄂᆞ 成功農
져ᄇᆞ너 孝座首
鄕廳ᄂᆞᆫ 莫如齒라
伐未岩丁ㄴ ᄒᆞ니

ᄃᆞ孝 비ᄂᆞ우ᄂᆞ 밋
측허 너며ᄂᆞ 지틀
너누리 홈의 치텹이나
合니나 岁 너거니
何 에 간 健니르ᄂᆞ
술잔의 菊花 倾커
비을 노派 일ᄒᆞ거을
다을 명 년누믈뢰라
申風憲趙堂長이며
朴約正 ᄯᆞᆫ 낫ᄂᆞ니
遠村 비재틀ᄃᆞ라
近村 비 못사들

셔사로 빗벗 남네
다주셔쳥흐소셔

婢夫놈들여 昌을
둠늠의 主김이라

산히 ㅌ로흘 붓흘
셜마를 잔부어라

박잔 ㅣ 마드 ㄱ부어
넙자딸민니어스라

主人翁豪華흔양
즌여리기일비므슴

忘世間之甲子흐고
醉壺裡之乾坤이라

羣賢이畢至흐고
少長이咸集이라

崔工告山遊花애
洞內總角쎄더지라

산目히니린것을
果宗을 좃스도 ㄷ은

鄭忠義古調노쉬
향ㅣ이쳔연흐은

져 이 비目치고
ㄴ ㅣ 도 ㅗ 音시 ㄴ

康衢童謠뉘마듯
즉音이太平이오

竹히를돌흘쌀민에
女妓姜겁은과라

ㅈ하손님라령애
손즈들 ㅁ 음을 촉ㅅ

둘반마술겁다라
질돌희라각흘 ㅁ 경

崔년빈風月으뛰기
곳소쉬 ㅗ 졔 ㅎ 애라

ㅁ양이ㅗ놈미 ㅗ
晝夜長常느들의라

五弦琴南風歌을
南薰殿흐이 ㅎ 니作

擊壤歌 잇터튼지
帝力을 니몰니라
아마도 人間豪傑는
主人翁인가 호노라

나른 일이가지고
매양에 미러호셔
어질샤 作跱太傳야

우리님군 셔인호세
吹호아니히호作
龍虎나 歟血호냐
和議을 실허서셔
草屋三間을
山水間에 지내두란
後事나 전혀이즐
所和을 믄뎌호나

丙子亂離歌 氏乱焦

天地삼긴 後에
太平이라 기너
丁卯年中亂難에
세外 땅州到얏드냐
國家中興을
金石갓치 미더
廟堂에 안즌분네
義氣도 음을실作
義州鴨綠江을
呼吸間에 건너오나

甲子年李适叛을
무合을 비佐니셔라
十年을 安過호냐
擊壤歌을 셔앗도
뻗吹튼 龍馬將軍
一富百 셔든이에

烽火을가보니며

擺撥썰들의젼호되

京砲手御營軍을
手下에거드리니을

長安百萬家에
以쳐는리뉘어시리

高群痛笑홀걸
덥터지며졋바치며

窮谷山林에
니드러름까앗씰을

졉써누뭇들거니
寸三리거쳐가셔

八道徵兵니니
ᄂ라큰들짜흐튼조흐

都元師리뉘런고
將略도쎠로섯作

山城에구지드러
녀긔셔모못들ᄂᆞᆫ데

鐵騎先鋒에
星火도ᄀᆞᆫ곱호되ᄂᆞᆫ

一國君王도
滿城人民이니
南大門을못나숭

坦ᄂ大路에
티긔ᄅᆞᆫ돌티긔ᄅᆞᆫ

쳐ᄂ니매니니셔
눈을들얼뿐ᄂᆞ니로라

어쳔子息픔에픔을
거리ᄅᆞᆫ빈ᄃᆞᆯ니며

조간子息손뭇쥐ᄂ
神主牌子들에지은

寂寞山村에
七十雙親이어듸호되

닌習을겨요어더
졉지ᄀᆞᆼ쳔거되에

쳔거쳐흐ᄂᆞᄇᆞ信ᄂ

허다져렴는 힘에　혐념손에긴즁의　行粮을ᄇᆞᆯ쳐니
손를은안ᄌ서다　밥ᄯ나못쳐거ᄂᆞᆯ　ᄯᅵᄒᆞᆯ되ᄹᅥᆫ니ᄅᆞᄃᆞ

殺多食口에　　강즁에션밥더니　고노릐나초굼ᄂᆞᆯ도
무엇으로길흘ᄭᆞ리　수ᄃᆞ리ᄃᆞ화면　긴밤을제뇨셔라

ᄇᆞ름비눈서리의　高山을거여ᄂᆞᆯ다　長安百萬家ᄂᆞᆫ
집신에ᄭᅢ밥ᄒᆞᆫ　故国을ᄇᆞ라봄　　烟塵이되여이ᄉᆞᆫ

一隅孤城의　　兩道軍兵陷沒ᄒᆞᆷ　ᄋᆞᆯᄯᅡ이시졀
우리남군ᄭᅢ엿틔　外援兵이안쳐시니　막ᄀᆞ우리남군

宗社와兩大君을　夏三月이러안자　西天을ᄇᆞ라서며
江都로드리시ᄂᆞᆫ　時ᄃᆞ로셩ᄭᅡᄒᆞ作　눈믈흘ᄹᅳᆯ니셔니

將士陪臣이　　듯거든묵니메ᄂᆞ　江都一路에
쉬어니흘허ᄒᆞ되　셩ᄭᅡ거든이흘니라　有識흔져분니라

쳐은핏이리안자

이니말슴드러보소

山林의긋친몸이

議論이날거시도

十五国民이라

비희니호논일을

慷慨을못니긔여

大槩만니로리라

對敵을못홀진들

褐忠盡心야

酒肉談笑야

山城밧셩밧고

국忠盡心호야

즐일을호는것가

歆食이목세들나

国運이已盡야

勝敗存亡을

人心이失和니

任意로못홀진들

宴樂歌舞야

罪狀못혜너니면

扁册로되는됴

天命이늘너시라

다버힐놈이로다

刑罰으로더됴

비父母비妻子들

摩尼山上에는

摩尼山下에는

무어시되간말고

笑群이徹天字을

流血이滿川호니

三百年宗社을

二百年宗社을

兩大君生擒야

可憐滄君生들은

魚肉이되간말가

山城으로가려드러

咄ᄃᆞᆯ망주ᄒᆞ미
天地間에伍잇는가、
上意바오즉ᄒᆞᆯ가

山야몸이져거니
明ᄂᆞᆫ大義ᄅᆞᆯ
나니졀ᄇᆡᄅᆞ신

小ᄂᆞᆫ私情의
우연히걸너시며
어와可笑ᄅᆞ다
義州府尹可笑ᄅᆞ다

ᄉᆞᆯ펴지난ᄇᆞᆯ은ᄲᅡᆯ에
降碑ᄅᆞᆯ헤우시니
禮義東方이
臺貊이되단말가

ᄅᆞᆯ나ᄒᆞ여ᄂᆞ나믈
政承宅ᄒᆡ을므러
三百年事大誠을
一朝에빈반ᄒᆞ니

天朝에結冤ᄒᆞᆫᄅᆞᆯ
假島에先鋒ᄒᆞ니
壬辰年皇恩을
ᄯᅩᆫ ᄅᆞ

나ᄅᆞᆫ개라셔
ᄲᆞᆸ倒츅을릴ᄭᅡ
無知愚眠ᄂᆞᆫ
뒤아니녀겨ᄒᆞ리

ᄅᆞᆷ다ᄂᆞᆷ世子大君
宋徽欽되건지ᄅᆞᆫ
一朝에빈반ᄒᆞᆫ
乙ᄭᅡ사셩ᄯᆞᆺᄒᆞ며

ᄂᆞᆫᄅᆞᆯᄅᆞᆯᄒᆞ나면셔
毋鳳門에하져ᄀᆞ든
山城에나문눈믈
山나라보리실

千里関山에
行色도져ᄅᆞᆸ ᄒᆞᆫ作
뒤아니라코ᄀᆞ기ᄂᆞᆫᆯ
에쉬라코ᄀᆞ기ᄂᆞᆫᆯ

細雨잇거得라시니
山城에나문눈믈
行色도져ᄅᆞᆸ ᄒᆞᆫ作

大同江 더런 을러
萬頃滄波 되여셰라

그즁에 어렷 붓은
尹吳洪셰 사롬니

堂을 正論으로
大義을 붓을 싸가

節義貞忠이
萬古에 붓을 노라

管는 되소사 넌니
胡天夜月에
義魄이 우니난듯

郭子儀 넙써거나
回復을 뉘를 ᄒᆞᆯ소니

林泉에 자는 분네
큰 信음을 못ᄒᆞ셔어

人間紛亂을
어찌 지못ᄒᆞ거든

이믄덕이 이러안저
이산 맡음 드러보소

龍臥南陽에
躬耕ᄒᆞ고 거니와

經綸大志로
伴旦 ...

龍泉劒 드는 칼을
乾坤을 整頓ᄒᆞ야

君臣同樂 ᄒᆞ야

腥塵을 쓰리치고
天朝을 ...

功成身退 ᄒᆞ야

비노는 江山風月과
太平으로 ...

故鄕에 도라와셔
音잇 ...

指路歌 曹南溟

이 보오 사람들드라

이 세 말슴 드러 보오

堯舜져다곤끌리
비 및 히 봌 너 거 늘

너 히 는 무 슴 일 ㄹ 고
밤 으 로 든 너 는 가

그 러 도 도 되 거 든
늘 존 저 러 무 러 스 라

사 름 이 될 쉬 늘 게
五倫 이 가 존 시 니

五倫 으 로 닐 러 보 릴
하 늘 늘 무 로 거 든

머 화 를 볼 저 보 랄

小路 로 드 러 가 며

너 히 는 무 슴 일 ㄹ 로
小 路 로 드 러 시 며

仁 義 로 닐 흘 쓸
五 倫 으 로 집 을 삿 나

이 길 을 일 치 말 을
저 집 으 로 이 거 스 라

大 舜 란 써 닐 너 든
첫 기 콴 비 호 야 라

天 地 八 天 地 아 며
五 行 이 天 地 오

떤 쥐 를 못 보 거 든
五 倫 이 사 름 이 라

天 地 合 기 멀 게
五 行 이 가 존 시 며

天 地 萬 物 도
이 몸 의 가 존 거 든

눈 물 을 쓸 겨 스 라

사 름 을 무 삼 면
五 倫 이 사 름 이 라

仲 尼 져 놓 은 늘 리
이 제 만 치 볼 것 거 늘

밤 늦 도 콴 나 는 다

낫 즈 란 어 되 두 고

堯舜파孔孟인들

五倫既사음이라

까가히지말을

만나게너거수라

너봄의어진일찬

젹암은맛치말은

남의졔을흠일찬

토라은흐지마라

鷄犬은일흠亏의

는즐알고

이믄굼일흠亏의

는즐모로는후의

취음의는와는져

孔孟파楊墨읔

義理에겨굳우며

方寸신듯亏건맠

비의셩깍호면

孔孟의말을호고

피의나두쳐우

孔孟의법은흐며

盗路의옷슬님고

이나仝盗路인가

盗路의말을흐면

걷먼로자바스라

남일이은졀말제

더욱操心호여스라

비뜨若精一호나

顧中읔잡아스라

克舜파盗路仝

萬里나듯을것만튼

나듕의어든거게

楚越이되여써나

이어도이을보와

孔孟이되려니와

놈의게 술을 흔얼판
됴키만 호지마라

비록 물精 一毫라

陋巷의 위 눕는분졔
單瓢飮 도 잇슨인
千鍾萬駟로
이 몸의 봄길른가

長者의 五車나
나물 머언 물바마실
니 몸이 더러운사
마은 셰 을 거 졔라

趙孟의 貴로코
이 몸 봄길른가
짐실로 딧을 셜졍

진실로 딧을 셜졍
가진거기셔 야만코

귀흔것셔야 올다

連城白璧 은
公卿大夫 는

日月끄치 발머셔나
쳬위라 셕갑 졔끈믄
이로 나아쓰라코라

갑싼두헤기쳐나

秦家百萬兵이
曾連舌에 믈다짓다

匹夫의 가진 侯를
威武로도 더겁거다

추리쳐 성싸홀졘
膦子上의 못낫던가
프리쳐 헤여흑나
天地間의 머여오다

이 모음이러커든

둘이十나십어되야　赤城으로질을삼아

鳶飛魚躍을

가주어버러두얼　一事一物이

周子太極圖의　가집반거시로다

그러조차전호니

무러을任의바더　니몸이텬이업세

니길을을으로돈다　劝치못홀거시라

하늘이라는성을　盧灵을이짜곱을

텬神지마라스라　니음마다두어는다

니러의께바든몸을　至誠으로직회여서

毀傷치마라스라　恭敬으로가져스라

仁義礼智는　一日三省호야

奴婢田地는　急務을삼아스라

텃도ᄐᆡ나잇거니와

뉘라서딸너랴

册田으로더을삼을　三綱領五라ᄒᆞ연

八條目기도삼아

孟子浩然章의

擧大綱일너잇연

그림의바라삼아

傳치못ᄒᆞ거뎌까

다若을者ㄹ시며

힘ᄒᆞ야장가저스라

一句潤德이
남의게도미츠거니

平生餘澤이
子孫게도ᄯ로리라

輕求貴賓ᄂᆞᆫ
이엇게佐닙거ᄂᆞᆯ

비희ᄂᆞᆫ무음일코
귀흔줄로보로ᄂᆞᆫ가

비또昏믈이되야
下流川ᄭᅥ치마라

비또昏믈이죠히ᄒᆞ야
曲直을니름이라

壹上에ᄒᆞᆯ수ㅣ잇ᄉ
曲直을니름이라

비또名믈이되야
ᄀᆞ리고음을다히것다

이음을ᄆᆞᆯ믈거ᄃᆞᆫ
衆慇이가ᄉᆞ되야

物믈믈을ᄋᆞ라스라
ᄇᆞᆯ믿을을ᄆᆞ러니오

人心이殘道되야
ᄇᆞᆯᄆᆞᆯᄆᆞ믐곳처ᄂᆡ다

瀟湘竹비ᄂᆡᄂᆡ쳐
가셔믈을쓰리쳐뇔

九庭栢ᄇᆡ혀ᄂᆡ셔
殘道를ᄂᆡ어스라

人心이洪水ㅣ라도
伍丁이ᄲᆡ니셔니

人心이蜀道라도
ᄲᅥᄂᆡ어ᄂᆞᆫ벋ᄂᆞᆫ뇌

九路믈어러이오
億萬蒼君生ᄂᆞᆫ

玄믈믈ᄆᆞ믄믄믈을
ᄲᅥᄂᆡ어ᄲᅡᄂᆞᆫ벋ᄂᆞᆫ뇌

担々大路믄
하들ᄭᅥ치짓가득믄

二제ᄭᅡ뭇지ᄇᆡ러
大道를이ᄂᆞᆫ主뇌ᄉᆡ

과ᄭᆡ니비맹근惡게

重厚長者는
일죠서뒤혀면라

士君子行身大道
이만가되못ᄒ려니
가온대을일치마라

東西南北이오
의지집은中이로다

形容拜貌이오
보지못ᄒᆞᆯ은中이로다

孔孟이나시며
一貫을젼ᄒᆞ욕

禹湯文武오
어ᄂᆞᆫ가지中이요

堯舜이나시며
四海을젼刑ᄒᆞ며

大統을젼ᄒᆞ시니

生知困學도
어ᄂᆞᆫ호면라ᄋᆞᆯ까지

瀋洛開闡오

比ᄒᆞ되ᄅᆞᆯ집가라

玄黃造化間에
알지답이옷최시니

老ᄅᆞᆫ지기에中이라

朱文公닙은휘니
中道을뉘젼ᄒᆞᆯ리

堯舜은大聖이라

聖人도리길히요
賢者도리길히라

當盡은大賢이라
비ᄒᆞ면克舜이요

至옷中庸을
ᄯᅥᄂᆞ도지으취ᄒᆞ냐

비ᄒᆞ면克舜이요
ᄂᆞᆯ이ᄯᅥᆺ까ᄃᆞ리

이 中을 아르실이여
일마다 올 허스라

百事을 셩편호믈
萬物을 허나라면
輕重이 다 의거며
長短이 다 이닛닛
仁義로뻐 올 삼음은
一兩一束은
禮智로뻐 올 기름은
マ旦四로 노롸스라
不改其樂은
顔子과도 高커든
離祿如 옥 뭇을 효유
過門不入은
易地則皆然이라
前聖後聖이
비회도이니 일홈을 日月
骨髓의 배여시면
自然이라 아조 못리라
逡容이더이셔
天地의 中이니로라
萬物을 아라 빛는
節序은 일 허니믈
化育을 쥬賀호라
聖人이 모 少과
宵神을 無難호며
나삐 말 밧꼬 손가
이삽희나 쳔호며
하들 섬두으니믜
干萬人모든 저긔도
克舜이도 가련이라
내음도 뫼롸로라
少과 須煩이로라

이도 금일흔 후면

禽獸의 거의로다

비쳬호야 두엇따가

人口이 反覆호야

문삽플 보로거든

物慾의 거지서서러

酒色의 混醉흠혀

거려을 엇지 아나

君候즐 마라스라

스릇지 마라스라

行懷을 못처 흠혀

鉻心호야 성각호을

잘가노라 읏지 말고

새모음 먹어스라

刻骨호야 잇치 말라

못가노라 中止 마라

그림즛을 프라보아

흐르는 물니 되야

非는 아오라 먹거든

몸을 보아니거스라

찬 후에 니거스라

德으로 니거스라

짐플 찍러라 말귀든

진실로 그리가면

키혼 귀만나리라

三達德 모든 길로

義을 집퍼니거스라

誠意閣을 초가셔

伊川에 비를 어녀

明道 선걸흠을 무러

가다가 져믈거든

濂溪로 건너가셔

關山을 또라드러

晦庵에 드러자자

沂水예沐浴ᄒ야

春服을ᄀ초처입고

舞雩예바람ᄡᅬ여

曾點의仁와ᄉᆞ년

나도이졔밧뫼ᄒ려

아이아ᄒᆞ나는이짜ᄅᆞ나ᄅᆡᄂᆞᆫᄃᆞ

ᄉᆞ시무ᄅᆞ리니거스라

敎ᄒᆞ면墻을타고뛰여

杏壇예ᄭᅩᆺ을보고

볼ᄉᆡ라소ᄂᆡ

나소잔오ᄃᆞ치지ᄒᆡᄀᆡ

셔진ᄃᆞ엿ᄒᆞ거니라

平生의반길길ᄒᆞᆯ

몰ᄉᆡ라소ᄂᆡ

退溪曰此世所傳漁詞集

綴以俗語而爲之長言者凡十二章而作者

姓名無聞焉往者安東府有老妓能唱此詞叔父松齋先生時以

此妓使歌之以助壽席之歡況時尙少心竊喜之錄得其藥而猶恨

其未爲全調也歈後存沒推近應聲查不可追而身墜紅塵益遠於江湖之

樂則思欲更聞此詞而忌憂也在京師遍問而歷訪之則蜼老伶韻唱莫有能解此詞

者以是知其好之者少也頃歲有密陽朴俊者名知衆音凡係東方

之樂或雅或俗靡不裹集爲一部書刊行于世此詞與霜花店諸曲混載其中肤

人之聽之於彼則手舞足蹈於此則倦而思睡者何哉非其人固不知其音又焉知其樂乎唯我聲

巖李先生年踰七十即投紱高蹈退閒於泗水之曲屢召不起等富貴於浮雲寄雅懷於吟

外常以小舟短棹嘯傲於烟波之裡徘徊於釣石之上狎鷗而忘機觀魚而知樂則其於

魚鳥之樂可謂得其真矣佐卽黃君仲舉於先生親且厚嘗於朴俊書中取此詞以

獻先生得而覽之喜恒其素尚而猶病其未免於冗長也於是刪改補損約十二爲九而付之

侍兒習西歌并喉而唱詠連袂而蹁躚停傍人望之若神仙人焉噫先生之於此玩得其真樂宜乎

其真舜豈若世俗之人晚鄭衛而憎淫聞玉樹而滿志比耶先生嘗于匪夲不辱示且責以

跋語況身效轅駒豈寒沙鳥何敢語江湖之樂論魚鳥之事乎辭之至再命之不置不獲巳

謹書所感於其尾以塞勤命之萬一焉　　右漁父詞序

清陰

石洲

峽東歌曲最清新　　文彩風流今寂寞　　世間誰見謫仙人

樂府流傳五十春　　　　我逐浮名落世間　　仙壇有約羨時還

逢君聽唱關東曲
領略金剛萬疊山．

錦繡姐霞依舊色
綾羅芳草至今春
仙郎去後無消息
一曲關西溪滿中

空山落木雨蕭蕭
相國風流此寂寥

昭悵一杯難更進
昔年歌曲即今朝

浩天長地久無終日

鬢髮滄浪牙齒踈
不覺時年四十七
把鏡照面心茫然
前去五十有幾年

既無長繩繫白日
又無大藥住朱顏

朱顏日漸不如故
欲留年少待富貴
富貴不來年少去

青史功名在何處
古來如此獨非我
未死有酒且酣歌

賢愚貴賤同歸盡
顏回短命伯夷餓
我今所得亦已多

北邙塚墓高嵯峨
未死有酒且酣歌
東流趂海無迴波

功名富貴須待命
深閨乍冷開香篋
一陣霜風殺柳枝

命若不來知奈何
玉筯微微濕紅頰
濃烟半夜成黃葉

去復去兮如長河

重重白練如霜雪　祇知抱杵搗秋砧　時聞塞鴻拜相喚

摺下寒砧轉凄切　不覺高樓已無月　紗窗只有燈相伴

鵁展齊紈又懶裁　細想儀形執牙尺　愁捻銀針信手縫

難腸恐逐金刀斷　旦刀剪破澄江色　幃帳無人試寬窄

時時學手坥殘淚　書中不盡心中事　太太行行之路能推車

紅箋謾有千行字　一半慇懃托邊使　若比君心是坦途

亞炭之水能覆冊　君心好惡若不早　與君結髮末五載

若比君心是安流　好生毛髮惡生瘡　豈期半女爲參商

富時美人猶怨悔　何況如今竊鸞鏡中　爲君薰永裏

苫補色裏相乘背　妾顏未改君心改　君聞廟香不馨香

爲君盛容飾　行路難難重陳　人生莫作婦人身

君着珠翠無眼色　　　　百年苦樂由他人

君不見左納言右納史

近代君臣亦如此　朝承恩暮賜死

行路難不在水不在山　只在人情反覆間

井底引銀瓶　銀瓶欲上絲繩絕

石上磨玉簪　玉簪欲成中央折

瓶沉簪折知奈何　似妾今朝與君別

憶昔在家為女時　人言舉動有殊姿

嬋娟兩鬢秋蟬翼　婉轉雙蛾遠山色

妾弄青梅憑短牆　君騎白馬傍垂楊

牆頭馬上遙相見　一見知君即斷腸

知君斷腸共君語　君指南山松柏樹

感君松柏化為心　暗合雙鬟逐君去

到君家舍六七年　君家大人頻為言

聘則為妻奔則妾　不堪主祀奉蘋蘩

終知君家不可住　其奈出門無去處

豈無父母在高堂　亦有情親滿故鄉

潛來更不通消息　今日悲羞故不得

為君一日恩　誤妾百年身

寄語癡少人家女　身輕許人慎勿將

- 162 -

嶺南歌 己酉 秦作

春日이 彦陽거늘
金山에 봄이 드러
知禮 高風
至今에 義興이라
河東 以터일ᄉᆞᆫᄃᆡ
汲長孺시 본ᄃᆞᆺ
우리 東方 比安ᄒᆞ니
新寧이라 ᄒᆞ리로다
慶山이 둘너ᄂᆞᆫᄃᆡ
固城이 구터 잇ᄂᆞᆫ
언짓치 仁同ᄒᆞᄆᆡᆫ
機張도 虛事로다

醴泉에 ᄉᆞᆷᄂᆞᆫ 술을
義城이 足ᄒᆞ거든
軍威ᄂᆞᆫ 무ᄉᆞᆷ일고
王義之 붓ᄉᆡ시니
山陰邑 이 붓ᄂᆡ
宜寧읍 萬物이오
昌寧읍 百姓이라
時時로 聞慶ᄒᆞ니
人物 山川 三嘉로다
吳ᄂᆞ라 童男童女
東萊 靈山 ᄉᆡ거로다

延日ᄒᆞ야 昨醉ᄒᆞᆫ 後에
義城이 足ᄒᆞ거든

穎川에 비을 似ᄒᆞᆫ
泗川읍 天不가니
邑ᄃᆞ리 奉化ᄒᆞ니
眞實읍 甚읍 今年
黃河水 以터ᄒᆞᆫ
淸河읍 노리라
丹心읍 別지니
爲國읍 丹城일다
太平이 長蕃ᄒᆞ니
不老草을 ᄭᅵ일ᄉᆞᆫ

可笑咸陽 三月紅에

興海도 엽도든가
　熊川이따이커든
　昌原넌듸우희

善山은 青龍이요
　荣川에라넘믈못가
　豊基어디졉저으니

浹川은 水口로다
　德을심거치와시니
　風俗이禮安ᄒ니

草溪에돌을머겨
　이나니盈德인가
　聞寧ᄒ믈ᄒ니로다

清道에長驅ᄒ니
　添谷깁푼곳에
　漆原에駐馬ᄒ고

金海에모든물은
　密陽이라서ᄒ다
　古跡을성갓ᄒ니

古수이一般이요
　慶州舊墟에는
　天設金湯地은

禮義을 숭상ᄒ니
　乔黍油ᄂ로다
　비밋터晉州로다

尙州가燦然ᄒ다
　별곳치列邑ᄒ니
　居昌도커니와

蔚山에青松버혀
　高靈을星州로다
　南海을보려ᄒ니

비을무어틀녀저어
　寧海에中流ᄒ야
　水中龍宮은

巨濟로건너가니
　安陰과ᄒ리로다

朝日이昆陽ᄒ야

河陽이되거고나

聖上이慈仁安東方ᄒ오시니

萬民은咸昌咸安ᄒ리로다

天下名山五嶽之中에衡山이最高ᄒ니蓮花滿發ᄒ고景槩絶勝ᄒ니

茫〜滄波上에
夜無眠
作此歌

唐時에苛二등이結草菴峯上ᄒ고說法敎衆生ᄒ니景槩ᄒ니經

文은能通ᄒ야도龍宮에出入ᄒ야ᄂ春風上石橋遇河八仙女戲美ᄒ야ᄂ謫下人間

이오筆法은鍾王間을青華에壯元ᄒ야出將入相ᄒ야南臺北狄을다ᄲᆞ리

ᄒ니天地間奇男子라절ᄉᆞ기ᄆᆞ른이들ᄭᅵᆯᄆᆞ라文章은孝ᄲᅮᆯ上

이立筆法은史堂ᄯᅩ다窈窕淑女絶代佳人이左右에

日난後에節鉞을잡아우巳太史堂ᄯᅩ다沈慕烟白凌

러시나蘭英은兩公主ᅵ오桂蟾은秦彩鳳이賀春雲狄驚鴻이

波로一生을누리다가三千日碑衡ᄒ河冶府園州山行ᄒ니

鎭海ᄂ뉘집일넌고

梁山大丘가자上라

稟永 不知何手而取
善作書之

玄風이니러나면

豪傑는楊少斿ㅣ가
호로다

雨歇長堤草色多
送君南浦動悲歌
大同江水何時盡
別淚年年添綠波

棗頰生羞田栗覺笑
黃雞啄黍蟹初肥
家家白酒誇新釀
鄉味年年八月知

金喆伊